KB235725

메멘토 모리
죽어서 살아나다

메멘토 모리
죽어서 살아나다

지은이 · 이동식
펴낸이 · 이충석
꾸민이 · 성상건

펴낸날 · 2013년 11월 01일
펴낸곳 · 도서출판 나눔사
주소 · (우) 122-080 서울특별시 은평구 은평터널로7가길
　　　20. 303(신사동 삼익빌라)
전화 · 02)359-3429　　팩스 02)355-3429
등록번호 · 2-489호(1988년 2월 16일)
이메일 · nanumsa@hanmail.net

ⓒ 이동식, 2013

ISBN 978-89-7027-142-2-03810

값 10,000원

※ 이 책은 홍성현 언론기금의 지원을 받아 저술되었습니다.
※ 잘못된 책은 바꾸어 드립니다.

메멘토 모리
Memento Mori
죽어서 살아나다

이동식_지음

나눔사

문 두드리기 : 메멘토 모리

. . .

고대 로마제국은 끊임없는 정복전쟁으로 이탈리아의 로마에서부터 전 지중해와 유럽, 아프리카대륙까지를 삼킨 거대한 제국으로 발달한다. 이러한 수많은 정복전쟁이 끝나고 전쟁을 지휘한 장군들이 로마로 개선할 때에 개선장군의 뒤에는 노예가 한 명 따라오면서 외치는 말이 있다. 그 말이 '메멘토 모리'(memento mori)였다.

'메멘토 모리'(memento mori)는 라틴어로 '죽는다는 사실을 기억 하라'라는 뜻이다. 개선장군에게는 화려한 승리가 자랑스럽겠지만 인생은 승리만이 있는 것이 아니며, 이 승리를 위해서 많은 사람들이 죽었고, 또 이번에 이겼다고 해서 지지 말라는 법은 없으며, 누구든지 죽음을 맞이해야 한다는 이 엄정한 사실을 기억해야 한다는 무서운 말이다.

내가 이 말을 처음 접한 것은 그리 오래지 않은 2007년 10월 7일 부산에서 열린 한 음악회에서였다. 부산을 대표하는 거문고 음악가인 부산대학교 권은영 교수가 그의 여섯 번째 독주회의 화두를 '메멘토 모리'로 잡고 삶과 죽음의 문제를 화두로 해서 작곡가들의 곡을 받아 연주를 한 것이다. 음악회가 죽음을 주제로 한다는 것은 매우 이색적이어서 그날의 진지한 공연 분위기를 잊을 수가 없다. 연주회장으로 끌려온 죽음, 그 죽음은 거문고 음악으로 다시 드러난다. 네 사람의 작곡자가 각자의 방식으로 풀어낸 죽음을 권은영은 자신의 호흡을 실어 거문고로 표현했고 죽음이라는 주제 앞에서 거문고는 화려하고 현란한 테크닉을 통해 삶을 관통하는 깊은 기운과 공력을 전달해준다. 이를 통해 거문고도 새로운 생명을 부여받는다. 곧 죽음을 받아들이므로서 거문고도 새로운 삶, 새로운 의미가 생겨난 것이다.

'메멘토 모리'라는 말에 상대되는 말로서 함께 인기를 끌었던 말이 '카르페 디엠(carpe diem)', 곧 '오늘을 잡아라' 혹은 '현재를 즐겨라'이다. 이 두 말이 젊은이들 사이에서 유행한 것은, '죽음을 기억하라. 그러니까 내일을 생각하지 말고 오늘을 열심히 즐겨야 돼'라는 말로 연결됨으로 해서, 죽음을 알고 그것을 의식하면 오늘의 삶이 달라질 수 있다는 강력한 메시지가 된다. 그냥 오늘을 잘 즐기고 보내자는 것이 아니라 죽음이라는 현상을 전제로 해서 삶을 즐기는 방법을 찾다보면 그의 삶이 긍정적인 쪽으로 높아질 것이라는 차원에서 이 말은 여전히 현재 진행형이다.

내가 쓴 이 글 속의 주인공들은 모두 죽은(돌아가신) 분들이고, 죽은 다음에 그를 회고하는 형식이다. 곧 죽음으로 해서 그들을 기억해주는 형식이다. 그러므로 죽음이 있었기에 그들의 삶이 기억될 수 있는 것이다. 이 글의 주인공들은 스스로 죽음을 의식하고 행동한 것은 아닐지라도 결과적으로 볼 때 이들이야말로 '메멘토 모리'를 이미 삶에서 실천해온 분들이 아닌가 생각이 되었다. 돌아가신 다음에 뭔가 사람들이 그 삶을 되돌아 볼 수 있는 삶을 사신 분들, 그들 가운데는 세계적으로 유명해진 분도 있고 덜 유명한 분도 있고, 더 많은 기억을 받아야할 분도 있다. 그러나 그들의 삶은 시간이 지남에 따라 묻히고 잊어질 것이다.

1977년 3월 1일, 25살의 나이에 나는 방송기자라는 직업을 택해 그 길을 걷게 되었다. KBS라는 공영방송이 나의 천직(天職)이 되면서 그동안 참으로 많은 분들을 만나 그들의 삶과 생각과 생활을 가까이서 볼 수가 있었다. KBS의 기자라는 신분은 2011년 퇴사를 하면서 사라졌지만 아직도 스스로를 KBS기자로 생각하고 있는 마음은 달라지지 않았다. "한번 해병은 영원한 해병"이란 구호는 꼭 해병대 출신들만이 쓰는 말이 아니라 기자들도 자주 쓴다. 2013년은 계사년이다. 내가 태어난 1953년도 계사년이다. 다시 말하면 개인적으로 2013년은 예전 개념으로 말하면 회갑인 셈이다. 개인적으로 나이가 60이라는 숫자를 맞는 것은, 그것으로 한 생을 끝내고 이제 여분의 삶을 살게 된다는 뜻이 된다.

그 60이라는 시점에서 문득 내가 어떤 사람들을 만나고 알게 되었는가를 되돌아보고 싶었다. 여기 소개되는 분들은 어떤 인연에서건 나와 만난 분들이다. 고금을 통해 수많은 삶이 있어왔고 또 있을 것이지만, 자기의 삶과 관계를 맺게 되는 경우는 그리 많지 않다. 이 분들은 내가 직접 만났거나 들었거나, 혹은 언론을 통해 유별나게 관심을 갖게 된 경우들이다. 그것을 계기로 해서 나의 삶을 스쳐간 사람들, 그들이 이미 죽음이라는 세계로 들어갔기에 그 시점에서부터 되돌아보아 그들의 삶을 우리들의 기억 어느 작은 한 구석에라도 모시어 두고 싶었던 것이다. 이를 통해서 비록 나의 시각, 나의 경험과 연관된 것이라 하더라도 이들의 삶이 현대의 역사의 작은 부분으로나마 기억될 수 있기를 소망해본다.

Contents

part
1

과거 속에서 찾은 영혼

지금도 우리는 끊임없는 영토분쟁 속에 살고 있습니다. 일본은 독도영유권 주장과 역사왜곡, 망언을 일삼고 있고, 중국은 동북공정이라는 이름 아래 우리 역사를 자신들의 역사라고 주장하고 있습니다. 그렇다면 진정한 우리 역사는 무엇일까요? 우리에게 올바른 역사의식과 나라사랑의 마음을 심어주고자 한평생 열정을 불태웠던 사운 이종학 선생님이 계십니다.

이겸노씨는 국내 최고의 고서점인 통문관을 60여 년간 운영하면서 보물급 서적 '월인석보'를 찾아내는 등 귀중한 고서를 발굴하고 수집, 국학발전에 막대한 기여를 해왔으며, '삼국유사', '독립신문', '북사상절' 등 주요 전적들이 지닌 학술 및 역사상의 가치를 발견, 세상에 알렸다.

한지는 세계에 내놓을 보배인데 점차 시들어가고 있습니다. 이를 부활시키는 것이 저의 꿈입니다.

– 김영연

옛 그림은 마음으로 읽어야 합니다.

– 오주석

이종학,
죽어서도 독도를!

 **2002년 11월 23일**

2002년 11월 24일은 일요일이었다. 나는 그날 아침 집에 찾아온 손님을 빨리 내치고 차를 몰고 수원으로 가고 있었다. 조금 전 핸드폰 연락이 귀에 맴 돌았다. "이종학 선생의 동생인데요, 좋지 않은 소식이 있어서요…" 나는 가슴이 덜컹했다. "아이구 선생님이 가셨구나…" 하루 전인 토요일에 돌아가셨단다. 토요일이고, 워낙 연락할 방법이 없어 그저 가까운 분들에게만 연락을 드리노라고 했다.

이런 날이 올 줄은 알았다. 그러나 너무 빨리 왔다. 한 달 전 쾌유를 비는 화분을 댁으로 보내드리니까 선생께서 전화를 걸어 고맙다고 사례를 하시기에 곧 다시 뵙자고 했는데, 결국 그러고는 못 뵙고 가시다니…

이종학 선생이 누구신지 독자들은 잘 모를 것이다. 나도 그랬다. 30년도 더 옛날인 1982년 처음 선생의 댁으로 찾아가기 전까지는.

3.1절을 맞아 일제 통치나 독립과 관련된 내용을 많이 모으신 이 선생님을 취재해 한 시간짜리 특집으로 준비하다가 편성이 바뀌어 그냥 뉴스 시간에 방송하려 하니 당신이 대신 짧은 것으로 취재하라고 해서 찾아간 곳이 수원시 화서동에 있는 선생의 집. 그 집 2층 넓은 마루에서 나는 처음 선생님을 만났다.

학자처럼 풍모가 있는 분은 아니었고 목소리나 화법도 조금은 덜 세련돼 있었지만 창 밖으로 들어오는 햇빛에 반짝이는 깊은 눈매만은 남달랐고 무엇보다도 보통 아파트 방 2개 반은 될 넓은 2층 방 사방을 돌아가며 쌓여있는 책이랑 자료들이 무섭게 다가왔다. 이 모두가 당신이 직접 모으신 것이란다.

그것을 하나하나 보여주는데, 거기에는 일본인들이 간도지구에 사는 조선인들을 조사한 기록에서부터 일제의 수많은 통치조사자료, 녹

  | 메멘토 모리 죽어서 살아나다 |

둔도나 간도 등 지금은 우리에게서 떨어져 나간 우리의 영토에 관한 자료, 이순신장군에 관한, 고대에서부터 현대에 이르기까지 헤아릴 수 없는 자료, 거기에는 거북선에 관한 자료도 많았다. 독도와 동해에 관한 자료나 지도를 알고 싶으면 전화만 하면 되었다. "이건 국보고 이건 보물이고..." 자료들 중엔 지정문화재도 많았다.

선생은 임진왜란 때 이순신장군이 기록한 난중일기를 죽죽 외우시면서 언제 어느 날 몇 시에 장군이 어디로 나갔는데, 그 섬이 실제로 어딘 줄 몰라서 그 섬을 찾아 남해안을 헤매었다고 말해주기도 한다. 그래, 아니 전문학자도 아니신데 언제 어떻게 이렇게 많은 자료를 모으시다니, 돈은 어디서 나고, 또 왠 정열이람....

그 이듬해인가 어느 날 선생의 전화 목소리는 상당히 들떠 있었다. '수항루(受降樓)'라는, 임진왜란 때 장군이 일본군으로부터 항복을 받은 자리에 세워진 누각 사진을 일본에서 찾아왔다는 것이다. 그래 현지 출장을 청했다. 충무(지금은 통영시)시로 내려가 사진이 보여주는 자리를 찾아 이것을 찍고 인터뷰를 해서 9시 뉴스로 내었다. 그리고 그 뒤에 몇 해 만에 그 자리에는 수항루라는 건물이 갑자기 들어섰다. 경상남도인가 충무시에서 그 보도를 보고 수항루를 복원한 모양이다. 그런데 사진을 제공해 드린 선생은 준공식장에 초대도 받지 못했다. 공무원들이 하는 일이 그랬다. 공무원들의 한 탕 위주의 실적주의라 하겠다. 나중에 보니 부산의 영화제 관련 큰 건축물을 지어놓고는 정작 건축설계가는 전혀 초청도 안하고 소개도 안하는 것과 같은 맥락. 선생은 이것을 많이 가슴아파했다. 그렇더라도 그 사진을 찾으므로서 충무공의 유적이 다시 하나 역사로 되살아난 것이다.

그러기를 20여년, 선생은 무슨 일을 하시던 늘 나한테 알려주시고 혹시 이렇게 해도 괜찮은지. 다른 좋은 생각이 없는지를 물으셨다. 물론 속시원한 대답이 되지는 않았지만 그 20년 동안 선생님이 전화를 해주시는 것만으로도 고마웠고, 그 대신 나는 신뢰와 존경을 놓지 않았다.

한번은 선생이 몹시 화를 내신다.

국내의 유명한 교수분이 어디다 글을 발표했는데, 그것이 당시 존재하지도 않는 일본의 지방신문을 인용해서 마치 일본이 독도를 자기 영토에 편입할 때 그나마 격식을 갖춘 것처럼 잘못 해석하고 있다는 것이다. 그러면서 직접 일본 시마네현에 가서 복사하고 찍어온 신문자료와 문의해 얻은 답변들을 보여주시는 것이다. 그래서 그것을 바탕으로 내가 질문서를 하나 써서 드렸다.

선생은 고향인 수원의 화성(華城)을 지극히 사랑하셨다. 흔히 수원성이라고 하지만 선생은 이것이 틀렸다고 하시며 수원성은 일본인들이 붙인 잘못된 비칭이며 원해 이름은 꽃화(華)字 화성이라고 말씀하신다. 그러면서 정조대왕 때의 축성기록인 '화성성역의궤' 전 질을 자비를 들여 200질이나 영인하셔서 전 세계의 주요박물관이나 도서관에 보내야겠다고 하신다. 그래서 나는 내가 아는 대로 보낼 곳 이름을 뽑아서 보내드렸다.

지금 우리 집에 한 질 보관하고 있는 그 책은 정말 우리 기록문화와 서적사의 보물로서, 완벽한 공사전말기록서이다. 화성이 세워진 지 200여년 후에 임진왜란과 625 등 전란을 거치고도 완전히 복원될 수 있었던 것은 정조대왕의 명에 의해 돌 하나 도구하나, 인부 하나까지

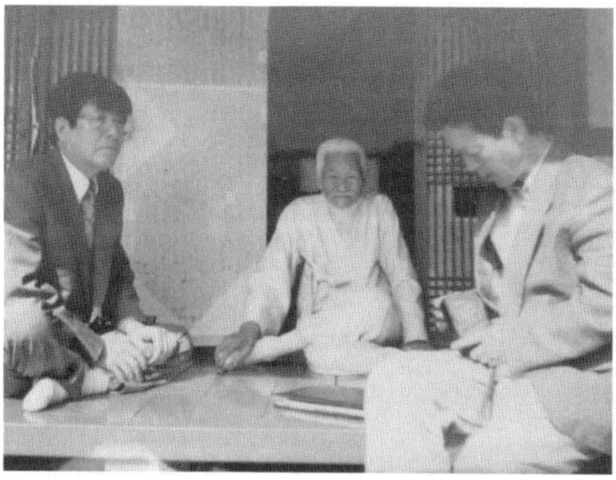

모두 상세히 기록해 놓은 때문이다. 이 노력으로 화성은 유네스코에 의해 인류가 보존해야 할 문화유산으로 지정받게 된다. 그리고는 나도 글을 하나 보내드렸다. 수원의 화성과 미국의 수도 워싱턴이 공교롭게도 거의 같은 시기에 만들어졌으며, 미국의 워싱턴은 서양인들이 가장 중요시 하는 자유를 상징하는 도시로 조성됐다면 수원의 화성은 동양인의 가장 중요한 덕목인 효를 상징하는 도시로 만들어졌다는 것, 더구나 두 도시를 한자로 표시하면 화성(華城)과 화성돈(華盛頓)으로 이름까지 비슷하다는 것을 지적한 글이다. 선생은 이 글을 두고두고 칭찬하시며 자신이 펴 낸 화성에 관한 책자에 수록해주셨다.

20년 전 선생을 만났을 때가 50대 초반, 그런데 워낙 부지런하게 다니시기에 도대체 그 힘이 어디서 나시느냐고 물었더니, 언젠가 탐사를 위해 백령도를 찾아갔다가 마을사람들이 둘러서 있는 것을 발견해 다가가보니까 표면이 희고 검은 커다란 뱀 한마리를 잡아서 보고 있더라는 것이다. 그래 그 뱀(흑질백장이라고 했다)을 나한테 팔라고 해서, 사서 이틀인가를 다려서 누런 국물을 뼈까지 하나도 남기지 않고 다 드셨다고 한다. '지금 우리 국민들이 우리 땅을 지키는 데 너무 신경을 안 쓰고 있으니, 내가 오래 살아야 하니까 그저 뱀한테는 미안하지만 다 먹을 테니 대신 힘을 달라고 했다'고 말하신다. 그 힘으로 정말 오래 오래 많은 일을 하셨는데, 이제 그 힘이 떨어지셨나, 여름부터 영 기력을 잃으시고 몇 번이나 병원에 가시더니 결국 해를 넘기지 못하신 것이리라.

차를 몰고 수원 아주대병원 영안실까지 가면서 선생과 맺은 20년의 인연이 생각나 나도 모르게 눈물을 글썽이어야 했다. 그러면서 참으로 우리나라의 큰 별이 지셨구나 하고 참담한 마음을 가눌 수 없었다.

일요일, 연락이 안돼서인지 지인들이 별로 오지 않았다. 유족들과 인사를 나누고 한 시간 후에 일어섰지만 나중에 우리 회사의 취재진의 전언에 따르면 손보기 박사 등 몇 분이 다녀가셨다고 한다.

기자를 하면서 수원시 화서동에 있는 선생의 서재를 몇 번이고 방문하면서 언제 그렇게 많은 자료들을 모으셨는지 매번 놀라면서, 그 자료 하나하나가 펼쳐질 때마다 잘못 알았거나 지나쳤던 역사들이 엄정하게 되살아 나오는 것을 보면서, 기자로서 많은 부끄러움을 느끼곤 했었다. 조국의 영토는 터럭하나라도 내줄 수 없다는 신념 아래 독도와 간도를 지켜줄 문서 한 장, 사진 한 장을 찾아 모으고, 러시아 땅으로 편입돼 있는 녹둔도를 찾기 위해 기록이란 기록은 모조리 찾아 모으고, 안중근 의사의 얼이 서린 여순 감옥을 단신 잠입해 사진을 찍어 오신 일이며, 독도를 지키기 위해 일본의 시마네현(島根縣)에 쳐들어가서 그곳 관리들로부터 항복을 받는 일이며, 충무공 이순신 장군의 면모를 되살리고 공의 우국충절을 밝히기 위해 우리나라 삼천여 개의 섬마다 찾아 보지 않은 곳이 없다는 사실 앞에는 절로 머리가 숙여지지 않을 수 없다. 어느 학자도 못하고 어느 정치가도 못한 일을 사운선생은 하셨으니, 오늘날의 안정복이며, 20세기의 김정호이자 다시 살아 돌아오신 단 재선생이라고 해도 누가 아니라고 부정을 할 것인가?

　나는 선생을 뵐 때마다 이 자료들을 빨리 정리해서 다음 후학들이 연구를 할 수 있도록 해야 한다고 말씀을 드렸다. 그 때 선생은 나에게 "이기자가 해줄랴?"라고 묻는 것이었지만 사실 나로서는 그 길을 택하기가 어려웠다. 기자로서 하고 싶은 일이 많아서였을 것이다. 다행히 북경에 특파원으로 나가있던(1993.3~1996.7) 3년 반 사이에 선생께서는 연구소를 세워 소장 자료들을 체계적으로 정리하는 작업을 하면서 독도관련 자료를 울릉도의 독도기념관에 기증했고, 동학자료는 전주의 동학기념자료관에, 이순신자료는 현충사에, 그 밖에 한일관련 자료들은 독립기념관으로 보내어 연구토록 하니 우리 학계를 위해서는 더없이 고마운 일이 아닐 수 없다. 특히 독도와 관련된 수많은 고지도와 문서 등을 보관, 전시하기 위해 삼성 측과 접촉해 울릉도에 박물관을 짓기로 해 설계에서부터 완공까지 직접 현장을 감독하며 온갖 심혈을 다 기울이신 것을 사람들은 기억을 할까? 삼성 측으로서도 당초 예상보다 돈이 점점 불어났지만 그룹차원에서 지원해 울릉도에 독도박물관이 완공됐다. 나보고 몇 번이나 같이 가보자고 했지만 바쁜 일정 때문에 시간을 내지 못했는데, 선생은 당시 독도박물관을 완공하고 관장으로 있으실 때에 생선인 방어 아주 큰 한마리를 염장해서 서울의 우리 집으로 보내고서는, '이제 이 선생이 나를 이어서 독도를 방어해 주세요' 하고 전화를 주시기도 했다.

　그 독도박물관을 계속 운영할 수가 없어 결국 울릉도에 내놓고 올라오신 선생은 일본 국회도서관에서 중요한 자료를 발견했는데, 도저히 복사나 안되니까 품에 넣고 몰래 창문을 넘어 나와서 복사를 하고서는 다시 시치미 떼고 돌려주시기까지 하셨다. 그 때가 연세가 일흔을 넘을 때였다. 과연 누가 이 선생을 노인이라고 할 수 있었을까?

그 뒤 내가 런던특파원으로 나가 있을 때에 북한에 전시회를 추진 중이라고 전화를 주셨다. 자기가 갖고 있는 자료가 일제의 침략과 침탈을 잘 증언하는 자료인데, 북한이 일본과 수교협상을 맺을 때에 일본으로부터 보상을 받으려면 꼭 필요한 자료이니 북한에 전시하고 가능하면 그 곳에 기증하고 싶다는 것이다. 그래서 북한 전시가 성사됐는데 나중에 전시가 끝나고 멀리 있는 나에게 전화를 해서 자랑을 잔뜩 하셨다. 정말로 이 노인네(?)는 노인네가 아니었다. 이제 다시 선생을 만나지 못하는구나, 그런 생각을 하니 돌아오는 길이 너무 힘들었다.

1927년 경기도 화성에서 태어나 공민학교 학력이 전부인 선생은 해방 후 서울에서 고학을 하면서 책이나 실컷 읽어보자며 1957년 연세대 인근 철길 옆에 '연세서림'을 낸 것이 그를 서지학 연구의 길로 안내했다. 거기서 돈을 웬만큼은 벌었고, 그 돈을 나라와 민족을 위해 보람되게 쓰자며 시간과 여건이 허락하는 대로 전국을 다니고 일본과 미국을 다니며 자료를 모았다. 손보기 박사님의 말씀대로 '나라가 해도 못할 일을 혼자서' 해 내신 것이다. 일생을 사료수집에 몸 바치고 또 제대로 된 대접 한번 받아보지 못하고 살다간 선생. 평생 남에게 베푸는 일만을 해온 선생은 한줌 재로 돌아가셨다. 유족들은 갑자기 가셔서 유언도 받지 못했다고 한다. 그러나 생전 말씀대로 "내가 죽으면 화장해서 뼛가루를 독도 앞바다에 뿌려달라"는 그 말씀에 따라 그의 유해는 독도 앞바다에 뿌려졌다. 왜구에게서 나라를 지키고 싶었던 문무대왕처럼 죽어서도 독도의 수호신이 되고 싶어한 것이다.

그 날 선생의 별세를 다루는 KBS 9시 뉴스의 소개화면 제목에 나는 이런 말을 붙여주었다. 7자 밖에 안 되니까 이렇게;

"죽어서도 독도를…"

독도가 개방되면서 수많은 사람들이 독도를 찾고 있다. 이명박 대통령도 찾았다. 그렇지만 독도를 지키는 우리 전투경찰들은 알아도 이종학 선생에 대해서는 잘 모를 것이다. 혹 시간이 되어 울릉도에 있는 독도박물관에 가더라도 이종학 선생이 자료를 기증했다는 사실만을 알 수 있을 뿐, 이 박물관을 짓기까지 본인이 삼성 측과 교섭하면서 얼마나 많은 수고를 했는지는 잘 모를 것이다. 더구나 그 자료 하나 하나를 모으는데 담겨진 그 숱한 사연들과 용기와 모험담에 대해서는.

나도 이제 선생을 만나고 싶으면 독도 앞바다로 나가봐야 할 것 같다. 거기 넘실대는 파도 위에서, 혹은 깊은 바닷물 속에서, 아니면 독도 위에 펼쳐진 푸른 하늘에서 선생은 나를 반기시리라. "아 이기자가 왔구나!! 나하고 한 잔을 할까? 여기 회감이 많으니 실컷 드시고나 가시게"

2009년 1월 26일 설날에 나는 가족과 함께 경기도 수원에 있는 사운 이종학 기념 사료관을 찾았다. 선생이 돌아가신 후 그 많은 자료들은 유족에 의해 수원시에 기증되었고 수원시는 오랜 작업 끝에 기념 사료관을 만들어 자료를 전시하기 시작했다. 그 소식을 KBS부산총국장으로 있을 때에 들은 나는 부모님 등 가족을 모시고 기념관을 찾은 것이다. 우리가 첫 손님이었다. 혹 방명록이 있으면 뭐라도 쓰고 오고 싶었는데 그것은 없었다.

그리고 사운 사료관에서 솔직히 실망을 많이 했다. 도록에는 제법 많은 내용이 실려 있던데 막상 진열된 것은 얼마 없고 방의 크기도 너무 작고..... 설명도 보다 더 자세했으면 싶은데....일제 시대 간도의 주민실태를 조사한 보고서(국보로 지정된 것)이 있을 텐데 그것은 다른데 보내졌는지 진열이 안 되어 있었다. 전반적으로는 너무 방이 작고 좁아 그 분의 뜻이 충분히 살지 못하는 것 같았다. 박물관 측으로서야 그렇게밖에 할 수 없는 사정이 있었다고 하겠지만 그 상태로서는 도저히 안되겠다는 생각이었다. 지금은 어떻게 되었을까?

'독도 · 사운 이종학 수원박물관 특별기획전' 성료
2012.10.22 천의현기자/mypdya@joongboo.com

| 메멘토 모리 죽어서 살아나다 |

수원시는 지난 14일 수원박물관 특별기획전 '사운 이종학, 끝나지 않은 역사전쟁'의 60일간의 전시를 마쳤다.

이번 기획전은 한평생 독도를 비롯해 우리나라의 역사자료를 수집하고 연구한 故 이종학 선생의 업적과 열정을 기리고 10주기를 추모하기 위해 개최됐으며, 한 일간 독도 영유권 문제가 국내외적으로 크게 이슈가 된 시기여서 더욱 의미가 있다.

1만5천여 명의 시민, 학생, 공직자 등이 전시회를 관람했고, 이상찬 서울대 교수, 호사카 유지 세종대 교수, 요시카와 아야코 교토대 교수, 김경남 호세이대 교수, 장재용 버클리대 교수^(동아시아 도서관) 등 20여명에 이르는 국내외 전문가도 관람했다.

9월 7일에 방문한 506명의 관람객은 박물관 개관이래 1일 최대 관람인원이기도 하다.

특히 기획전과 연계해 10월 9일 열린 학술대회는 '독도'와 수원사람 '이종학'을 재조명해 역사의 진실을 알리고 애국, 애향심을 고취하는 좋은 기회였으며 중앙정부 차원에서 시행될 기획전과 학술대회를 지방정부에서 시행했다는 학계의 호평도 받았다.

관람 마지막 단계에는 '독도 지키기 자석 서명판'을 설치했다. '독도는 누가 뭐래도 우리 땅', '이종학 선생이 수원사람인 것이 자랑스럽다' 등 2,520명의 관람객이 소감을 남겼고 '독도가 한국 영토인 줄 몰랐다. 면목이 없다'라는 한 일본

관광객의 소감도 있어 눈길을 끌었다.

중국인 션춘하이(深春海, 36) 씨는 '명백한 역사적 자료가 있는데도 독도를 일본 땅이라고 하는 것은 강도와 같다'라는 소감을 남기기도 했다.

한편 기획전 홍보에는 시도 나섰다. 염태영 수원시장은 각종 행사장 등에서 기획전을 직접 홍보했고, 수원박물관은 신문, TV, 라디오 등 각종 언론매체를 통해 80회 이상 보도했다.

또한 수원월드컵경기장에서 개최된 K리그 서울전과 수원화성문화제에 홍보 패널 부스를 설치, 전시하기도 했다.

박덕화 관장은 "이번 전시회는 무엇보다도 시민에게 역사를 바로 알게 하고 애국 애향심을 갖게 해 역사와 문화, 사람이 함께하는 소중한 행사였다"라고 말했다.

이겸노,
통문관 그 할아버지

 **2006년 10월 15일**

　낮에 방송보도를 보고 알았다. 2006년 10월 15일이었다. 통문관의 그 할아버지가 돌아가셨다는 것이다. 집에 들어오자마자 서가를 찾았다.　보름 남짓 전에 인사동 통문관에 들러 산　책이 생각난 것이다. 책 이름은 "한국상대(上代)건축의 연구", 저자는 일본인 요네다 미요지(米田美代治)인데 35살에 죽은 청년이 남긴 한국 건축사의 불후의 명저를 신영훈 선생이 번역, 출간한 것이다. 지난 달 30일 궁중박물관 강당에서 열린 위당 정인보(爲堂 鄭寅普·1893~1950) 선생의 한문 문집 '담원문록(薝薝園文錄)' 간행기념회에 갔다가 너무 사람이 많아 발길을 돌리다가 문득 생각이 나서 모처럼 들린 통문관이었다. 서가에서 이 책을 발견하고 주인으로 보이는 청년에게 값을 물어보니 4만 원이란다. 약간 비싸지 않은가

하는 필자의 표정을 알아본 듯 그 청년은 "이제는 절판이라서요"라고 나직하게 말한다. 그 청년에게 물어보았다: "이 집 어른은 어떠세요?" 그 청년의 말; "아 할아버지요? 아직은 그냥그냥 계시는데, 이제 너무 연로하고 노쇠하셔서…"라며 끝말을 잊지 못했다. 청년은 할아버지로부터 이 서점을 이어받아 운영하고 있는 손자 종운 씨였다. 그 말을 들은 지 불과 보름 만에 이겸노(李謙魯) 할아버지의 부음을 듣는 것이다.

돌아가실 때 연세가 아흔 일곱이시라니, 장수한 것이고, 돌아가시면서 큰 고생을 한 것 같지는 않은 것을 보면 호상(好喪)이라고 하겠지만 그래도 20여 년 전 따뜻한 정과 사랑을 받은 것을 생각하면, 그리고 다시는 그 코에 걸려 내려 깔리는 두꺼운 안경너머로 인자한 눈길을 보지 못한다고 생각하니 가슴에 밀려드는 게 있다. 할아버지를 처음 본 것은 20년도 더 전인 1983년, 그 때 나는 회사에서 발간하는 월간지인 '방송'에 원고지 40매 정도의 문화칼럼을 의뢰받아 글을 써야 했는데, 인사동에서 가장 멋있어 보이는 고서점이고, 또 사장이신 할아버지가 너무도 편하게 해주셔서 자주 들러 책을 고르며 할아버지를 뵙게 되었다. 그 때에 쓰던 글은 우리의 전통문화를 다룬 것이었고, 당시는 우리 전통문화에 대한 새로운 책들은 별반 없는 시대여서 통문관에 가면 여러 가지 책들이 많이 있었다.

　　　　　　　　　　　　　| 메멘토 모리 죽어서 살아나다 |

잘 알다시피 '통문관(通文館)'은 국내 최고의 고서점이다. 이웃나라 일본에는 100년이 넘은 고서점이 즐비하지만 우리나라에서는 16살에 고서점 점원으로 들어가 책을 배운 이겸노 씨가 34살에 설립한 '통문관(通文館)'이 가장 오래되었다. 처음 문을 열 때의 이름은 '금항당(金港堂)'이었는데, 광복 후에 통문관으로 이름을 바꾸고 인사동 입구에서 터주대감처럼 버티면서 수없이 유실되는 고서들을 모아 우리나라 학자들에게 공급했다. 따라서 한국학 자료의 보고이자 한국학 연구자들의 사랑방이었다. 국어학자 이희승, 미술사학자 김원룡, 국립박물관장을 지낸 최순우 등 국학 연구의 대가들이 수시로 통문관을 드나들며 필요한 자료를 구했다. 필자도 보도국 문화부 기자로 있으면서 미술관계 취재를 위해 인사동에 가면 시간이 나는 대로 통문관에 들렀고 오래된 책들이 가지런히 쌓여있는 서고 사이에서 책의 이름과 내용을 보는 재미로 시간을 많이 보냈는데, 그 사이에 교수나 학자, 연구생들이 와서 책에 대해 문의도 하고 세상 돌아가는 얘기를 나누는 것을 어깨너머로 듣곤 했다.

이겸노 할아버지는 또 우리의 전통문화를 직접 답사해서 공부하는 '민학회'를 이끌어왔다. 1976년에 민학회 회장이 되어 2년 동안 맡는 등 초기 민학회의 활동을 많이 지도했는데, 답사 때에는 고건축 전문가인 신영훈 선생이 그 구수한 입담으로 곳곳의 절터나 유적지 등에서 현장 강의를 하고, 답사 후에는 막걸리로 현장의 느낌을 몸에 담아오는 것이다. 그 민학회 활동은 삼성출판사 김종규 회장과 가회박물관 윤열수 관장 등이 이어받아 열성을 다함으로서 오늘날 전국토 답사문화의 황금시대를 열었던 것이다. 필자도 가끔은 답사현장을 찾아 시골의 어느 한적한 유적에 담긴 옛 이야기들을 많이 듣곤 했다.

1988년 서울에서 올림픽이 열리던 해에 통문관을 다시 찾은 나는, 한 쪽에서 고유섭 선생의 책을 발견했다. 호를 우현(又玄)이라고 하는 고유섭(高裕燮)은 해방 전 개성박물관장으로 있으면서 우리나라 미술사에 대한 깊고 넓은 연구로 위대한 업적을 쌓다가 해방도 보지 못하고 아깝게 요절한 분인데, 그 분의 저서로 "조선미술문화사논총"과 "한국미술사 급 미학논고"라는 두 책이 보이는 것이었다. 그래 그 책을 들고 값을 물어보니 주인인 할아버지는 책값을 말하고는 뒤편에서 약간 더 큰 책을 한 권 뽑아들더니 그냥 가져가서 보란다. 책 제목은 "통문관 책방비화", 바로 할아버지가 쓴 책이었다. 고유섭의 두 책은 통문관이 펴낸 것인데, 이겸노 할아버지는 평소 안면이 어렴풋이 있는 한 젊은이(사실은 TV뉴스를 보며 내가 누구인지를 아셨을 것이다)가 자기가 펴낸 책을 골라서 사주니까 기분이 좋으셨던 모양이다.

그 "통문관 책방비화"를 보면 '월인석보'(월인천강), '월인천강지곡', '독립신문' 등 그가 찾아낸 숱한 국보, 보물급 문화재들과의 인연과 일화를 적고 있는데, 할아버지는 이렇게 확보한 책 가운데 좋은 책은 직접 자신이 영인본을 내어 보급함으로서 우리 학계의 연구에 이바지 했다. '월인천강지곡'과 '청구영언' 등의 영인본이 그것이다.

통문관의 삐걱거리는 유리문을 잡아당기고 들어가면 '적서승금(積書勝金)'이란 편액이 보이는데, "책을 쌓는 것이 금보다 낫다"는 그 말처럼 이겸노 할아버지는 한국전쟁 때 가재도구 대신 고서를 짊어지고 피란길에 올랐고, 심하게 훼손된 고서를 한 장 한 장 인두로 다리고 풀을 먹여 살려내는 정성으로 평생 우리나라의 인쇄·전적문화를 지켜냈다.

필자가 통문관을 출입(?)한 지도 30년이 넘는다. 되돌아보면 만 서

　　　　　| 메멘토 모리 죽어서 살아나다 |

른 살이 되던 83년부터 통문관을 드나
들며 열심히 책을 사서 읽고 정리한 덕
분에 나도 문화부 기자로서 아주 부끄
럽지는 않게 활동을 할 수 있었다. 거

기서 구해서 읽은 책들이 나의 내면과 지식을 채워주며 혹은 뉴스로 혹
은 다큐멘터리로 KBS의 전파를 통해 국민들에게 전해질 수 있었다. 우
리 문화에 대한 일반의 인식이 아직 미약했을 때에 나에게 맡겨진 임무
들을 나름대로 성실히 수행함으로서, 오늘날 우리의 한류가 이만큼 크
지 않았는가? 그 바탕에 이겸노 할아버지의 평생의 고서수집과 통문관
이 있지 않았는가 감히 생각을 하며, 삼가 고인의 영전에 고개를 숙인
다.

김영연,
오로지 한지 사랑

지금부터 30년여 전인 1982년 12월 13일

덕수궁 석조전 서관 건물이 시끌벅적했다. 당시는 국립현대미술관이 덕수궁 석조전에 있었고 원래 소리 없는 미술품들이 진열, 전시되던 공간, 그런데 다소 웅성거리는 분위기 속에 부산하다. 당시 문화부 기자였던 필자는 종이전시회가 열린다고 해서 미술관을 찾은 것인데, 가 보니 나무로 된 통을 이곳저곳에 놓은 가운데 한쪽에는 김이 나고 있고 다른 쪽에는 멀건 풀 같은 것을 퍼서 발(簾) 같은 데에 받치고 있다. 이 것이 수도 서울의 한 복판에서 최초로 펼쳐진 한지 제조 시범이었다.

이 자리에서 김영연 사장님을 처음 뵈었다. 원주시 단구동 190번지에서 무영물산이란 종이공장을 하고 계신단다. 이 날부터 12월 27일까지 보름동안 열리는 이 전시회의 제목은 "현대 종이의 조형, 한국과 일본전"으로 종이 생산국으로서 오랜 역사를 갖고 있는 한국과 일본 두 나라가 종이의 우수성에 대한 일반의 인식을 높이고 현대미술에서 새롭게 대두되고 있는 본질적인 문제, 곧 종이는 예술을 표현하는 매체일 뿐 아니라 그 자체가 소재가 된다는 점을 부각시키기 위한 자리였다. 여기에는 종이를 소재로 하는 60여 명의 한국과 일본 두 나라 작가들이 참여했는데, 전시회를 계기로 전통 한지제조기술을 처음으로 공개하는 것이다. 김영연 사장이 이 시범행사를 지휘했는데, 홍관하, 정영선, 김창선, 송우석 씨 등 평생을 종이와 함께 살아온 제지장 9명이 자리를 같이해 전통한지의 다양한 종류와 만드는 법을 일일이 선보였다.

막 서른 살이 된 새파란 기자인 필자는 이날 처음으로 한지를 가까이서 보면서 한지에 대해 많은 것을 배웠다. 김영연 사장님은 새까만 후배인 본 기자에게 자세히 설명을 해주었다. 김 사장님은 우리가 만들어 온 이 우수한 한지는 세계에 내놓을 보배인데도 점차 시들어가고 있다며, 이를 부활시키는 것이 당신의 꿈이라고 밝혔다. 이 일을 계기로 나는 우리 전통문화에 대해 관심을 갖기 시작했고 그 뒤에 필자는 전통한지뿐 아니라 부채, 장승, 가구, 탈, 차, 민화 등등 우리 문화 전반에 걸쳐 공부를 하기 시작해 나의 기자생활에 큰 보탬이 됐다.

그때, 그러니까 30여 년 전만 해도 원주는 전주와 함께 그런대로 전통한지를 만드는 중요한 산지였고 종이를 만드는 공장도 수십 개가 있었다. 그러나 불행히도 김영연 사장은 우리 전통한지 부활이라는 꿈을 미쳐 펴보지도 못하고 몇 년 후인 1985년에 갑자기 타계하셨다. 안타까운 일이었다. 김 사장님의 타계와 직접 연관은 없겠지만 전통 한지의 주요 생산지로서의 원주의 면모는 더욱 시들해졌다.

원래 원주의 종이는 유명했다고 한다. 해방 때까지 원주의 종이가 전국에서 이름을 날린 것이다. 지금은 행정구역상 원주시가 된 옛 원성군 호저면, 이 곳은 이름 그대로 호저(好楮), 곧 좋은 닥나무가 많다는 뜻인데. 일제 시대에는 저전동면(楮田洞面)이라고 해서 닥나무 밭이 많이 있던 곳이었다고 한다. 원주시내 옛 중심부에 해당하는 원주감영 일대에도 '다박골'이란 지명이 있었는데, 닥밭골에서 유래했다고 한다. 그러던 원주가 이제는 손으로도 꼽기 힘든 지경이 됐다. 어디 원주뿐이랴? 전국의 유명한 한지 생산지가 대부분 그렇지 않겠는가?

'닥나무로 만든 한지는 같은 동양의 중국, 일본 세 나라가운데 우리나라 것을 최고로 쳤습니다. 해방 전에 안변에 있는 석왕사에 간 일이 있는데, 그 절에 있던 목판불경이 좀이 슬어 몹시 상한 것으로 보았습니다. 그 목판이 오래됐다고는 해도 천 년밖에는 안 되는데, 그러나 닥나무로 만든 우리 한지는 좀처럼 좀이 슬지 않고 오랫동안 견디기 때문에 사실상 반영구적인 보존이 가능하지요'

1982년 12월 덕수궁 국립현대미술관에서 한지 제조 시범을 보이던 홍관하 할아버지(당시 75살)의 말을 빌지 않더라도 한지는 우리나라 것이 최고였다. 중국 송나라 사람들은

"高麗紙, 以錦繭(견)造成, 色白如稜, 堅靭(인)如帛, 用以書寫, 發墨可愛, 此甲商所無, 亦奇品也" 도륭(屠隆)이 쓴 '고반여사(考槃餘事)'에서.

"고려지는 비단과 누에고치로 만드는 것으로, 색은 비단같이 하얗

 | 메멘토 모리 죽어서 살아나다 |

고 질겨서 글씨를 쓰거나 그릴 때 먹이 잘 배어, 중국에 없는 귀한 물품
이다"

라고 표현하며 아꼈다고 한다.

맨 처음 중국에서 발명된 종이는 불교문화의 한반도 유입과 함께
3~4세기경 우리나라에 들어와 많이 만들어진 것으로 보인다. 백제에
서는 4세기 말에 사서를 많이 편찬했는데, 이 때에도 종이가 있었을 것
으로 추측된다. 610년에는 고구려 스님 담징이 일본에 건너가 종이 만
드는 기술을 전해주었다는 사실이 〈일본서기〉라는 역사책에 나타난다.
신라 진덕여왕 1년인 서기 648년에는 종이로 만든 여을 띄웠다는 기록
도 있어 600년을 전후해 고구려와 백제, 신라 3국 모두에 종이가 들어
와 제조하고 있었음을 알게 해준다. 현재까지 남아있는 최고의 종이는
불국사 석가탑에서 발견된 '무구정광대다라니경(無垢淨光大陀羅尼經)'. 서기
706년이나 751년에 만들어진, 지구상에서 가장 오래된 목판 인쇄물,
곧 종이인쇄물이다. 또 국보 196호로 지정돼 있는 '금은니자금지 불보
살도(金銀泥紫金紙 佛菩薩圖)'도 신라 경덕왕 13년, 서기 754년에 만든 것으로
돼 있다. 당나라 때에는 이미 종이가 중요한 공물, 즉 무역품이 된 것으
로 봐서 우리의 종이제조기술은 중국에서부터 전해졌지만 우리나라에
서 더욱 개량돼 우수한 기술을 보유하고 있었던 것으로 믿어진다.

'우리나라 종이가 우수한 것은 우리나라에서 나는 닥나무 때문입니
다. 닥나무 껍질이 질긴데다 껍질자체를 방망이로 때려주기 때문에 종
이가 되는 섬유질이 길쭉길쭉해집니다. 이 때문에 우리 종이가 중국이

나 일본 종이보다 질기고 오래 갑니다'

　김영연 사장은 이렇게 자랑을 했다. 김 사장은 우리 한지의 우수성을 널리 자랑하기 위해 여러 가지 문헌도 많이 찾아보며 학구적인 연구도 게을리 하지 않았다. 우리나라에서 한지기술자 가운데 유일하게 외국에도 알려져 있어서 전시회가 열린 다음해인 1983년 3월 일본 교토에서 열리는 국제종이회의(International Paper Conference)에도 참가해 우리 한지를 자랑하기도 했다.

　종이의 원료로 닥나무가 확고하게 자리 잡은 것은 고려시대부터로 본다. 닥나무 말고도 삼베나 대나무껍질 등이 원료로 쓰이기는 했지만 닥나무가 재배하기도 비교적 쉽고 번식도 잘 되며 가공하는데도 손쉽기 때문에 점차 닥나무만이 쓰이게 된 것으로 보인다. 고려 중엽인 12세기에 들어서면서 불경과 사서를 비롯한 각종 서적의 인쇄가 활발해지면서 종이의 수요도 격증하게 됐다. 그래서 이같은 수요를 충당하기 위해 인종 23년인 1145년에서부터 명종 18년인 1188년까지 전국적으로 닥나무 재배를 권장하면서 민간제지업을 적극 육성했다고 한다. 또 제지업을 관장하고 직접 종이도 만드는 관청으로 紙所(지소)를 설치해 제지업의 적극적인 발전을 꾀한 결과 蘭紙(난지) 또는 鴉靑紙(아청지) 같은 우수한 종이를 생산하게 됐다.

　고려시대가 제지술의 붕아단계였다면 조선시대는 대량생산체제로의 발전단계라고 말할 수 있겠다. 조선 초 금속활자의 개량과 대량의 서적간행이 이어지면서 종이의 수요가 크게 늘어났다. 이런 수요에 맞춰 태종 15년인 1415년 제지장들을 관장하고 직접 종이도 만드는 造紙所가(조지소)가 설치돼 제지기술의 보급과 개량, 합리적인 생산관리, 지

　| 메멘토 모리 죽어서 살아나다 |

질의 개량 등이 본격화됐다. 이 당시 기록을 보면 서울에 있는 공장에는 최고 기술자인 紙匠(지장)이 85명, 지방에 있는 공장에는 지장이 698명이나 있어 많은 잡역부들을 데리고 종이를 만들었으며(경국대전), 이들은 법으로 생활을 보장받았다고 한다. 일찍부터 교육과 문화를 일으키는 가장 중요한 기술자들을 우대한 셈이다.

세종 10년 1428년에는 일본에 갔던 사신의 보고에 따라 일본 종이의 제조기술을 지장에게 습득하도록 했고 성종 6년 1475년에는 지장을 직접 중국에 파견해 삼(麻)을 이용해 종이를 만드는 법을 배워오기도 했다. 이것은 당시 너무 수요가 크게 늘어난 종이를 보다 쉽고 싸게 만드는 법이 없을까 고심한 결과라고 하겠다. 닥나무 섬유질을 표백하는데 쓰는 나무(木炭)를 줄이고 값싸게 얻을 수 있는 蠣灰(여회: 굴껍질)로 대체하기도 했다. 이같은 시도로 갈수록 늘어나는 종이의 용도에 따른 다양한 품목의 개발이 진전을 가져왔다. 서울의 종이공장은 현재의 세검정 일대에 있었으며, 이를 중심으로 민간 공장들도 많아져 조선조 중기 이후의 서민들에게까지 종이를 공급했다고 한다.

중국인들은 아득한 신라시대부터 우리 종이를 좋아해서, '계림지(鷄林紙)', '고려지(高麗紙)'라고 예찬하다가 다시 '조선지(朝鮮紙)'로 부르며 우리 종이를 아꼈다고 한다. 그래서 송나라부터 원나라, 명나라, 청나라에 이르기까지 고려나 조선 사신들이 들고 가는 선물이 '종이'와 '청심환'이었다는 데서 우리 종이의 명성을 확인할 수 있다. 더군다나 이 시기의 중국인들은 우리 종이의 질이 명주(明紬)와 같이 정밀해서 비단 섬유로 만든 것으로 착각할 정도였으며, 명나라 "일통지(一統志)"에 가서야 비로소 닥나무로 만든 것이라고 확인한 기록이 보인다고 한다. 이런 까닭에

서명응(徐命膺 : 1716~1787)은 그의 저서 "보만재총서(保晚齋叢書)"에서 "송나라 사람들이 여러 나라 종이의 품질을 논하면 반드시 고려지를 최고로 쳤다.……고려의 종이가 가장 질겨서, 방망이로 두드리는 작업을 거치면 더욱 고르고 매끄러웠던 것인데 다른 나라 종이는 그렇지 못하다"고 적어, 종이의 우수성을 예찬하였다고 한다.

그러나 우리나라에서 종이의 황금시대는 갔다.

'일제 시대까지만 해도 상당수의 한지제조공장이 있었던 것으로 짐작되고 625동란 이후까지도 대부분의 서양식 제지공장이 파괴됐기 때문에 한지제조도 그런대로 활발했다고 볼 수 있습니다. 그러나 지난 1969년에는 896호로 집계된 한지 제조업소는 1982년 말 현재 150호로 줄어들었습니다. 이대로 가다가는 앞으로 몇 년 안에 하나라도 살아남을까 걱정됩니다. 겨우 창호지나 화선지를 사는 게 고작이지 않습니까? 아무도 한지를 쓰지 않으려 하니 어떻게 합니까?'

끊어지고 있는 한지제조업소의 실태를 직접 조사해 보았다는 김영연 사장의 말이다. 그것이 30년 전의 일이니 오늘날이야 더 말해서 무엇하리오.

중국 북경의 유리창이라는 데를 가면 각양각색의 종이들을 만나볼 수 있다. 청나라 전성기인 건륭(乾隆) 황제 치세(1736~1795) 때부터 서적과 서화류의 집산지로 자리를 잡아온 유리창에는 동과 서로 이어지는 두 개의 큰 골목에 영보재(榮寶齋)를 비롯한 유명한 수많은 서화상들이 즐비하고, 그 속에 들어가면 중국 전국의 이름 있는 종이들이, 말만하면, 턱 대령한다. 그러기에 우리나라의 예술가들도 즐겨 찾고 있다. 그런데 중국 서화가들 사이에는 '고려지(高麗紙)'라는 종이가 사랑을 받고 있다. 서화재료를 파는 데에 가서 '고려지'를 보자고 하면 선지보다는 덜 하얗지만 약간 까칠까칠한 느낌의 종이를 내놓는다.

중국의 고려지는 하북성(河北省) 천안현(遷安縣)에서 만들어지고 있다. 천안현의 현성(縣城) 북문 밖에 3개의 村庄(마을)이 있는데, 가장 먼저 만들어진 종이공장은 "현기종이공장(顯記紙廠:현기지창)"으로서 청나라 말기에 이현정(李顯庭)이란 사람이 만든 것이라고 한다. 1861년생인 이현정은 천안의 집안에서 지물포를 열어 운영하면서 전후 3차례 조선에 가서 종이를 만드는 기술을 배워왔다. 1909년 천진에서부터 기사를 초빙해서 '홍신지(紅辛紙)'와 '유삼지(油衫紙)'라는 두 종류의 '고려지(高麗紙)'를 만들었다. 기본적으로는 당시 조선의 종이와 비슷하지만, 흰색으로 두껍고 견고하고 질기고 직선의 무늬가 들어있는 그런 종이를 만들어 냄으로서 이 공장의 명성이 전국을 흔들었다고 한다.

심지어는 일본에도 아직까지 '고려지(高麗紙)'라는 종이가 있다. 일본의 유명한 정치가로 총리까지 지낸 이누카이 쓰요시(犬養毅)는 유명한 서도가이기도 한데 1920년대 말에 고려지라는 종이에 시험적으로 써 본 글씨가 지금도 남아있다. 일본에서는 요즈음에도 중국 돈황의 벽화를 모사해서 파는데, 그 모사하는 종이가 고려지이다.

한지는 세계의 많은 종이가운데서도 섬유질이 길기 때문에 거의 영구적이라고 할 정도고 장기간 보존이 가능한 것은 물론, 방한과 보온을 해주면서도 통풍이 잘 된다. 또한 반(半)투광성이 있어 직사광선으로부터 우리 눈을 보호해주면서 은은한 느낌을 갖게 해주는 등 장점이 많다. 우리 조상들이 창호지를 바른 창문에 적응하면서 천여 년을 살아온 것도 한지의 이같은 장점 때문이리라. 그러나 서양 종이에 눈이 먼 우리 주위에서 한지를 애용하는 가정은 그렇게 많지 않다. 건축을 하는 회사들도 아파트를 열심히 지으면서도 유리창만 사용해 한지는 설 땅이 없다. 그러다 보니 한지를 쓰지 않아서, 한지를 만들어 낼 필요가 없어졌고 그러다 보니 공장도 줄어든 것이리라. 이에 비해 이웃나라 일본은 전통적인 서화용뿐 아니라 산업용으로 일본 종이의 용도를 개발해 자동차 배터리 절연지와 같은 고기능 종이들로 전 세계 산업용 종이의 70%를 공급하고 있다고 하지 않나? 그러니 지금도 일본 곳곳에는 일본 종이를 만든 공장이 번창하고 있는 것이다.

우리나라의 현실과는 대조적으로 요즈음에는 외국에서 한지의 우수성에 눈을 떠서 요즈음 한지를 수입해 가는 나라들이 있다는 것이다. 일본에서는 옛날 서적을 한지로 영인함으로써 영구보존판으로 판매하고 있다고 한다. 영국이나 미국에서는 책의 안쪽이나 겉을 한지로 배접함으로서 책의 수명을 장기화한다고 한다. 우리만이 우리 것에 무심했기에 정작 우리 것을 외국에서 다시 배워와야 하는 현상, 어디 그것이 한지에만 국한 된 이야기일까?

그런 김영연 사장님은 생전에 남모르게 우리 한지와 관련된 문헌 자료들을 방대하게 수집하고 있었다. 종이의 역사에서부터 시작해서 우리나라에 한지가 들어와 번창하기 시작한 신라와 고려, 그리고 조선 시대로 이어지는 자랑스런 한지의 역사, 그리고 당신이 직접 한지를 만들어 본 경험에 비춰 한지의 원료에서부터 제지법에 이르기까지 한지의 전 분야를 철저히 파고들어, 이를 수천 매의 원고로 남겨놓았고, 우리 한지를 외국에 소개하기 위해 직접 영문 원고까지 써놓았다. 이런 배경에는 일찍이 일본 동경대학 중국어과를 나온데다가 1963년부터 조선대학교 교수 겸 도서관장을 역임하신 경력이 크게 작용했으리라. 김 사장님의 원고가 2007년 원주시에 의해 "한지의 발자취"라는 이름으로 발간됐다. 사단법인 '한지산업기술발전 진흥위원회'의 차우수 이사의 노력이 큰 작용을 했다.

책 속에 들어가 있는 내용이 너무 깊고 방대해서 이제 한지에 관해서는 이이상의 책이 없으리라는 평가가 가능해진다. 책을 펼쳐보니 김영연 사장의 한지에 대한 사랑과 정열이 새삼 파도처럼 다가온다_(비매품이므로 원주시에 연락하면 책을 구할 수 있을지도...).

지금 다시 김영연 사장님이 살아서 돌아올 수는 없을까? 어떻게 하면 우리의 한지를 다시 살릴 수 있을까? 지구상에서 가장 글과 책을 좋아했던 나라, 그 전통을 어떻게 하면 다시 살릴 수 있을까? 김영연 사장님과 같은 열정을 가지신 분들이 그리워진다

오주석,
마음으로 보라

 **2005년 02월 05일**

설날 연휴가 시작된다는 흥분 속에 이미 귀성이 시작됐다는 소식이 매스컴을 장식하면서 2005년 2월의 첫 주말인 5일에 있었던 한 부음이 일반인들의 주목을 받지 못하고 넘어간 듯한 느낌이지만, 사실 나로서는 큰 충격이었다. 겨우 50도 안 된 나이에 한 젊은 미술사학도가 타계한 것이다. 그의 이름은 오주석, 일반인들에게는 '옛 그림 읽기의 즐거움1'의 저자로 알려져 있다.

영국에 특파원으로 부임하기 얼마 전에 책방에서 손에 잡은 책 '옛 그림 읽기의 즐거움1', 그 책은 나에게는 큰 놀라움의 체험이었다. 표지에는 김정희의 '세한도'가 덜렁 걸려 있는 이 책, 흔히 한 권의 새 책을 들면 이 책이 어떤 것인가를 보기 위해 책의 표지에서부터 첫 장의 이

  | 메멘토 모리 죽어서 살아나다 |

면, 목차 등을 차례로 보게 되는데, 뒷 표지에 붙어있는 강우방 당시 국
립경주박물관장의 추천사가 눈에 들어왔다 :

"훌륭한 예술품에는 반드시 그것을 만든 사람의 훌륭한 정신이 깃
들여 있고, 그 시대적 상황이 반영되어 있습니다. 그러므로 우리는 예
술품을 통하여 사람과 시대의 정신을 만납니다. 예술과 정신과 삶이 하
나인 예술품만이 영원한 생명력을 지니며 마력처럼 그 세계 안으로 우
리를 끌어들입니다... 오주석 교수는 조선시대의 그림들을 격조 있게
풀어나가면서 어떻게 할지 머뭇거리는 우리를 그러한 영원의 세계 안
으로 인도합니다."

그러한 설명은, 미술품을 소개하는 책에
는 으레 붙지 않겠는가? 이런 생각을 하면서
책을 읽기 시작했다. 그런데 사실, 이 책은
너무 재미있었다. 지금까지 회화사적인 입장
에서 전통회화에 대한 설명이나 안내가 없었
던 것은 아니로되, 이 책에서 오주석 씨가 한
만큼 친절하고 자상하게 관람자 입장에서 그림을 설명한 경우가 별로
없었다고 해도 과언이 아니다. 그의 서문에 쓴 대로

"옛 글에 '알기만 하는 사람은 좋아하는 사람만 못하고 좋아하기만
하는 사람은 즐기는 사람만 못하다'[1] 고 하였다. 옛 그림은 어디까지나
살아있는 하나의 생명체다. 그것은 학문의 대상이기 이전에 넋을 놓고

바라보게 하는 예술품이다."

라고 정의하는 데서 시작하였다.

확실히 우리가 박물관을 가면, 그 그림 주위에 일일이 우리가 필요로 한 정보가 게시된 것이 없기에, 그냥 작품과 이름과 작가만을 확인하고는, 마치 우리가 필요로 하는 수험문제의 해답을 더 잘 외우게 된 데에 안도하며, 다른 작품으로 옮겨가고 마는 것이 보통이 아니었던가? 그러다 보니 아주 잘 그린 그림을 보는 즐거움은 없었고 그냥 그림을 외우는 것을 그림을 본 것으로 착각하며 살아왔던 것이다.

이런 문제는, 그림을 제대로 알고 그 재미를 느끼게 해주는 좋은 안내서가 사실상 없었다는 데서 출발한다고 본다. 문화재청장을 지낸 유홍준 씨의 '우리문화 답사기' 시리즈가 전국에 문화답사운동의 붐을 일으킨 것도, 그 책에 적힌, 문화재의 향수자인 일반 시민들 입장에서 우리 문화유산, 우리문화 현장을 다니는 즐거움을 제대로 알 수 있게끔 해 준 최초의 본격 대중안내서였기 때문이라고 말할 수 있다면, '우리문화답사기'로 전통문화에 눈을 뜨기 시작한 우리 국민들에게, 그때까지는 회화를 보는 즐거움에 대해서 자세한 안내서가 없었기에 시기적으로 그런 책이 기다려지고 있었던 것이다.

그런 때를 맞춰 1999년에 나온 이 '옛 그림 읽기의 즐거움1'은 바로

---

1) 知之者 不如好之者 好之者 不如樂之者
　　論語(논어) 雍也(옹야)編(편)에 나오는 말이다.

　　　　| 메멘토 모리 죽어서 살아나다 |

회화예술계에 나온 '우리문화답사기'였다. 이 책에서는 김명국의 '달마상', 강희안의 '고사관수도', 안견의 '몽유도원도', 윤두서의 '자화상' 등 12점의 회화작품에 대한 자세한 설명이 있다. 그런데 단순히 누가 그린 무슨 작품이며 이 작가는 언제 태어나 언제 죽었고 작품의 주제는 무엇이고... 그런 정도의 설명이 아니라 옛 그림을 만든 사람의 입장에서, 또 이 그림을 보는 사람의 입장에서 무엇이 중요한가를 알기 쉽게 설명해 놓았다는 데 그 특징이 있다. 예를 들어서 그는 추사 김정희의 '세한도'를 추운 시절의 그림이라며, 그림에 얽힌 각종 사연과 그림에 곁들여 진 글씨, 소나무 그림과 잣나무 그림, 허름한 집 한 채 등의 의미를 설명한 뒤에 "옛 그림은 마음으로 보아야 한다"며 다음과 같은 글을 덧붙였다:

"어느 수업에선가 〈세한도〉에 결정적인 잘못이 있다고 주장한 학생이 있었다. 즉 작품 속의 집은 그 오른 편이 보이는데, 둥근 창문을 통해서 본 벽의 두께가 어째서 왼편에서 바라본 모양으로 되어 있느냐는 것이다. 날카로운 지적이다. 그러나 생각해보면 이상한 점은 그것뿐이 아니다. 첫째, 창문이 보이는 직사각형 벽에 이등변 삼각형 지붕이다. 이것 앞에서 본 것이지 애초 비껴본 모습이 아니다. 둘째, 지붕은 위로 갈수록 줄어들어 원근법을 쓴 듯한데, 아랫벽은 오히려 뒤로 갈수록 조금씩 높아져 역원근법에 가깝다. 셋째, 지붕의 오른쪽 사선도 앞쪽에 비해 뒤쪽이 훨씬 더 가파르니 역시 오류 아닌가?......

추사는 〈세한도〉에 집을 그리지 않았다. 그 집으로 상징되는 자기 자신을 그렸던 것이다. 그래서 창이 보이는 전면은 반듯하고, 역원근

으로 넓어지는 벽은 듬직하며, 가파른 지붕선은 기개를 잃지 않았던 것
이다. 그림이 지나치게 사실적이 되면 집만 보이고 사람은 보이지 않는
다. 옛 그림을 눈으로만 보지 말고 마음으로 보아야 하는 까닭이 여기
에 있다"

　　이처럼 그림을 단순히 보는 것이 아니라 그림을 읽고 그 속의 작가와
대화를 하도록 가르쳐 준 것이다. 그림 속에서 무심히 지나칠 선 하나, 점
하나의 의미를 일깨우며 그림의 진정한 참맛을 알게한 이 책, 그러기에
독자들의 반응이 뜨거워졌고 이에 따라 98년에 〈단원 김홍도〉로 시작된
그의 저술은 계속 이어지면서 옛 그림에 대한 일반인들의 사랑을 불러
일으켰다.

　　그런데 그를 더욱 유명하게 한 것은, 지난 2003년 초 새 국립박물
관장 선임을 둘러싼 논란이었다. 오주석은 서울대 동양사학과을 나오
고 대학원에서 고고미술사학과를 졸업했다. 그런 점에서 문리대 미학
과를 나오고 홍익대 대학원에서 미술사학을 한 유홍준 전 문화재 청장
과는 같은 길을 걸으면서도 서로 지향하는 바가 달랐다.　오주석은 대
학으로 치면 같은 문리대의 7년쯤 후배가 되고, 둘 다 기자를 거쳤다는
경력도 같지만 유홍준 청장이 대중적인 글을 많이 썼다면 오주석은 좀
더 꼼꼼하게 파고드는 스타일이라고 하겠다. 그러다 보니 유홍준 청장
의 스타일을 용납하기 어려웠던 것 다같다.

　　그것이 지난 2003년 초 새 국립박물관장에 유홍준 씨가 내정됐다
는 소문이 퍼지면서 정식으로 갈등으로 확대됐다. 박물관계나 문화계
안팎에서 유홍준 씨의 내정사실에 대해 논란이 커지고 있었지만 대부

　　　　| 메멘토 모리 죽어서 살아나다 |

분 표면화되지 않았는데, 오주석 씨가 유홍준 씨의 내정을 공식적으로 반대하는 의견을 언론에 내놓은 것이다. 2003년 3월8일자 오마이뉴스 기사를 보면 이 사실이 분명하게 드러나 있다. 오주석씨는 박물관장이 정치적인 자리가 되어서는 안된다는 점을 내세우면서 유홍준 씨의 책을 보면 너무 틀린 곳이 많아서 자신이 추천사를 써줄 수도 없는 지경인데, 그런 사람이 된다는 것이 타당한 일이냐고 말한 것이다.

이같은 갈등 때문인 듯 새 국립박물관장은 그 뒤 추천위원회의 추천절차를 거쳐 이건무 관장이 되었고, 유홍준 청장은 한 참 뒤에 이번에는 문화재청장으로 발탁된 것이다. 그러다가 광화문 편액의 교체문제로 유홍준 청장과 노무현 대통령의 친밀한 관계가 노정되었고, 광화문 편액의 교체문제 등으로 정치적인 행보가 논란이 되었다.

유홍준 청장으로서는 그렇게 껄그러웠던 후배가 백혈병으로 갑자기 타계한 것을 봐야 했으니 심정이 착잡했을 것이다. 당시에는 자신의 앞길을 막은 후배에게 섭섭했을 것이지만 막상 불귀의 객이 되었으니 뭐라고 말할 수 없는 어렵고 고통스런 소식이 되었을 것이다. 그러나 우리로서는 그런 두 사람 사이의 개인적인 관계에 따른 느낌을 떠나서 오주석 씨의 타계가 우리 문화재계, 박물관계에 큰 손실이 아닐 수 없다는 점이 가슴 아픈 것이다. 그처럼 우리 전통회화를 알기 쉽게 정리해주는 청년 학자가 드문 데서야, 얼마나 큰 손실인가?

이제는 어쩔 수 없이 그가 남긴 서적을 통해 그가 말하고자 했던 전통회화의 아름다움과 그 아름다움을 보고 즐기는 기쁨을 정리해서 자라나는 세대들에게 전해줄 밖에.

part
2

이 현실을
넘는 힘

어리석은 사람은 인연을 만나도 몰라보고,
보통사람은 인연인 줄 알면서도 놓치고,
현명한 사람은 옷깃만 스쳐도 인연을 살려낸다.

– 피천득, '인연'

"동서남북 가늠 못하고 정신없이 헤매면서 보는 세상이 재미있고,
이러다 문득 어디선가 길이 나오겠지 하는 희망이 있습니다."

– 장영희, '장영희의 영미시 산책'

나는 인간이 희망을 잃을 때 어떻게 동물이 되는지,
약속을 잃었을 때 어떻게 야만이 되는지를 거기서 보았소.

– 김은국, 순교자

학자님들아 문밖을 나서지 않았거든
당세의 일을 논하지 말라
시대를 파악하려면 현재를 알아야 하고
진실에 통달하려면 세태를 겪어야 한다

– 황준헌, '감회'

피천득,
영원한 푸름

 2007년 05월 26일

대학 2학년이던 1973년 3월 초, 교양과정을 끝내고 본과로 올라와 '고명하신' 피천득 교수님의 '영수필 강독'을 신청한 우리 사범대 영어과 학생들은 이제나 저네나 어느 분이 멋진 풍모를 자랑하며 나타나실 시간만을 기다리고 있었다. 그런데 선생님은 오지 않고, 수위같이 보이시는 노인이 교단에 올라가 칠판을 닦는 것이었다. 그래서 우리들은 "아! 곧 선생님이 오신다고 미리 학교에서 준비를 시키는 것이구나"라고 생각을 하며 계속 떠들고 있었는데, 그 분은 교단을 내려오지 않고 이번에는 교탁에 서서 출석부를 펼치는 것이었다. "아니, 그러면 이 분이....?" 그래, 이 수위같이 생기신, 약간 마르고, 이미 머리도 많이 빠져 별로 볼 품도 없고 풍체도 없는 이 분이 바로 피천득 교수란 말인

가? 우리들의 실망의 소리가 선생님 귀에는 들렸을까? 선생님은 교재로 이미 나눠준 1970년 펠리칸 출판사 발행 「영국수필집(A book of English Essays)」에서 몇 개의 수필을 건너뛰고는 85쪽에 있는 'Old China'(오래된 도자기)를 펴라고 한다. 그리고는 한 학생에게 읽도록 한 뒤에 눈을 지긋이 감으면서 이 문장을 음미하시는 것 같았다.

찰스 램(Charls Lamb 1775~1834)이 쓴 이 '오래된 도자기'라는 수필은 이렇게 시작한다.

"나는 오래된 도자기에 대해서는 거의 여성적인 편애 같은 것이 있다. 큰 집을 가게 되는 경우에 도자기 진열장을 먼저 물어보고는, 회화작품 진열실은 그 다음이다. 좋아하는 것에의 순서를 설명해낼 수는 없지만, 너무 오래 전에 있었던 것이어서, 그것이 후천적으로 습득된 것인지 불분명한 그런 취미 같은 것들이 있지 않느냐고 말할 수 있지 않을까? 가장 처음으로 이끌려가서 본 연극이나 전시회 생각이 나지만 도자기 잔이나 받침이 맨 먼저 내 마음속에 언제 들어오게 되었는지는 잘 모르겠다...."

이렇게 시작하는 이 수필은, 도자기 위에 청화기법으로 그려진, 원근법이 엄격하지 않은 풍경화를 묘사하면서 브리지트라는 사촌 누나와 어린 시절을 함께 크면서 겪고 쌓았던 경험들을 차례로 회고하면서 청춘의 아름다움을 되돌아보는 그런 내용이었다. 그 중에서 40년이 지난

  | 메멘토 모리 죽어서 살아나다 |

지금도 기억나는 부분이 있다;

> "Competence to age is supplementary youth, a sorry supplement
> indeed, but I fear the best that is to be had."
> 나이 들어서의 넉넉한 수입은 청춘에 대한 보충입니다. 실로 섭
> 섭한 것이기는 하지만. 그래도 아마 가질 수 있는 최선의 보충
> 이 아닐까.....

선생님의 별세 소식을 새벽에 듣고 문득 그 수필이 생각나 책을 찾아서 열어보니, 이 부분에 그 수업 때에 중요하다고 별표를 해 놓은 자취가 그대로 남아있다. 그 때 벌써 무슨 노년 걱정을 했을까? 아니 그것은 아니고 선생님이 번역을 해 주시면서 보여주신 분위기에 취해, 나이가 들면 힘도 빠지고 열정도 없어지고 하니까 돈이 다소는 있어야 하겠구나 하는 생각이 들었던 게다. 그 첫 시간, 첫 수필의 작가인 찰스 램은 누이인 메리가 정신병 발작으로 어머니를 살해하는 비극을 겪었고, 그 뒤 자신에게도 이러한 유전(遺傳)이 있음을 알고, 평생 독신으로 누이를 간호하며 생활하였는데, 그의 삶이 선생님의 삶과 오버랩 되면서, 한 사람은 영국을 대표하는, 또 한 사람은 한국을 대표하는 수필가로서의 그 깨끗한 삶의 체취를 가까이서 느끼며, 맨 처음 피천득 선생님을 뵈었을 때 학교 수위처럼 생각한 그 불경스러움을 씻어버리려 선생님의 강의를 열심히 들으려했던 기억이 새록새록 새어나온다. 선생님은 2년 쯤 뒤 겨울에 미국에 간 딸이 보고 싶다며 일종의 명예퇴직을 하셔서 우리들과 멀어졌지만, 나중에 돌아오셔서 강의를 가끔 하셨다

는 소식을 전해 듣는 과정에서도 늘 우리들의 마음 한가운데에 있는 가장 큰 은사로서의 지위가 지금까지 한 번도 흔들리지 않았다.

10여 년 전에는 일본 유학시절 연모의 정을 품었던 소녀 아사코와의 인연을 담담한 문체로 풀어 낸 수필집 '인연'으로 세상에 잔잔한 감동을 주신 이후에도 건강하다는 소식을 계속 전해 들으며 일종의 안도감을 느끼고 있었는데, 밤 늦게 운명을 하셨다는 소식을 세 시간 만에 듣고는, 내가 인생에서 가졌던 아름다운 추억의 한 자락을 하늘로 날려보내는 이 순간을 이렇게나마 붙잡아놓고 싶은 것이다.

선생님이 남기신 수필 하나하나가 모두 '주옥(珠玉)같다'는 그 표현 그대로이지만, 국어교과서에 실린 "수필은 청자연적이다"라는 유명한 글을 통해 우리들에게 수필의 아름다움을 뚜렷히 각인시켜주신 그 공은 결코 지워지지 않을 것이다. 이번 달이 되면서 펴 본 수필 '오월'에서 "오월은 금방 찬물로 세수를 한 스물한 살 청신한 얼굴이다"라는 표현에 무릎을 친 적이 있는데, 원숙한 여인처럼 변하는 유월이 아니라 하얀 손가락에 끼어있는 비취가락지 같은, 밝고 맑고 순결한 이 오월에, 마치 영화 취화선에서 장승업이 도자기 속으로 들어가듯, 그 신록 속으로, 순결 속으로 들어가신 게다.

인연이란 수필집의 마지막은 이렇게 끝난다;

"하늘에 별을 쳐다볼 때 내세가 있었으면 해보기도 한다. 신기한 것, 아름다운 것을 볼 때 살아 있다는 사실을 다행으로 생각해 본다. 그리고 훗날 내 글을 읽는 사람이 있어 '사랑을 하고 갔구나' 하고 한숨지어 주기를 바라기도 한다. 나는 참 염치없는

| 메멘토 모리 죽어서 살아나다 |

사람이다"

　마지막에 폐렴이 도지셨다고는 하지만 향년 97세이시니까 호상이라고 해야 할 것이다. 수필집의 맨 마지막에서 염치없는 사람이라고 부끄러워하시는 그 모습이 바로 선생님의 본 마음이 아닐까? 우리가 삶을 받아서 이 세상에 머물다가 가는데, 그런 밝은, 맑은 마음으로 평생을 사는 것도 결코 쉽지 않을 것이다. 머문 듯 가는 것이 세월이지만, 2007년 5월 26일 선생님의 부음을 듣고는 선생님과 나와의 사이에 40년 전에 있었던 짧은 '인연'을 어제처럼 회상하며, 선생님으로부터 받은 가르침을 그 때의 그 책갈피에서 다시 생생하게 확인했다. 그리고는 그 때 우리 선생님을 하늘로 보내드렸다.

장영희,
절망은 없다

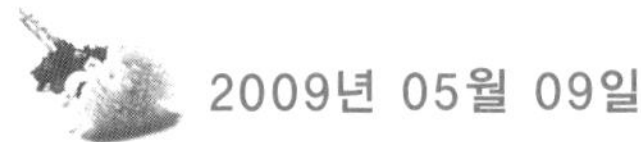

2009년 05월 09일

도대체 무슨 심보이십니까?

왜 이 시간에 그를 우리 곁에서 데려가는 겁니까?

그가 숱한 역경과 고난을 극복한 것을 보고 혹 인간들이 교만해졌을까봐 인간들에 대해 경고를 하시고 싶어서입니까?

"뒤돌아보면 내 인생에 이렇게 넘어지기를 수십 번, 남보다 조금 더 무거운 짐을 지고 가기에 좀 더 자주 넘어졌고, 그래서 어쩌면 넘어지기 전에 이미 넘어질 준비를 하고 있었는지도 모른다. 그

| 메멘토 모리 죽어서 살아나다 |

러나 신은 다시 일어서는 법을 가르치기 위해 넘어뜨린다고 나는
믿는다. 넘어질 때마다 나는 번번이 죽을 힘을 다해 다시 일어났
고, 넘어지는 순간에도 다시 일어설 힘을 모으고 있었다.”

죽을 힘을 다해서 세 번이나 암과 싸워 그만큼이나 극복을 했으면
이제는 그냥 놔둘 수 있지 않습니까? 그런데 왜 굳이 이 시점에 그를
우리 곁에서 떼어놓는 겁니까?

“신은 인간의 계획을 싫어하시는 모양이다. 올 가을 나는 계획이 참
많았다. 이 계획들이 다 성사된다면 나는 참 행복할 것이라고 생각했다”

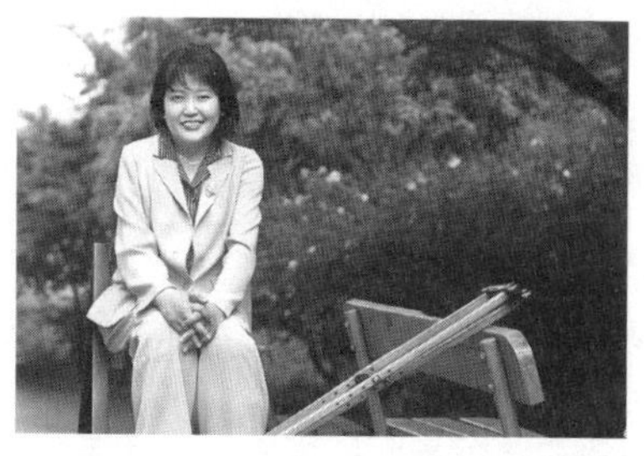

지난 2004년 9월 완치된 줄
알았던 유방암이 어느 새 척수
로 전이되어 암으로 발전되고
있음을 발견하고 수술을 받으러
들어가기 위해 쓴 마지막 고별
사가 당신의 계획을 폭로했기에 기분이 나쁘셨나요? 왜 우리 미천하고
나약한 인간들이 절망을 극복하고 작은 희망을 이루어서 보람과 기쁨
을 맛보겠다는 데 그것도 용인하지 못하시는 겁니까?

정말로 당신이 사랑하는 사람은 더 많은 고통을 주고 더 일찍 당신
곁에 두고 싶어서입니까? 왜 착한, 아무 잘못도 없는 사람들을 먼저 이
세상에서 거두어가는 겁니까?

과연 당신의 계획은 무엇입니까?

몇 번이나 닥친 삶의 고비에서 그는 불사신처럼 일어나지 않았습니까? 첫 돌 며칠 전에 몸이 펄펄 끓으면서 시작된 척추성 소아마비로 두 다리를 쓰지 못하는 1급 장애인이 되었지만, 비가 오나 눈이 오나 업어서 병원과 학교를 데리고 다닌 어머니와 함께, 상급 학교에 진학할 때마다 장애 학생을 받아주지 않는 학교를 쫓아다니며 시험을 보게 해 달라고 사정했던 아버지 장왕록 교수와 함께 그 장애를 장하게 이겨내지 않았습니까? 그런 그 모습이 인간의 불완전성과 미완성을 넘어서는, 영원의 가치를 보여주는 것이어서, 그대로 계속 놔두면 교만해 질 것이라 걱정했던 겁니까? 아니면 문학이라는, 종이 위에 적히는 몇 자의 글, 몇 줄의 문장이 인간들에게 어떻게 극복하고 살아가는 가를 가르쳐주는 것이 건방지게 생각되었나요?

"'살아 있음'의 축복을 생각하면 한없이 마음이 착해지면서 이 세상 모든 사람, 모든 것을 포용하고 사랑하고 싶은 마음에 가슴이 벅차다. 그리고 보니 내 병은 더욱 더 선한 사람으로 태어나라는 경고인지도 모른다… "

그에게 이런 말을 하게 만든 것을 후회하시나요? 그가 아직도 충분히 선하지 않아서 더욱 더 선한 사람으로 태어나라고 경고를 그렇게 하시는 겁니까? 미워하고 질투하고 싸움하고 뺏고 빼앗기는 것이 본업인 인간들이 감히 신의 영역인 사랑에 도전한 것이 영 못마땅한 것입니까? 우리 인간 모두가 희망이라는 것을 알게 되면 당신이 계획하시는

 | 메멘토 모리 죽어서 살아나다 |

우주의 혼돈이 없어질까 봐 걱정을 하신 게죠? 희망이 무슨 특별한 것
이 아니라 인간 모두의 본능의 힘이라는 것을 그가 알아차린 것이 빈
정 상하신 게죠?

"요즘 저를 두고 '불운을 딛고 일어선 장영희', ' 희망의 상징' 이렇
게 표현하는 게 굉장히 싫습니다. 저는 절대로 불운하지 않았어요. 완
전히 반대입니다. 훌륭한 가족 사이에서 태어났구요. 신체장애란 단지
겉으로 보인다는 것일 뿐이에요. 수십억 인구 모두에게 물어보세요. 사
랑을 못 받는다든지 인간관계 형성에 문제가 있다든지 누구 하나 장애
가 없는 사람이 없어요. 그건 더 슬픈 장애거두요 희망이라는 것은 장
영희만 가지는 특별한 힘이 아니라 인간의 본능적인 힘이에요."

그래, 착하고 선하고 깨끗하고 열심히 살아온 사람들을 그렇게 일
찍 당신 곁으로 데려가시면 당신은 만족하시나요? 당신만 편하고 좋으
면, 당신의 피조물이라는 운명을 받고 태어난 이 세상의 모든 미물들이
힘든 것은 생각하지 않습니까? 정말로 당신은 우리들에게 희망 대신에
절망을 가르치고 싶어서, 그렇게 해서 우리들이 사는 세상을 여전히 혼
돈과 암흑의 세계로 만들고 싶어서 그러신 겁니까?

그러나 그렇게 당신이 옹졸한 마음을 쓰시더라도 이제 그가 남긴
문학은 거두어 갈 수 없습니다. 이미 그가 쓴 글이 책이 되어 지구상에
실물로 남아있고 그가 한 말들이 학생들의 귀를 통해 사람들의 기억 속
에 남아있고 그가 보여준 불굴의 의지는 사람들이 다 알아버렸으니 당

신의 그 계획은 실패한 것입니다. 그의 육체는 당신에게 바쳐졌더라도 그의 정신과 의지는 이미 당신의 품을 떠났습니다.

"문학은 삶의 용기를, 사랑을, 인간다운 삶을 가르친다. 문학 속에 등장하는 인물들의 치열한 삶을, 그들의 투쟁을, 그리고 그들의 승리를 나는 배우고 가르쳤다. 문학의 힘이 단지 허상이 아니라는 걸 증명하기 위해서도 나는 다시 일어날 것이다…"

그녀의 이 독백처럼 그녀는 우리 모두에게 삶의 용기를 주었고 인간다운 삶이 어떻게 가능한 지를 알려주었고 다시 일어서는 법을 가르쳐주었습니다. 이제 당신은 우리 나약한 인간들이 결코 나약하지 않음을 보고 알 것입니다. 그것으로 해서 당신은 우리 인간들을 희롱하는 것도 그렇게 쉽지만은 않다는 점을 알게 될 것입니다. 당신이 장영희라는 한 여성을 우리 곁에 보낸 것은 당신의 실수였습니다. 그녀를 통해 우리 인간들의 삶의 의지를 시험하려 했던 당신의 계획은 철저히 실패한 것입니다.

그래서 당신에게 감사합니다. 당신이 실수로 장영희를 우리 곁으로 보내주신 것을 감사드립니다. 그녀를 통해 인생은 장애물 경기라는 것, 하루 하루를 살아가는 것이 작은 드라마의 연속이고, 장애물을 뛰어넘어 이젠 됐다고 안도의 한숨을 몰아쉴 때에 생각지도 않던 장애물이 또 나타난다는 것, 모든 인간들에게 정도의 차이는 있겠지만 장애물이 나타난다는 것을 우리 모두가 알게 되었고, 그 장애물을 극복하는 방법은 용기와 사랑이라는 것을 온 몸으로 우리에게 가르쳐주셨습니다.

　그러니 실패한 당신의 계획이 오히려 고맙다고 밖에 할 수 없는 이 미욱한 마음을 헤아려주시기 바랍니다.

김은국,
문학의 순교자

2009년 06월 29일

참으로 희한한 일이다. 사람의 죽음과 날짜라는 것과의 상관관계가 성립할 수 없다고 봐야 하겠지만 관계가 전혀 없다고는 할 수 없다는 확신을 최근에 받게 되다니.

그것은 바로 미국에 있던 김은국이란 작가가 하필 6.25를 하루 앞둔 6월24일에 세상을 떠난 것이고, 또 다른 하나는 한국의 유현목 감독이 나흘 뒤에 세상을 뜬 일이다.

재미작가 김은국(金恩國), 우리가 리처드 김이란 이름으로 기억하는 그가 미국 매사추세츠 주의 자택에서 별세한 것이 현지시간으로 2009년 6월23일, 우리 시간으로는 6월24일인데, 그 소식이 알려진 것은 우

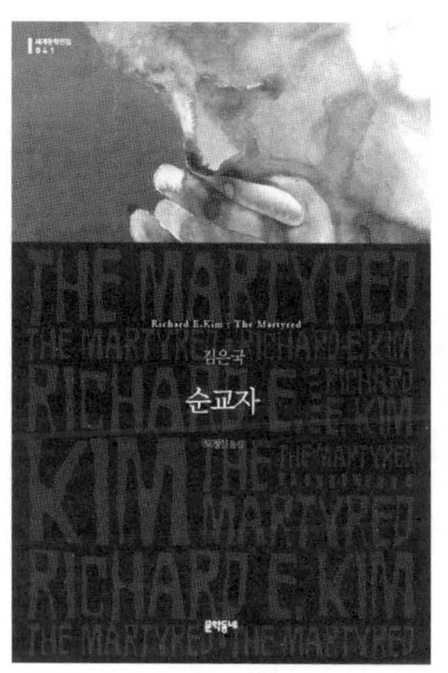

리 시간으로 6월 26일이다. 그를 기억하는 분들이 얼마나 될까? 90년대 초 신문과 텔레비전에 방영된, '가슴이 따뜻한 사람과 만나고 싶다'는 커피 광고를 기억할는지? 거기에 나온 멋있는(?) 모델이 바로 김은국 씨였다면, 그를 기억해 낼 수 있을 것인가? 그런데 그런 광고모델이 세상을 떠났다고 글을 쓰는 것은 아닐 게다. 그 김은국 씨가 유명한 소설 '순교자(The Martyred)'의 저자라면 혹 더 기억이 될까?

한국군이 북한의 도시 평양을 점령하기 바로 직전 그 도시의 목사 14명이 공산주의자들에 의해 체포되었다. 정보국에 따르면 그 중 12명은 처형되었으나 2명은 살아남았다. 공산주의자들이 왜 그들을 제외시켰는지, 왜 동정을 베풀었는지, 그리고 왜 단지 그 둘만 남았는지는 밝혀지지 않았다. 정치 정보국장인 장 대령은 그 이유를 알고 싶어서 이 대위에게 조사를 명한다. 이 임무를 수행하면서 이 대위는 곤혹스러운 사실을 접하고 괴로워한다. 이 대위는 그 처형현장에서 살아남은 신 목사를 주목한다. 그는 어떻게 살아남았으며 다른 사람들은 왜 죽었는가? 그들 14명의 목사 사이에 무슨 일이 있었는가?

1932년 황해도 황주에서 태생으로 어릴 때 월남했다가 한국 전쟁이 끝난 뒤 미국으로 건너가 문예창작을 공부하던 김은국이 아이오와 주립대 문예창작과 석사학위 과정에 있던 1964년 발표한 소설 '순교자'는 위와 같은 문제를 파고들면서 신의 은혜와 사랑, 구원에 대한 희망을 다루는 작품이다. 언듯 보면 한국이란 지역, 625라는 전쟁의 참상을 다룬 전쟁문학으로 생각되기 쉽지만 소설 '순교자'는 절망적 상황 속에서 인간의 고난과 실존의 문제, 현실의 진리와 위선 등 인간의 근본적인 문제를 다루고 있다. 이 소설이 발표되자 당시 미국에서 20주 연속 베스트셀러에 올랐으며 이후 세계 10개국 언어로 번역, 출간되는 등 큰 센세이션을 일으켰다고 한다. 미국 뉴욕타임스는

"도스토옙스키와 알베르 카뮈의 문학세계가 보여준 위대한 도덕적, 심리적 전통을 이어받은 훌륭한 작품"

이라고 격찬했다. '대지'의 작가 펄 벅은 이 소설에 대해서

   | 메멘토 모리 죽어서 살아나다 |

"훌륭한 작품이다. 하나의 사건을 소재로 신에 대한 인간다운 믿음의 보편성을 표현하고 신을 믿으려고 갈망하는 데에서 비롯하는 의혹과 고뇌를 다룬다는 것은 정말로 어려운 작업이다. 그런데 김은국은 이 어려운 작업을 해냈다"

고 격찬했다. 이 작품으로 한국이 미국 문단에 본격적으로 소개되는 역할을 하기도 했는데, 이 작품으로 해서 김은국 씨는 1967년 한국 출신 작가로는 처음으로 노벨 문학상 후보에 오르기도 했단다.

현대의 한국문인들이 노벨문학상 후보에 오르기 시작한 것이 그로부터 10여년 뒤인 1970년대 중반 이후임을 생각하면 이 무렵 그기 언은 문학적 명성이 얼마나 대단한지 미루어 짐작할 수 있다. 물론 영어로 한국을 소개한 문학작품은 김은국보다 한 세대 먼저 이뤄졌다. 바로 강용흘(姜鏞訖 · 1903~1972)이라는 분, 그가 쓴 '초당(The Grass Roof)'과 '동양사람 서양에 가다(East Goes West)' 같은 장편소설이 관심을 모아 '초당'의 경우도 10여 개국 언어로 번역되어 세계적인 명성을 얻었는데, 김은국은 그로부터 30년 가까운 공백 끝에 나온 본격 쾌거라고 할 것이다. 그에 이르러 싹튼 한국계 미국문학은 1980년대 이후 캐시 송(Cathy Song)이나 이창래(Chang-rae Lee), 돈 리(Don Lee) 같은 젊은 작가들에 의해 활짝 꽃을 피운다. 그런 면에서 그는 미국문단에서 한국계 작가들을 부각시킨 중흥조라고 할 수 있을 것이다.

그는 1968년에는 두 번째 장편소설 '죄 없는 사람(The Innocent)', 1970년에는 논픽션 소설 '잃어버린 이름(Lost Names)'을 발표해 적잖은 관심을 불러일으켰다. 1980년대에는 우리나라에 와서 아까 언급한 유명한 커피광고에도 출연하고 서울대 등에서 강의를 하며 1981년부터 1989년까지 KBS의 TV방송용 다큐멘터리 원고를 집필하며 리포터와 내레이터로 활약하기도 했다. 한국의 기독교, 6·25전쟁, 일본, 중국과 러시아에 거주하는 한인, 만주, 시베리아 대륙철도 등 그가 다룬 내용도 다양하다. 1989년에는 '중국과 소련의 잃어버린 한인'이라는, 중국과 구소련에 살고 있는 한민족의 애환을 다룬 포토 에세이집을 내기도 했다. 그러다가 1990년 이후 우리의 기억 속에서 사라졌다. 2000년대에 들어서서 그의 문학을 연구하던 김욱동 교수에 의해 그가 미국 매사추세츠주 어느 시골동네에서 암 치료를 받고 있음이 확인되었는데 그로부터 불과 몇 년 후 결국 이 세상을 하직하니, 향년 77이다.

공교롭게도 그가 영면한 날짜가 6.25라는, 그 소설의 배경이 된 민족의 비극이 시작된 그 날을 하루 앞둔 날이었다는 것이다. 그리고는 마치 무슨 교감이 있었다는 듯 유현목 감독도 며칠 뒤 별세한다.

유현목 감독은 김은국과 무슨 인연인가? 1964년 소설 '순교자'가 발표되고 인기가 치솟아 한국어 번역판이 나오자 유현목 감독은 곧바로 영화로 만드는 작업에 들어가 이듬해인 1965년에 영화를 완성한다. 상영시간 131분짜리 이 영화에는 김진규, 남궁원, 장동휘 등이 출연해 열연을 한다.

원작소설이 알려지면서 채 1년도 안 돼 곧바로 영화제작에 들어간 것은 분명 무슨 사연이나 비밀이 있을 터였다. 그 비밀의 열쇠는 바로 유현목 감독에게 있었다. 바로 그의 일생이 김은국과 점철되는 부분이 너무 많았던 데 기인한 것으로 봐야한다. 1925년 생으로 김은국 보다는 7년이 위인 유현목 감독은 황해도 사리원에서 출생해 46년 월남한 후, 전쟁 중 아버지와 동생을 폭격에 잃었다. 대학(동국대)에서 전공한 국문학을 바탕으로 영화에 뛰어들어서도 문학작품을 영상화하는 일에 주력했는데, 그의 영화는 6·25 전후 격변하는 한국 사회상을 담고 있으나, 그 표현방식은 매우 담담하고 지적이었다는 평가를 받고 있다. '오발탄'(1961), '잉여인간'(1964) 등이 그것이다. 그러다가 65년에 '순교자'를 만들고, 68년에는 '악몽', '카인의 후예', 69년에는 '나도 인간이 되련다' 75년에는 '불꽃' 등 공산주의의 비인간성을 고발하는 영화를 잇달아 만든다. 그러므로 1965년 유현목 감독이 소설 '순교자'를 곧바로 영화화한 것은 소설을 읽으며 바로 그 자신의 경험에 의해 이런 문제들을 고발하고 싶은 내적인 욕구가 솟아난 데 따른 것이라고 봐야한다. 그런 면에서 유 감독은 김은국의 소설에서 바로 그 자신을 보았는지도 모른다.

그러기에 병상에 누워있던 유 감독으로서는, 혹 김은국의 별세 소식을 들었다면, 그 자신의 일생이 다했다는 데까지 생각이 미쳤을 가능성을 배제할 수 없다(물론 이것은 순전히 필자의 억측이지만). 그러기에 6.25 59주년을 전후해 들려 온 작가 김은국과 영화감독 유현목의 잇따른 별세소식이 예사롭지가 않은 것이다. 인간세상이나 우주의 이치가 60년에 한 바퀴를 돌아서 제자리에 온다는 것인데 6.25 60주년을 정확히 일 년을 앞두고 앞서거니 뒤서거니 저 세상으로 가신 두 분이 아마도 6.25에 관한 다른 메시지를 주시려고 한 것인지도 모르겠다. 그것은 60년을 계기로 해서 우리나라, 우리 민족, 남과 북, 좌와 우, 모두 새로운 눈으로 과거의 역사를 보고 미래를 위해 마음을 열고 새로운 시대를 열어가라는 당부가 아니었을까 하는 것이다.

유현목 감독은 1990년대 이후 경기도 파주 교하의 아파트 단지에 집을 얻어서 그곳에서 말년을 보냈다. 그 집이 바로 필자가 살던 집의 바로 옆 동이었다. 그리고 80년대 중반, 유 감독이 대학에서 강의를 하실 때 술을 드신 모습을 강남의 어느 조그만 술집에서 몇 번 뵌 적이 있다. 그 때의 완전히 하얘지신 머리와 그 머리칼 밑으로 보이는 깊으면서도 은근하신 눈, 그리고 과묵하면서도 속으로 꽉 찬 모습이 지금도 뇌리에 생생하다. 그 두 분이야 말로 625라는 민족의 비극을 겪으면서 스스로 이 민족을 위해 무언가 많은 말씀을 하고 가신, 우리 인간들을 위한 순교자일 수 있다는 생각이 드는 것이다. 두 분 모두의 명복을 민다.

추신

그런데 김은국 씨의 별세소식이 KBS에서는 단신기사로도 다뤄지지 않은 것 같다. 인터넷 검색을 해봐도 나오지 않는다. 그 이름을 아는 기자들이 없어서일까? 아니면 그 중요성

 | 메멘토 모리 죽어서 살아나다 |

을 몰라서일까? 국제부나 문화부 그 어느 곳에서건, 혹 미국의 특파원들도 이 통신 등에 나온 기사를 다 봤을 터인데, 왜 단신처리도 안되었을까? 이런저런 생각이 든다. 꼭 내가 만났고 아는 사람이어서가 아니라 미국에 소개되는 한국계 문학, 또는 그 뒤의 여러 활동을 통해서도 김은국은 우리가 결코 무시하고 버릴 수 없는 역사인데, 그것이 적어도 KBS에서는 기록되지 않고 지나간 것 같다. 아마도 젊은 분들이 그 두 분을 기억하지 못하고 있기 때문일 것이다. 그런 의미에서 나는 이런 글이 의미가 있다고 생각한다.

황준헌,
결국은 문학뿐

 **1905년 3월 28일**

　일본과 미국 등 외세가 밀려오던 조선말기, 나라 존립의 위기를 느낀 개화파들의 잇따른 호소에 따라 개화만이 살길이라는 인식을 갖게 된 고종은 특명을 내려 김홍집 등 우수한 젊은 신하들을 수신사 자격으로 일본을 찾게 한다. 그것이 1880년. 이에 당시 38세였던 김홍집은 일본 도쿄로 건너가 이동인이란 개화파 스님의 소개로 당시 청나라 외교부의 참찬 자격으로 도쿄에 와 있던 32살의 황준헌(黃遵憲)을 만난다. 황준헌은 조선에서 온 수신사에게 국제정세를 설명하면서 조선의 살길은 이것밖에 없다며 조선의 선택방법을 예시하는 작은 책자를 내민다. 이것이 바로 '조선책략(朝鮮策略)'이었다.

"미국은 민주와 공화로써 정치하기 때문에 남이 가지고 있는 것
을 탐내지 않는다. 그리고 나라를 세울 당시 영국의 학정(虐政)
으로 말미암아 발분하여 일어났기 때문에 늘 아시아에 친근하
고 유럽에 소원해왔다. (…)그 나라의 강성함은 유럽의 여러 대
국과 함께 하지만 땅이 동.서양 사이에 뻗쳐 있기 때문에 늘 약
소한 자를 돕고 공의를 유지하여 유럽 사람으로 하여금 그 악을
함부로 하지 못하게 하고 있다. (…)이를 끌어들여 우방으로 삼
음으로써 도움을 얻을 수 있고 재앙을 풀 수 있을 것이다. 그렇
기 때문에 연(聯)미국이라고 하는 것이다."

황준헌이 중국 외교관인데 미국에
대해서 상당히 긍정적으로 묘사한 대목
이 눈길을 끈다. 이 귀절 때문에 오슬로
대학의 박노자 교수는 우리나라의 친미
외교가 여기에서부터 비롯됐다고 말하
고 있는데, 어찌됐던, 황준헌의 조선책
략은 조선도 주변 열강들 사이에 힘의
균형을 만들고, 부국강병을 도모하라는

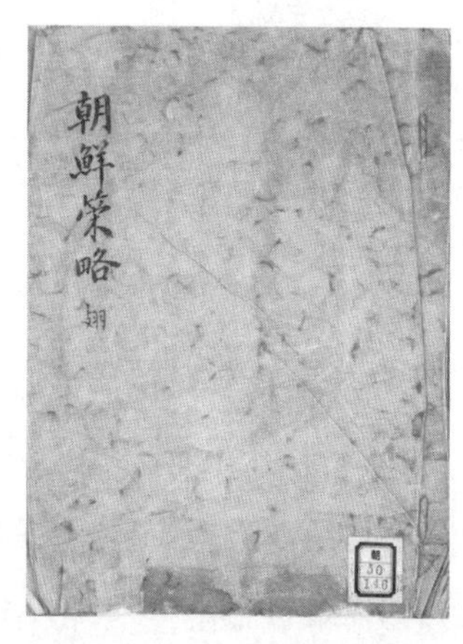

요지에다가 러시아를 조심하고 결(結)일본, 친(親)청국, 연(聯)미국, 곧 청
나라, 일본과 손을 잡고 힘을 합쳐 외세의 침략을 막아야 하며 미국과
조약을 맺고 그를 잘 활용해야 한다는 요지로 나름대로의 생존전략을
권했던 것이다.

김홍집이 이 소책자를 고종에게 갖다 바친 이후 조선에서는 개화

에 대한 반대여론이 높아지고 영남지방 유생들을 중심으로 대규모 반대운동이 펼쳐졌다고 한다. 그런데 이 소책자에 대해서 우리 학계에서는 비판의 목소리가 많았고, 그러다보니 책자의 내용이나 영향에만 주목할 뿐, 정작 황준헌이란 젊은 외교관에 대해서는 잘 알지 못하는 것 같다. 그런데 이 황준헌이 근대 중국의 위대한 선각자이자 시인이었다는 점에서 눈여겨 볼 부분이 있다.

1848년 중국 광동성에서 태어난 황준헌은 일찌기 태평천국의 난 이후 외세의 침입에 나라가 위급한데도 서태후를 중심으로 한 수구세력의 부패와 무능력으로 일관하고 있는데 분개해, 조정으로 나아가 벼슬하는 쪽보다는 일본에 나가서 세계를 배우는데 더 주력한다. 일본 사신으로 가는 하여장(何如璋)의 수행원으로 일본을 찾은 황준헌은 나름대로 일본과 당시 국제정세에 대해서 깊이 연구를 한다. 그러다가 3년 후 조선에서 온 승려 이동인과의 교류가 생겼고 그를 통해 조선의 견학사신인 김홍집을 만남에, 그가 나름대로 공부한 세계정세를 바탕으로 조선의 앞길에 대한 생각을 전해준 것이다.

특이한 것은, 이 황준헌은 이후 20여 년간을 해외에서 외교관 생활을 계속한다는 것이다. 일본에서 5년을 머무른 뒤에 샌프란시스코 총영사로 임명돼 미국의 정치제도를 현장에서 배우게 되었고, 1890년에는 유럽4개국 사신을 수행하는 참찬(참사관)의 자격으로 다시 해외 여행길에 올라 런던에도 장기간 머무르다 싱가포르 총영사로 임명돼 활동

  | 메멘토 모리 죽어서 살아나다 |

했다. 그리고는 드디어 청나라도 개화의 물결에 휩싸일 때에 강유위(康
有爲), 양계초(梁啓超) 등 정치개혁가들과 함께 변법운동을 주도하다 보수
파의 정변으로 체포돼 죽기 일보직전에 일본과 미국의 노력에 의해 목
숨을 건진다. 그리고는 마지막 생애를 시를 쓰는데 전념하다가 1905년
에 세상을 하직한다.

실제로 중국 개화파들의 이론적인 시야는 이 황준헌이 열어주었다
고 해도 과언이 아닐 것이다. 우리나라에게는 단순히 조선책략의 저자
로서만 알려진 이 황준헌도 나름대로는 조국인 청나라의 개화를 위해
몸과 마음을 아끼지 않았다가 결국 큰 역사의 흐름 속에 그 뜻을 성공
시키지 못하고 나라를 잃게 된다. 그러나 그가 5년 동안 일본에 있으면
서 모은 자료로 1887년 완성한 〈일본국지〉라는 책은 당시 일본에 대
한 가장 상세한 정보를 담은 책으로 중국 개화파와 황제의 개화교과서
였다고 한다.

그런 그가 뛰어난 재주를 보인 경지는 시(詩)였다. 그는 청나라 말기
의 마지막 대시인이라고 할 수 있으며, 그가 이룩한 업적은 '시계혁명
(詩界革命)'이라는 말로 묘사되는데, 정형시로서의 한시의 운율과 형태를
유지하면서도 새로운 문명이라는 생경한 경지를 과감히 시 속에 담아
당시대의 한시를 다시 부흥시켰다는 평가를 받고 있다.

필자의 관심을 끄는 것은, 그가 영국 런던에 있을 때에 지었다는
'짙은 안개(重霧)'라는 이 시이다.

碌碌成何事 제대로 일도 안되고 하니
有船吾欲東 배 있으면 돌아가고파

百憂增况悴 만 가지 근심으로 몸은 피곤
獨坐屢書空 혼자 허공에 글 써보네
霧重城如漆 짙은 안개로 도시는 칠흑같고
寒深火不紅 추위로 불도 꺼질 듯
昂頭看黃鵠 저 멀리 백조 한 마리
高擧挾天風 바람 타고 높이 잘도 나네

외교관이랍시고 런던의 허름한 숙소에서 추위와 안개 속에 외로운 심사를 잘 표현한 것 같다. 필자가 런던에 있어봤기에 더욱 그 처지가 실감나게 전해온다. 東과 空, 紅, 風 등 운율이 묘한 여운으로 다가온다.

그가 양계초로부터 최대의 찬사를 받는 시가 '요즘의 이별(今別離)'이라는 제목의 4수의 시다.

첫째 수는 기선과 기차를 이용해, 두 번 째는 새로운 통신수단인 전보를 이용해, 세 번 째는 사진기술을 이용해, 네 번 째는 지구의 자전을 이용해 각기 이별의 슬픔과 아픔, 보고싶음을 묘사했는데, 전통적인 한시의 형태를 지키면서도 멋진 표현과 간절한 심리상태의 묘사 등이 돋보이고 있다. 그 가운데 사랑하는 연인의 얼굴을 사진으로 받아보고 그리움이 더욱 간절해지는 상태를 묘사한 세 번 째 시를 번역된 우리 글로 읽어보자

상자 열자 얼굴에 기쁜 빛 일렁이는 것은
분명 당신의 얼굴이기 때문이지요
당신의 경대로부터 와서

제 소매 속으로 들어왔어요

이별할 때 급히 마름질했던 옷
제 손수 바느질 했었는데
치수는 대충 짐작한 것이니
예전과 지금이 같지는 않겠지요

이별한 후로 당신을 그리워하여
정이 농익은 봄술 같더니
오늘 당신의 얼굴을 이렇게 보니
새삼 근심으로 마음이 저려 옵니다.

거울 집어들고 제 얼굴 비춰보니
안색이 봉숭아꽃처럼 붉어져
이 모습 상자에 담아 당신에게 보낸다면
당신과 서로 만난 것 같을 텐데
....

얼굴 마주하고도 서로 말할 수 없으니
마치 만 겹의 산이 가로막은 듯
꿈에라도 왕래하지 않는다면
은밀한 정 어이 주고 받으리

– 설순남 지음, 황준헌 시선 p69~71, 문이재 2003)

사진으로 보니 더욱 그리움이 간절해서 님을 본 밝은 얼굴로 꿈에라도 찾아가겠다는 여인의 마음을 담은 시이다. 남자이면서도 어떻게 이리 섬세하게 여성의 심리를 묘사할 수 있을까? 게다가 그것도 사진이라는 현대문명의 한 자락을 이용해서 말이다.

우리에게 외교관으로서의 황준헌은 이제 별로 의미는 없다. 120년 전 개화기의 우리 인사에게 자신의 생각을 전달한 의미 밖에는 없다. 그런데 그렇게만 치부하고 넘어갔다면 황준헌이란 한 중국의 젊은 외교관이 무슨 생각을 하며 어떻게 인생을 살았는지를 전혀 알 수가 없다. 그도 오늘날을 살아가는 우리들처럼 가슴 속으로는 뭔가 나라를 위해 뜻있는 일을 하려고 젊을 때에 밤잠을 자지 않고 일하고 공부하고 일본에 대한 자료를 모아 돌아가서 펴냈다. 그러면서도 가슴 속에는 시인으로서 시를 짓고 싶은 욕구가 이글거렸고, 그러한 의욕이 붓을 움직였을 때에는 주옥같은 명작들이 쏟아져 나왔다. 그는 옛 문체에 얽매이지 않고 생각하는 대로 생각나는 대로 쓰자는 시혁명(詩革命)을 주도했다. 황준헌이란 사람은, 어쩌면 근세 이후 오늘날까지 중국을 살다가 수십 수백억의 인간 가운데 극히 일부분에 지나지 않지만 그의 삶과 그의 문학세계를 들여다보니 의외로 그 속에서 삶을 가장 진지하게 살려고 노력한 한 인간의 모습이 우리에게 다가온다. 문학을 하지 않는 일반인들에게는 '조선책략'이란 외교관련문서를 작성한 것으로만 알려진 황준헌, 그도 인간이 이성만으로는 살 수 없다는 엄연한 진실, 현실이 어려울 때에 삶의 힘을 주는 것이 곧 문학이라는 것, 그런 문학 속에서 진실된 삶의 가치와 의미를 추구한 한 인간이었던 것이다.

하디 에이미스,
품격을 입혀라

 **2003년 3월 5일**

2003년 3월5일 영국으로부터 한 부음이 날아왔다. 어드윈 하디 에이미스 경(Sir Edwin Hardy Amies)이 세상을 떴다는 것이다. 영국 이외의 사람들은 이 이름이 낯설다. 그러나 의상디자인계에서는 이 이름을 모르는 분들이 거의 없을 것이다. 왜냐하면 이 사람은 현대 영국을 60년 이상 대표해 온 엘리자베스 2세 여왕의 의상디자인을 전담해 온 의상디자이너였기 때문이다.

영국 엘리자베스2세 여왕은 2002년에는 즉위 50주년을 맞았고 2012년엔 60주년, 세계에서 가장 오래 왕위에 머물러있는 군주이다. 여왕은 그 긴 시간동안 우아한 자태와 부드럽고 인자한 미소로 영국민들의 가슴을 어루만져주며, 영국민들의 어머니로서 기품을 유지해 왔다. 여왕의 그러한 기품은 어디에서 나오는 것일까? 당연히 여왕 자신의 인격과 경륜, 그리고 태어나면서부터 타고 나온 미모가 어우러진 것이겠지만 한 가지 빼놓을 수 없는 것은 여왕이 공식행사 때마다 입고 나오는 의상도 큰 역할을 하고 있다는 점이다.

영국여왕의 옷은 누가 만드는 것일까? 여왕의 옷을 만드는 사람은 국제 패션가에서 높은 인기를 얻을 것이 틀림이 없다. 옷을 지어달라고 하는 부호나 유명인들이 줄을 이을 테니까. 영국여왕의 옷을 도맡아 지어온 사람은 하디 에이미스 경이다. 영국 런던의 유명한 양복점 거리인 새빌 로(Savile Row) 14번지에 가게를 갖고 있는 하디 경은 아흔 살이 넘어서까지 작업을 하다가 92살이 되던 2001년에야 드디어 그의 손에서 가위를 놓고서 은퇴한다고 해서 뉴스가 되기도 했다.

1909년 생인 하디는 군에서 복무를 하다가 2차 대전이 끝나고 제대를 한 후 그 전의 디자이너 경험을 살리기 위해 곧바로 양복점거리인 새빌 로 14번지, 예전에 극작가 라치드 브린슬리 셰리단이 살던 조지 아풍의 건물에 가게를 연다. 1946년 이 거리에서 처음 작품을 선보이기 시작했는데 1951년 당시 공주이던 엘리자베스여왕의 부름으로 클라렌스 하우스로 찾아가서 캐나다 방문에서 공주가 입을 옷의 스케치를 제출함으로서 엘리자베스 여왕과 인연을 맺는다. 그 때 그의 스케치들은 너무 속되지도 않고 그러면서도 눈에 확 들어오는 것

 | 메멘토 모리 죽어서 살아나다 |

을 추구한 왕실의 요구에 딱 들어맞는 것이었다고 한다. 확실히 그 이후 여왕의 옷은 품격과 대담성을 동시에 지녀, 때마다 새로운 매력으로 다가온다는 칭찬을 받아왔다.

그의 손님 중에 하나였던 고(故) 다이애나 왕세자비의 경우에도 젊은 여인으로서의 육감스러운 몸매를 시원하게 드러내주면서 전체적으로는 기품을 잃지 않는 그런 디자인이 돋보였다고 하겠다.

하디의 어머니도 본드 스트리트에 있는 '미스 그레이'라는 궁정의 상제조업체의 세일즈 담당이었다고 하니 왕실의 의상에 대한 요구를 충족시킬 수 있을 정도의 안목은 타고난 것으로 밖에 볼 수 없다. 그러기에 어머니의 처녀 때 이름인 하디를 자신이 이름에 붙었고, 평생 어머니가 그의 영감의 원천이었다고 밝혔다. 타고난 재담가이기도 해서, 여왕의 의상에 대해서는 신중하지만, 다른 경우에는 자신의 옷에 대한 자부심이 대단했다고 한다. 언젠가는 하나님도 신사복 정장을 입는다면 다섯 버튼의 정장을 입을 것이라고 말해 언론에 회자되기도 했다. 또한 "낮에 입는 옷은 리츠 호텔의 바에서나 솔리스베리의 역에서나 똑같이 좋게 보여야 된다" 라거나, "우리 고객들은 한 발은 도시에 두고 있고 한 발은 시골에 두고 있다"며 패션의 보편성을 강조한 말은 의상 디자인계의 금언이 되고 있다.

그의 손님으로는 여왕을 제하고도 고 다이애나 왕세자비, 영화배우 비비안 리, 그리고 다이앤 쿠퍼 여사 등이 포함돼 있지만 역시 그는 영국여왕의 의상디자이너로서 더 길게 기억될 것이다. 왕실의 재단사라는 명성이 붙은 것만으로는 아니겠지만 그의 사업은 나날이 번창해 50년간의 총 매상액이 2억 파운드, 우리 돈으로 4천억 원에 이를 정도로 성공을 했다.

물론 92살인 2001년까지 직접 재단을 한 것은 아니다. 그러나 86살 때까지도 일주일에 4일씩 꼬박꼬박 출근해서 그의 사업을 지켜보고 옷에 대해 지도를 해주었다고 한다. 무엇보다도 부러운 것은 아흔 살이라는 고령이 되어서도 60대의 젊은이(?)처럼 건강한 몸과 정신으로 일을 해왔다는 점이다. 젊은이 못지않은 그러한 정신이 하디 에이미스라는 이름을 패션계에 길이 남게 할 것이다. 한동안 영국에서는 증권에서 돈을 크게 벌어 40살도 되기 전에 은퇴를 한다는 사람들이 줄을 잇고 있었고, 우리나라의 경우에도 50만 넘으면 자의반 타의반으로 은퇴하는 분위기가 있었다. 그런데 영국에서는 젊은 시절에 은퇴한 경우 먹고 사는 것은 걱정이 없지만 뭘 할지 몰라서 고민하다가 마약이나 손대고 다시 사업에 뛰어들었다가 실패하는 얘기들이 간간히 흘러나오고 있었는데, 이 분은 90이 넘어서까지 자기 일을 갖고 이를 가장 즐기면서 일해 왔다는 점에서 누구보다도 성공한 인생이 아닌가 하겠다.

그의 작품 가운데 가장 유명한 것이 1977년 여왕의 즉위 25주년을 맞아 공식초상화를 그리기 위해 입은 드레스. 축하행사는 1977년 6월에 절정을 이루었는데, 당시 텔레비전으로 중계되면서 전 세계에서 5억명 이상이 그 장면을 봤을 것으로 추정되니까. 모두 그 의상을 기억할 것이다. 1977년 6월 당시 필자는 KBS에 입사해 겨우 석 달을 지났을 때였으며 당시 보도국 외신부에서 해외화제라는 짧은 프로그램을 입사동기생이자 나중에 KBS사장을 역임하신 이병순 기자와 번갈아가며 제작을 하고 있었는데 그 때 우리는 흑백 텔레비전이었지만 영국으로부터 컬러로 된 필름이 매일 들어와 이를 편집해 방송한 기억이 새롭다. 그러니까 당시 우리만 여왕의 즉위 축하행사를 컬러로 본 셈이다.

1989년에는 평생 의상계에 있으면서 왕실의 의상을 제작한 공로로 경(卿,Sir)으로 서임한다. 그러나 그는 그 다음 해에 이 작위를 스스로 버리고 젊은 후배들이 여왕을 위해 작품을 만들 기회를 준다. 그 뒤 후배인 존 무어(Jon Moore)가 의상제작을 맡았지만 하디 경도 2002년까지 후배들이 만든 의상을 점검하고 지도하고 조언하며 말년을 아름답게 보냈다.

그러므로 2002년 열린 여왕의 즉위 50주년 기념행사에서 여왕이 입은 옷이 그의 이름으로 만들어진 마지막 작품이었다고 하겠다. 여왕의 50주년 즉위식이 끝난 그 다음해 봄, 하디 경이 이 세상을 하직하니 결국 하디 경은 영국민에게 보이는 여왕의 모든 외출의상을 책임진 셈이 된다. 죽지도 않고 사라지지도 않을 영국의 노병처럼 보였던 하디 경도 결국 2003년 이 세상을 떠나갔지만 그의 작품들은 엘리자베스여왕의 역사와 함께 영원할 것이다.

그가 1864년에 펴낸 '남성 패션의 ABC(ABC of Men's Fashion)'는 남성패션을 알기 위해서는 필독서가 되었다. 이 책에서 하디 경은 양말에서부터 손수건까지, 구두에서 모자까지 신사복을 위한 모든 조건을 규정하고 설명해 놓음으로서 남성 패션의 바이블이 되었다. 그가 죽은 후인 2009년 그가 평소에 소장했던 모든 유품들이 세빌 로 거리에 만들어진 전시관에 소장돼 일반에 공개되고 있다.

그가 남긴 명언은 바로 이것이다.

"A man should look as if he has bought his clothes with intelligence, put them on with care and then forgotten all about them."
"남성은 그의 옷을 똑똑하게 사서 조심스럽게 입되, 곧 잊어버린 것처럼 보여야 한다."

비지스,
재능을 시기당했나?

 2012년 5월 20일

'하우 딥 이즈 유어 러브(How Deep Is Your Love)' '홀리데이(Holiday)' 등의 곡으로 국내에도 유명한 전설적 팝그룹 '비지스(Bee Gees)'의 리드싱어 로빈 깁(Gibb · 62)이 암 투병 끝에 2012년 5월 20일 오전(현지 시각) 영국 런던의 한 병원에서 사망했다. 로빈 깁은 2010년 결장암 진단을 받고 수술을 했지만, 일 년 전 쯤 폐렴 합병증이 겹쳐 혼수상태에 빠졌다가 깨어나는 등 병세가 악화됐다

공교롭게도 전설적인 형제 록그룹 비지스의 멤버들이 모두 병으로 세상을 떠났다. 전 세계적인 인기의 대가일까? 62세의 나이로 암으로 생을 마감한 비지스의 보컬리스트 로빈 깁(Robin Gibb)은 한 영국 신문

과의 인터뷰에서 깁 집안이 비지스(Bee Gees)의 엄청난 성공에 대해 어떤 '업보(karmic price)'를 치르는 것 같다는 생각이 든다고 말했다. 또한 깁 형제의 어머니인 바바라 깁(Barbara Gibb) 또한 집안이 어떤 저주(Curse)를 받았다고 생각하고 있다고 그녀의 지인들은 전했다. 그녀는 1920년 생이니까 현재 93세로 언론의 눈을 피해 미국 캘리포니아에서 지내고 있다.

그룹 '비지스'는 지난 1958년 결성됐고, 1977년 발표한 '토요일 밤의 열기' 앨범이 세계적으로 디스코 광풍을 불러일으키며 4500만 장 이상의 판매고를 올리는 등 폭발적인 인기를 얻었다. 이 같은 성공은 깁 집안에 부와 명예를 가져왔지만, 선대에서부터 이어진 질병의 저주도 시작됐다. 비지스의 비극은 지난 1988년에 시작됐다. 팝계의 아이돌 앤디 깁(Andy Gibb)은 심장질환으로 그 해 세상을 떠났으며, 2003년에는 또 다른 멤버 모리스 깁(Maurice Gibb)이 급성 장관 경색증으로 숨을 거두면서 비지스는 해체됐다. 불운은 여기에 그치지 않고, 비지스의 마지막 멤버인 로빈 마저 암으로 세상을 등진 것이다. 한 때 그의 완치 소식이 알려져 희망을 주기도 해 더욱 음악팬들의 가슴을 아프게 하고 있다.

   | 메멘토 모리 죽어서 살아나다 |

이 소식을 들으면서 이들의 대표적인 명곡인 'First of May'란 곡을 둘러싼 이야기를 하지 않을 수 없다. 이 노래가 바로 이들의 운명을 미리 말해준 것 같은 생각이 드는 것이다.

5월, 요즈음에는 이 달을 맞기 전에도 사람들은 너도 나도 이 'First of May'라는 노래를 즐겨듣는다. 그런데 5월1일이라는 시점이 박아져 있어서 그렇기는 하지만, 기실 이 노래를 잘 들어보면 5월 1일이 오는 것을 환영하는 것이 아니라 겨울에 크리스마스 트리를 놓고 부르는데, 나중에 5월1일이 되면 어떻게 될 것이냐는, 그래서 계절에 맞춰 부르는 그런 노래는 아니다. 얼마 전에는 사라 브라이트만인가 하는, 새파란 눈의 여성가수가 이 노래를 리메이크한 뒤에는 그 눈에 취한 것인지, 얼음 같은 그 목소리에 취한 것인지, 사람들이 남녀노소를 불문하고 많이 듣는 것 같다. 그러다 보니 원래 이 곡을 만들고 부른 비지스_(Bee Gees)는 잊어버리고 말이다.

> ♪ ♫ When I was small, and christmas trees were tall,
> We used to love while others used to play.
> Dont ask me why, but time has passed us by,
> Some one else moved in from far away.
> 어릴 적 크리스마스트리가 커 보일 때
> 다른 사람이 놀 때에도 우린 사랑했었지
> 이유는 묻지 마세요. 그런데 시간이 지나고
> 다른 사람이 저 멀리서 들어왔단 말이야

이렇게 1절이 불러지는 노래다. 우리 서로가 어릴 때 만나 서로 사랑을 속삭이다가 다른 사람들이 끼어들어서 헤어졌는데, 서로 이별하고 떨어져 있더라도 5월1일이 되면 서로가 보고 싶어서 울지 않겠느냐는, 5월1일은 이 노래를 부르는 시점이 아니라 이 노래의 지향점이라 하겠다. 따라서 이 노래를 굳이 5월1일이 되어서야 부를 이유가 없지만, 사람들은 이 노래의 제목에 이끌려 5월이 되면 이 노래를 생각한다.

어쨌거나 이런 노래인데, 이 노래의 유래를 알면, 사실 더 실망이라는 것이다. 이 노래를 만든 사람은 모리스와 그의 쌍둥이 형인 로빈, 그 두 살 위 형인 배리 등 3형제이고 서로 상의해서 노래말을 쓰고 곡을 붙였는데, 로빈이 키우던 개(doggie)의 생일이 5월1일이었단다. 그래 그런 날짜를 제목으로 붙인 것이어서, 알고 나면 좀 거시기하지만, 5월1일이라는 시점 자체가 주는 맛이 좋아서 다들 그냥 넘어가기로 하자.

이 노래를 만든 사람들은 앞에서 얘기한 모리스, 로빈, 배리 등 3명

의 깁(Gibb) 형제로서 이들은
1958년 아버지를 따라 호주
에 가서 살며 성장하다가 타
고난 끼를 어쩌지 못해 노래
를 만들어부르기 시작한 것
으로 1971년 영국에서 젊은
이들의 풋사랑을 소재로 만

들어진 영화 'Melody'에 삽입되면서 갑자기 인기가 폭발했다. 이 때에
모리스는 여자 가수 룰루(Lulu; 'To sir with Love선생님에게 사랑을' 이라는 고등학교생활
을 소재로 한 영화에 출연해 주제곡을 불렀다)와 결혼을 했는데, 불과 몇 년을 못살
고 헤어지게 되었단다.

　　뒷 얘기를 조금 더 하면 그로부터 25년이 흐른 1998년 영국 ITV에
서 룰루가 진행하는 음악 프로그램에 모리스가 초대받았다. 이혼 후 사
반세기가 지난 뒤에 만난 그들, 서로 서먹서먹했지만, 이들이 '5월1일'
이라는 노래를 함께 부른다. 이 무대는 팝 역사상 영원히 기억되는 명
무대로 손꼽힌다. 이들의 마음 속에 바로 이 노래 그대로의 감정이 솟
구쳐 오른 듯 했고, 그들의 눈 주위에는 이슬이 맺힌 것 같았기 때문이
다. 지금도 유튜브를 보면 이들이 부른 노래를 선명한 화면으로 볼 수
있는데, 아마도 이 노래를 가장 멋있게 의미 있게 부른 장면으로 기억
될 듯 싶다.

　　1970년대 초 대학을 다니면서 듣기 시작한 이 노래는 나같은 음치
가 부르기에는 조금 높다. 그래서 그리 좋아하지 않다가(왜냐면 그 당시부터는
만나고 헤어진, 그런 경험이 없으니까 감정이 그리 닿지를 않은 때문인 것 같다) 90년대에 호세

펠리치아노가 부른 것을 음반으로 자주 들으며 이 노래가 좋아지기 시작했다. 그러므로 족보를 따지자면 요즈음 파란 눈의 여성 사라 브라이트만이 불러 다시 히트를 치기 이전부터 이 노래를 좋아한 셈이 된다.

2절은 이렇게 부른다

The apple tree that grew for you and me,

I watched the apples falling one by one.

And I recall the moment of them all,

The day I kissed your cheek and you were mine.

당신과 나 우리를 위한 사과나무에서

사과가 하나 둘 떨어지는 것을 보고 있었지

갑자기 그 때 생각이 다 나는 거야

당신 볼에 키스하고 우리 하나가 된 날 말이야

(chorus)

Now we are tall, and christmas trees are small,

And you dont ask the time of day.

But you and I, our love will never die,

But guess well cry come first of may.

이제 우리 다 자랐고 트리는 작아지고

당신은 그 때를 찾지 않지

그러나 당신과 나, 우리의 사랑은 죽지 않아요

아마도 5월1일이 오면 서로가 울 거야

 | 메멘토 모리 죽어서 살아나다 |

삼형제 중에서 끝까지 자리를 지킨 것은 1949년 생인 모리스였고, 그래서 사실상 그가 이 그룹의 대표자이다. 이들 3명의 영국 젊은이(출생은 영국이지만 영국~호주~영국~미국으로 옮겨 살았음)이 만든 노래는 전 세계를 돌며 공전의 히트를 쳐서 아마 팝 역사상 3대 걸출인물의 하나로 꼽힌다고 하며, 이들이 만든 레코드는 1억 천만장이 팔렸고, 1위에 오른 곳도 19곡이나 된다니 말이다. 우리가 아는 곡만도 수 없이 많다. 특히 1977년에 나온 영화 'Saterday Night Fever(토요일밤의 열기)'의 사운드트랙 음반은 무려 4천만 장이 팔려 팝음악의 한 현상(Phenomenon)을 이루었다는 평가를 받는단다.

이제 비지스의 모든 맴버들이 많은 주옥같은 명곡과 감동을 남겨놓고 이 세상을 떠났기에 정말로 많은 아쉬움만 남는다. 그래서 5월1일이 되면 그 노래 때문이 아니라 갑자기 가버린 그를 생각하면서 아마도 그 노래의 마지막 후렴구

But guess we'll cry come first of may.
5월1일이 되면 우리 소리쳐 울 거야

처럼 정말로 해마다 5월이 되면 그들을 생각하면서 울게 될지도 모르겠다. 5월은 예술인들이 왔다가 떠나가는 달인가?

part
3
조국이란
무엇인가?

"군인으로서 김영옥에 대해 알고 있는 사람들이 말하기를, 알렉산더 대왕 이후에 최고의 군인이다."

– 존 코백 미 육군 예비역 중령

"내 휘하에 있던 500만 군인 중에 최고의 군인이다."

– 마크 클라크 前 미 5군 사령관

우리 동포들이 아무리 많이 살아도 연변처럼 자치주를 이룬 곳이 없는 것을 보면 그가 얼마나 대단한 일을 했는지 알 수 있다.
"연평도에서 전사한 군인들만 애국자고 외교전쟁 일선에서 국가를 위해 일하다 숨진 우리는 순직처리도 안되는 매국노냐"

– 원종문 과장의 아버지

"나는 내 조국을 위해 일을 했을 뿐 한국정부에 대해 섭섭해 하지 않으며 탓할 생각도 없다"

– 로버트 김 (김채곤)

"사람으로 태어나 선비노릇이 정말 어렵다. 내 일찍이 나라를 지탱하는데 조그만 공도 없었으니 이는 오직 인(仁)을 이룸이요 충은 아니로다."

– 황현 절명시

김영옥,
세 개의 조국

 **2005년 12월 29일**

　일본이 진주만을 기습 공격해 미국과 전쟁을 시작하자 총을 들고 싸우는 직접 전쟁 외에 미국과 일본 사이에 숨은 전쟁이 일어난다. 그것이 「두 개의 조국(二つの祖國)」이라는 일본 여류작가 야마자키 토요코(山崎豊子)의 소설에 묘사된 사건이다.

　일본이 진주만을 공격하자 미국은 하와이와 미국 본토 캘리포니아 주 일대에 살던 일본계 미국인들을 모두 붙잡아 커다란 수용소에 수용했다. 이들이 있으면 일본군을 위해 간첩행위를 할지도 모른다는 우려 때문이었다. 깜짝 놀란 것은, 미국에서 나서 미국에서 고등학교와 대학을 나온 일본계 미국인 청년들, 그들은, 미국이 자기들의 진정한 조국이 아니었다는 사실을 깨닫고 망연자실한다. 그러다가 이 난국을 풀어

나가는 방법은, 그들의 조국인 미국을 위해 피를 흘리지 않으면 안된다
는 자각 아래 젊은이들이 다투어 자원입대를 한다.

한국계 이민 2세인 김영옥 씨
는 로스앤젤리스에서 태어나 당
시 군에 들어가 장교가 되어 있었
다. 그런데 미군당국은 일본계 젊
은이들로 구성된 군부대의 지휘
문제로 골치가 아픈 상태였다. 그러다가 김영옥 씨를 발견하고는 보병
442연대 100대대 B중대 2소대장을 맡긴다. 미군당국은 일본계와 한국
계가 사이가 안 좋다는 사실을 모른 채 실수로 일본계 부대에 배치했다
고 김 씨에게 알리자, 김 씨는 "나는 미국인이고, 일본계 미국인 또한
미국인이다. 우리는 같은 이유로 참전했으며, 나는 이 부대에 머무르고
싶다"고 대답했다고 한다. 그는 엄격한 지휘와 냉철한 판단력으로 이탈
리아 볼투르노 강 전투에서 무공을 세웠으며, 특히 엄폐물이 전혀 없는
평지에 침투해, 포복으로 몇 백 미터를 가서 독일군을 포로로 잡아와
정보를 빼냄으로서 로마함락에 큰 공을 세웠다고 한다. 이 부대에 근무
했던 한 일본계 참전 용사는 "부대원 모두 김 소대장만 믿고 싸운 결과"
라고 술회했다고 전해진다. 이에 대해 김씨는 "내가 한 일이라곤 진주
만 침공 이후 미군 내에서 공공연하게 일어나던 일본계에 대한 차별에
대해 맞선 것 밖에 없다"고 말했다.

이런 공로로 김 대령은 미국을 비롯한 프랑스 등지에서 미국 특별
무공훈장과 이탈리아 최고무공훈장, 프랑스 십자무공훈장 등 수십 개

의 훈장과 표창장을 받았다. 2차 대전이 끝난 후 1951년에는 한국전에 대령으로 참전해, 아시아 소수계 출신으로는 처음으로 전시 중에 미군의 정규 전투대대를 지휘했다. 그러므로 미군 역사상 전장에서 대대장을 역임한 최초의 유색인 장교라는 기록을 세웠다. 1951년부터 다음해까지 그는 미 육군 7사단 31연대 제1대대장으로 전투에 참가한 공로로 은성무공훈장과 동성무공훈장을 받았다. 전쟁 후에는 2차 대전 442연대 100대대 기념재단을 설립했으며, 일본계 참전용사들을 위해 1989년 설립된 교육재단 '고 포 브로크(Go For Broke:'전부를 걸다'의 뜻)'의 설립을 주도하고 공동의장으로 활동했다.

그래서인지 김 씨는 재미 일본인 사회에서 큰 존경을 받았다. 1999년 8월 캘리포니아주의회에서 '위안부 결의안'을 상정했을 때 일본계들은 엄청난 반대 로비를 펼쳤다. 그러나 김씨가 설득에 나서자 로비를 중단하고 '위안부 결의안'을 받아 들였다고 한다. 그의 공을 잊지 못해 '고 포 브로크(Go For Broke)'는 '잊혀진 용맹(Forgotten Valor)'이라는 제목으로 김 대령과 그에 관련된 영화를 만들어 LA 등지에서 상영하기도 했다.

조국에서 벌어진 한국전쟁에 참전했을 때는 고아원을 세워 전쟁고아들을 모아 돌봤다. 김씨는 "당시 군목이었던 샘 닐 씨가 버려진 아이들을 데려왔는데 그들을 그냥 두고 볼 수가 없어 고아원을 설립했다"며 "대대 차원에서 담배와 맥주 등 보급품을 시장에 내다 팔고 장병 가족들이 미국에서 보내준 의류로 부모 잃은 아이들을 돌봤다"고 회상했다. 2003년 3월에 83살이 된 김영옥 미 육군예비역 대령은 한국을 방문해, 한국전쟁 당시 자신이 돌봤던 국내 고아원생 2명과 50여 년 만에 해후하기도 했다. 이날 오후 3시 서울 마포구 한 호텔의 식당에서 고아원 출신 문관욱(당시 64세 전 신용협동조합 이사장)씨와 조영자(여.당시 58세)씨 그리고 김 대령이 한자리에 모였다. 반세기 만에 만난 이들은 서로 쉽게 알아보지는 못했지만 전쟁 당시 고아원의 기억을 떠올리며 이내 이야기 꽃을 피웠다.

"처음 한국에 도착했을 땐 건물이 하나도 없었죠. 지금은 아마 상상도 못할 겁니다. 그 때 날씨가 무척 추웠는데 수 천 명의 아이들이 셔츠 하나 걸치지 못한 채 알몸으로 구걸을 하고 다녔죠. 추위에 파랗게 질려있었는데 정말 불쌍했습니다."

한국전쟁 때 폭탄파편에 맞아 두 다리를 부상당한 김 대령은 가쁜 숨을 몰아쉬며 당시를 이렇게 회고했다.

대령으로 예편한 뒤에도 김 씨는 사회봉사활동을 활발하게 벌였다. 한인건강정보센터, 한미연합회, 한미박물관 등이 그의 노력으로 탄생한 단체다. 이 밖에도 인종차별철폐운동에 앞장섰을 뿐 아니라 가정폭력을 당한 아시아 여성들을 돌보기 위한 '아시안 여성 포스터 홈'을 건립하기도 했다. 이처럼 재미 한인사회에 기여한 공로로 김 씨는 한국정부가 수여하는 국민훈장 모란장을 받았고, KBS 해외동포상을 수상했다.

미국에서 사는 우리 동포들이 뛰어난 활약으로 미국으로부터 표창을 받는다면 이는 우리들의 긍지를 드높이는 일이 아닐 수 없다. 그러다보니 하나의 작은 소동도 있었다. 지난 2004년 9월 중순 한국의 언론들은 "한국계 미 해군 제독의 이름이 붙은 미 구축함이 취역한다"는

     | 메멘토 모리 죽어서 살아나다 |

소식을 외신면에 다투어 소개한 적이 있다. 미 해군이 그 해 9월 15일에 최신예 알레이 버크(Aleigh Burke, DDG-51)급 구축함에 제2차 세계 대전의 영웅 고든 P. 정훈 제독의 이름을 붙이기로 했다며 국내 일부 언론이 정훈이란 이름을 한국계로 소개한 것이다. 군함의 이름은 '정훈(The Chung-hoon)', 일반적인 영어표기로 봐서는 한국계 이름으로 보인다.

기자들의 조사결과 그보다 넉 달 앞선 2004년 5월 아시아계 최대 인터넷 포털 사이트 '골드씨 닷컴(Goldsea.com)'이 최고의 아시아계 미국인 60명을 선정해 발표했는데, 그 이름 속에 김영옥 대령과 함께 '정훈'이란 이름이 들어있었다는 사실이 확인됐다. 그래서 일부 언론은 이 정훈이라는 이름이 정훈 제독을 의미하며, 그는 한국계 하와이 이민 2세대로, 미 해군에서는 전설적인 인물로 통한다는 소식까지 덧붙여서 보도했다. 더 조사를 해 보니 미국 국방전사에는 정훈 제독이 1910년 7월 하와이에서 태어나 1934년 미 해군사관학교를 졸업한 뒤 1944년부터 5월부터 이듬해 10월까지 미 전함 시그즈비(Sigsbee)호를 지휘해 탁월한 무공을 세워 해군의 영예인 십자장과 은성훈장을 받은 것으로 돼 있다. 1945년 4월 오키나와 인근 해역에 있던 시그즈비호에 일본군 가미카제 전투기들이 자살공격을 감행해 오자 용감히 맞서 싸워 전함 침몰을 막아내고, 미 항공모함 타격에 나선 가미카제 전투기 20여대를 격추시키는 데도 기여했다는 것이며, 1959년 10월 전역해서 1979년 69세를 일기로 타계한 것으로 되어 있다.

그런데 우리 동포사회에서는 아무런 반응이 없었다. 이 '골드씨 닷컴(Goldsea.com)'이 선정한 최고의 아시아계 미국인 60명의 이름에 들어있는 김영옥 대령은 우리가 지금 알아본 한국인이지만 미국에서 그처럼 전설적인 영웅이었다는 정훈 제독은 들어본 적이 없지 않은가? 여기에 의심을 품은 일부 군사전문기자들이 미국 인터넷을 뒤진 결과 한국계가 아니라 중국계 이민과 하와이 현지민의 혼혈로 확인되었다고 한다. 그래서인지 그 뒤에는 후속보도가 없다.

모처럼 새로운 한국계 영웅을 찾았나보다 하며 반기려던 분위기가 반전되면서 우리로서는 상당히 아쉬움을 느낄 수 있는 부분이었다. 다만 그의 활약상은 당시 소수민족으로서 여러 가지 설움을 겪던 아시아계로서는 탁월한 업적이 아닐 수 없다. 그는, 미군의 기록에 따르면, 중국계 최초의 장성이라고 한다. 예비역 해군소장인 정훈의 미국 이름은 고든, 곧 고든 정훈이다. 해군시절 풋볼선수로 이름을 날리며 미 유력 스포츠지 "스포츠 일러스트레이티드"에 유망한 풋볼선수로 이름을 올리기도 했고 해군장교로서는 대위시절 아리조나에 탑승하였고 아리조나 침몰당시 구사일생으로 살아남은 경력도 있다고 한다. 그의 전공은 2차 대전 중인 1944년5월에서 45년 10월 사이 미 해군 구축함 DD502 "시그즈비"호의 함장으로 근무할 때였다.

1945년 봄, 일본 본토의 큐슈에 대한 해군의 공습작전 동안 조기경보통제로 적기20대를 격추시키는데 활약했다고 한다. 1945년 4월 14일 오키나와 전투의 조기경보용 레이더 피켓함으로서 근무하던 중 카미카제기의 충돌공격을 받았다. 이 공격으로 함의 우현엔진은 5노트로 속도가 떨어졌고 좌현엔진은 사용불능상태에 빠졌다. 더욱 심각한 건 조타기능도 불능상태에 빠진 것이다. 함이 대파되었음에도 불구하고 함장인 정훈중령은 계속되는 적기의 공습에 지속적인 사격명령을 내리는 한편, 함의 피해를 복구하는데 전력을 다했고 결국 함은 자력

 | 메멘토 모리 죽어서 살아나다 |

으로 항구로 복귀할 수 있었다고 한다. 그가 받은 훈장인 해군십자장과 은성훈장은 랭킹 2위라고 한다. 그만큼 그의 무공을 인정한 것이다. 그는 그 뒤 한국전에도 참가하였고 최종적으로 해군소장(REAR ADMIRAL)에 올라 제독의 반열에 올랐다. 1959년 10월 퇴역하여 하와이 주정부에서 장관을 역임하고 79년 7월 사망한 걸로 기록에 나온다고 한다.

'골드씨닷컴(Goldsea.com)'이 선정한 최고의 아시아계 미국인 60명 가운데 들어있는 김영옥 대령과 정훈 제독이야말로 진정한 영웅이라고 하겠다. 60인의 아시아인 가운데 한국계로는 또 올림픽 수영 다이빙 영웅인 새미 리 박사와 아이스 하키팀 라이트윙이자 주장이었던 리처드 박, 로스앤젤레스 4 · 29 폭동 당시 동포사회의 대변인 역할을 헤낸 인젤라 오 변호사, 그리고 미국에서 한창 뜨는 작가인 이창래와 할리 리가 포함돼 있었다. 한국계 말고는 영화배우 고 브루스 리(이소룡)와 루시 루, 에이본 화장품의 안드레아 정 회장, 언론인 카니 정, 야후 창립자 제리 양, 사업가 찰스 왕, 첼리스트 요요마, 노동부 장관 일레인 차오 등이 포함돼 있었다. 그들이 한국계이건 중국계이건 일본계이건 모두 자신이 태어나고 자란 나라를 위해 자신의 영역에서 몸과 마음을 다해 최고의 성과를 거둔 사람들이기에 그들 모두가 영웅이라고 할 수 있다.

2006년 새해가 밝자마자 우리들은 미국에서 들려온 부음에 숙연해졌다. 2005년 12월 29일에 김영옥 대령이 밤 10시40분께 로스앤젤레스 시더스 사이나이 병원에서 숨진 것이다. 우리 정부에서는 정부가 주는 태극무공훈장을 외교행낭 편으로 전달받아 영결식장에서 추서했다. 김 대령의 마지막 가는 길은 그가 설립을 주도한 일본인들을 위한 교육재단인 '고 포 브로크'가 함께 해 주었다. 그의 유해는 하와이 호놀루루에 있는 미국 내셔날 메모리얼 묘지에 안장되었다. 현지에서 장례식을 지켜본 한 미주 한인신문기자는 장례식에 한국인들이 별로 많이 오지 않음을 지적하기도 했다. 영웅을 알아주고 이를 기릴 줄 모르는 한국인이라는 어느 외국인의 인터뷰도 실렸다. 진정한 영웅은 키우고 지켜져야 하는 것이 아닐까?

미국에 사는 보통 사람들은, 외국에서 이민을 온 경우, 대개 2개의 조국을 갖는다. 김영옥대령은 한국과 미국, 정훈대독은 중국과 미국을 자신의 조국이라고 생각했을 것이다. 그러나 김영옥 대령이 일본계 미국인들을 그렇게 사랑한 것을 보면 그에게는 태어나고 자란 두개의 조국 외에 또 다른 조국이 있었던 것 같다. 곧 인류 사랑으로 가득찬 나라, 곧 하늘 나라가 세번째 아니 마지막 조국이었다는 것이 아닐까?

주덕해,
연변의 은인

　한국에서는 추석 연휴가 막 끝난 2008년 9월 17일 연길 시에 있는 연길공원 뒷산에서는 유해안치식이 열리고 있었다. 여기에는 초대 연변자치주(延邊自治州) 주장(州長)이었던 주덕해(朱德海)을 기념하는 비석이 세워져 있는 기념비원(紀念碑園)이 있는데, 그 기념비원의 주인공인 주덕해의 유해안치식이 열린 것이다.

　죽은 사람을 기념하기 위해 이름까지 붙여진 비원(碑園)이 있다면 당연히 그 주인공의 유해도 거기에 있어야 하는 것이 아닌가? 그런데 주인공의 유해는 36년이나 고향인 연길 땅 이곳에 묻히지 못하고 객지에 있어야 했다. 바로 여기에 중국 현대사에서 우리 민족과 관련해서 위대한 역사를 만든 조선인(朝鮮人)의 아픔이 담겨있다.

　　주덕해, 중국 연길, 연해주에 사는 우리 동포(흔히 조선족이라고 부른다)들은 모두 그 이름을 알지만 아마도 우리 한국인들은 그 이름을 잘 모를 것이다. 1911년 연해주의 어딘가에서 태어난 주덕해는 본명이 오기섭(吳基涉)으로서 7살 때에 부친 오세우(吳世寓)가 피살되자 아버지의 고향인 함경북도 회령(會寧)으로 갔다가 2년 후 길림성(吉林省) 화룡(和龍)으로 이주하여 소학교를 졸업하였다. 그는 일찍부터 공산주의에 심취해서 16살 때에 고려공산주의 청년동맹에 가입하고 4년 뒤에는 중국공산당에 들어간 후 아무르강(黑龍江)일대에서 활동을 벌였다.

　　23살이 되던 1934년에 주덕해로 이름을 고치고 1937년 모스크바노동대학교에 입학하여 이듬해 졸업과 함께 모택동 등 중국 공산당의 지휘부가 있던 연안(延安)에 들어가 팔로군에서 활약을 한다. 그곳에서 연안조선청년군정학교의 교무처장을 맡다가 1945년에는 하얼빈(哈爾濱)에서 조선의용군 제3지대 정치위원이 되어 우리 동포들이 많이 사는 동북지방에서 활동을 본격화한다. 1946년 상지(尚志)현에 8·15광복 후 최초로 조선족중학교를 세웠고, 1948년《민주일보(民主日報)》를 창간했으며, 1949년 연변대학교(延邊大學校)를 세워 교장이 되었다. 중국공산당이 건국을 하자 중국 인민정치협상회의 제1기 전국위원회 제1차 회의에 조선족대표로 참가하였다. 그는 연변지역에 흩어져 사는

　　　　　　　　| 메멘토 모리 죽어서 살아나다 |

동포들을 결집시키고 이들의 자치를 허용받기 위해 중국 지도자들을 부단히 설득해서 마침내 1952년에 연변조선족자치주를 발족시키고 제 1서기, 자치주장을 맡아 초기의 자치주 정착에 많은 공을 쌓았다. 길림 성 공산당위원회의 상무위원으로서 길림성 부성장을 겸하기도 하였다. 1957년 연변예술학교를 세워 조선족 예술인을 양성하는 등 조선족의 권위신장에 일생을 바쳤다.

　　그의 가장 큰 공적은 백두산을 우리 민족으로 돌아오게 한 것이다. 주덕해는 가까운 사이였던 주은래 총리를 통해 중국과 북한이 백두산 영유권에 관한 협상을 하도록 적극 종용해서 백두산의 절반을 우리 민족에게 돌려주었다. 그러나 그러한 활동이 오히려 화근이 되어 중국에 문화혁명의 광풍이 몰아치자 홍위병들에 의해 '지방민족주의 분자'로 낙인찍혀 박해를 받았는데, 일찍부터 그를 사랑한 주은래(周恩來) 중국 총리가 북경으로 빼돌림으로서 목숨은 건졌으나 1969년 호북성(湖北省:후베이성)의 한 농장에 피신하였다가 1973년 무한(武漢:우한)에서 62세로 세상을 떠났다. 말하자면 문화혁명의 와중에 고향에서 쫓겨나서 멀리서 외롭게 숨진 것이다. 그 뒤 문화혁명이 진압되자 1978년 명예를 되찾았지만 유해는 곧바로 연길로 돌아오지 못하고 장춘(長春)의 혁명열사릉원에 안치돼 있다가(연길에는 복권 후 그의 기념비가 세워져 있었다) 가족들의 끈질긴 탄원에 의해 2008년 초에야 관계당국의 결정을 받아 드디어 9월 17일에 연길의 기념비원에서 유해 안치식을 가지게 된 것이다.

　　그 기나긴 이력을 보면 주덕해가 없었다면 과연 오늘날과 같은 조선족들의 자치주가 있을 수 있었을까? 오늘날과 같이 중국의 우리 동포들이 조선족이란 이름아래 민족 고유의 언어와 글씨, 풍습과 문화를 지킬 수 있었을까? 그럴 정도로 주덕해는 연해주 일대의 우리 동포들이 다시 살아날 수 있도록 정치, 경제, 문화, 교육, 스포츠 등 다방면에서 기초를 든든하게 닦았다고 하겠다.

주덕해의 유해가 고향에 돌아옴에 그를 따라다니며 생사고락을 같이했던 조남기 장군(조선족 출신으로 중국 인민해방군 최고위직에 올랐고 정치협상회의 부주석을 역임했음)이 멀리 북경에서 전문을 보내왔다;

"주덕해동지의 유골안장의식을 연길에서 거행한다는 소식을 접하고 기쁘면서 안위를 느끼게 됐다. 주덕해동지의 유골을 연변에 안장하는 것은 그의 가족의 숙원이었을 뿐만 아니라 그의 전우의 속마음이고 연변의 여러 민족 인민들의 공동한 념원이었다. 나는 주덕해동지의 하급과 전우로서 주 당위와 주정부에서 이렇게 의의가 깊은 일을 한데 대해 찬성를 표함과 아울러 깊은 감사를 표한다."

사실 연변자치주의 성립과 그에 따른 우리 민족문화의 보존은 주덕해라는 개인의 힘만으로 되지는 않았고 중국이 공산정권을 세우는 과정에서 많은 동포들이 그들과 함께 싸워 공을 세웠기에 가능했음을 알고 있지만 그가 일찍이 중국 공산당의 중심에 들어가 목숨을 바쳐가며 함께 뛴 역사가 없었으면 이 정도의 인정과 보존이 불가능했을 것이라는 데서, 그가 공산당원이었다는 점을 떠나서 그의 공적을 우리 민족이 결코 잊을 수 없다. 그것은 많은 동포들이 망명했던 미국과 일본의 경우와도 비교된다고 하겠다. 미국에 가서 그 많은 동포들이 살았고 또 한국의 독립을 위해 많은 공을 세웠지만 미국 내에 아직까지 한국인 자

   | 메멘토 모리 죽어서 살아나다 |

치시나 자치주를 만들지 못했다는 데서, 상대적으로 주덕해의 위업이 돋보이는 것이다. 그런 면에서 보면 그의 공적은 안창호 선생의 공적과도 다른 차원에서 비교될 수 있을 것이다.

앞으로 우리들이 연길에 가면 혹 백두산 관광을 마친 다음에는 꼭 주덕해(오기섭)의 기념비원을 찾아 그에게 참배를 하는 것도 나쁘지 않을 것이다. 국적이 중국이지만 연변의 조선족은 여전히 우리 동포이며, 그들은 과거 우리 역사의 아픈 시기에 어쩔 수 없이 압록강과 두만강 너머로 갔을 뿐 모두가 우리 동포이자 우리 민족인 것이다. 그 이름도 우리 민족사에 새겨진 큰 이름 중의 하나이다. 그를 기억해주는 것은 한 민족인 우리들의 몫이다.

원종문, 김한조
외교관의 죽음

　최근 몇 년 간 언론을 통해 외교관들의 순직소식이 전해진 적이 있다. 대부분의 보도들이 짧 막한 몇 줄의 기사로 끝나기 때문에 그 이면에 담긴 많은 사연을 우리가 파악하기 어렵다. 그런 면에서 내가 접한 두 외교관의 죽음을 다시 정리해 전해주고 싶었다. 이들의 죽음도 우리 역사에서는 아주 소중한 부분이지만 그냥 두면 시간 속에 한 줌의 먼지도 안 되고 흩어질 것이다. 나는 그것이 안타까와 이번에는 글을 쓰는 사람으로서의 책임을 잠시 젖혀두고 남이 쓴 글을 인용해서 그것을 통해 그 죽음의 사연을 전해주고 싶다. 그 이유는 다른 분이 쓴 이 글이 나의 어떤 다른 글보다도 더 간결하고 진실되며 이로 인해서 감동을 주기 때문이다.

　　　　　| 메멘토 모리 죽어서 살아나다 |

첫째 글은 서울 강서 갑에서 18대 국회의원을 지낸 구상찬의원^(현 상하이주재 총영사)가 자신의 홈페이지에 2010년 12월 3일에 올린 글이다' 그것을 그대로 인용한다.

● ● ●

그 목소리가 틀림없었다.

외교부 국정감사 전 감사방향을 못 잡고 고민하고 있을 때,

전 현직 장·차관들 자녀 특채 때문에 왜 우리가 욕 먹어야하냐며

외교부의 인사 난맥상에 대해 낱낱이 얘기해주던 그 목소리였다.

수속이 어딘지 누군지는 묻지 밀아딜라넌 그는 그때와 목소리 톤부터 달랐다.

"당신네들 국회의원들은 도대체 무엇을 하는 사람들이냐"

며 노기 띤 목소리로 일타를 날렸다.

"연평도에서 전사한 군인들만 애국자고 외교전쟁 일선에서 국가를 위해 일하다 숨진 우리는 순직처리도 안되는 매국노냐"

며 울부짖었다.

공무원들의 죽음에 제발 관심 좀 가져달라며 일방적으로 끊어진 전화...

원종문 외교부 인사제도팀장, 올해 45세의 능력 있는 외교관이다.

외교부 특채 파동 때 행안부 감사, 국정감사, 인사쇄신안 보고 등으로 국회 복도를 뛰어다니는 그를 나는 기억한다. 그 한통의 전화로 나는 밤늦게 그의 빈소를 찾았다. 노기 띤 목소리로 전화한 그 젊은 외교관의 울부짖음이 이해가 되었다.

그 병원에서 제일 작은 빈소.

동료 외교부 직원 10여명이 돕고 있을 뿐, 조문객도 없는 쓸쓸한 빈소였다.

그래도 국회에서 나온 사람이라 맞이해준 사람은 장인어른이었다.

그도 역시 외교관생활을 오래 하고 은퇴한 외교부 출신의 전직대사였다.

그의 사위는 몸이 너무 아프고 힘들어서 휴가를 냈는데 특채인사 파동이 터져 취소하고 두 달을 뛰어다니다 쓰러졌다고 한다. 그리고 병원에 입원했는데, 종합검사 결과 폐암말기 판정을 받았다. 한 달 후 그는 세상을 떴다.

운명하기 일주일 전 후배외교관들의 문병을 받았을 때, 그가 동료들과 후배들에게 마지막 한 말은 "외교부 파이팅!"이었다는 동료들의 애기를 듣고 나는 큰 충격을 받았다.

그는 고통을 잊기 위해 강한 진통제를 맞고 혼수상태에 빠졌을 때도 뇌에서는 외교부 일을 하고 있었던 것 같다.

"전문 왔어? 이 영사 이거 어떻게 한 거야! 빨리 보내."

그가 세상을 뜨기 전, 혼수상태에서 뱉은 말을 전하는 장인어른은 눈물을 보이며 "바보같은 사람"이라며 일벌레 사위를 꾸짖고 있었다. 그의 상사는 그가 만약 공무원이 아니었고 사업이나 대기업에서 일했더라면 많은 돈을 벌었을 것이라고 내게 말했다.

아무것도 마련해놓지도 못하고 떠난 그를 미워하기는커녕, 아쉬움에 한숨만 쉬어대는 그의 동료들과 장인어른은 죄 없는 소주잔만 계속 들이켰다. 똘망똘망한 초등학교 6학년 13살의 아들은 오히려 의젓하게

 | 메멘토 모리 죽어서 살아나다 |

눈물 한 방울 흘리지 않고 엄마 곁에서 칠순의 할머니를 위로하고 있었다. 그 아들을 보는 순간 눈물이 날 것 같아 얼른 얼굴을 돌렸다.

묵묵히 열심히 일하고 있는 젊은 외교관들의 고충도 모르면서 외교부에 큰소리쳤던 내가 부끄러워서 고개도 못 들고 몰래 돌아 나왔다.

원종문과장!

부디 하늘나라에서 모처럼의 휴가를 만끽하며 편안히 쉬시기를 기도합니다.

• • •

두 번째 글은 불교신문에서 인용한 것으로 시인이지 방송인으로서 사범대와 KBS선배이신 유자효 님의 글이다. 가감 없이 그대로 인용한다.

• • •

김한조 씨의 쓸쓸한 죽음

2012년 08월 22일 **유자효** | 논설위원 · 시인 · 방송인

많은 국민들의 시선이 하계 올림픽 개막식이 열리는 영국의 런던에 쏠리고 있던 지난 7월28일, 91세의 한 노인이 화장장에서 쓸쓸히 한 줌의 잿더미로 변했다.

그의 화장은 미국에서 급히 날아온 늙은 아내와 아들만이 지켰다. 그 장례의 주인공은 1970년대, 미국과 한국의 정계를 강타했던 대미 로비 스캔들 '코리아 게이트'의 주인공 김한조 씨였다.

10년 전, 당시 SBS의 보도제작국장이던 나는 흑석동 중앙대학교

근처의 한 허름한 단칸방으로 김한조 씨를 만나러 갔다. 그는 '코리아 게이트'란 말에 심한 알레르기 반응을 보였다. 자기가 한 것은 가난하고 약한 조국을 위해서 미 정계를 대상으로 벌인 '코리안 로비'였다는 것이었다. 또한 로비 활동은 미국에서 합법적인 활동이라는 이야기였다.

6.25한국전쟁이 끝난 1953년, 화물선을 타고 미국 유학길에 오른 김 씨는 아메리칸 대학에서 경영학 박사 학위를 받았다. 제약회사 말단 사원으로 시작해 화장품 회사 존 앤드 비 디(John & Bee Dee)를 설립한 김 씨는 1973년 8000명의 직원을 데리고 2100만 달러의 매출을 올리는 성공 신화를 이룩했다.

당시 우리 정부는 미국을 설득해 주한 미군 감축에 따른 보완책을 마련해야 하는 절박한 상황이었다. 김 씨는 박정희 대통령의 초청으로 청와대를 방문했고, 식사 대접을 받았다 한다. 미국으로 돌아간 김 씨는 그의 인맥을 총동원해 미 정계를 상대로 미군 철수를 저지하는 로비에 뛰어들었다.

그러나 김 씨의 로비 활동은 1976년 10월15일 워싱턴 포스트(WP)지가 보도하면서 드러났다. 이 신문은 "박정희 정부가 1970년대 들어 재미 한인 실업가 등을 내세워 50명 이상의 전 현직 미 의회 의원과 미 정부 관리에게 매년 50만~100만 달러의 금품과 선물을 전달했다"고 폭로했다.

위증과 매수 혐의로 기소된 김 씨는 1979년 7월 앨런우드 미 연방 교도소에 수감됐다. 그는 감옥에서 박정희 대통령의 서거 소식을 들었다. 같은 해 11월28일 출감한 그는 주변을 정리하고 1981년 단신 귀국했다.

 | 메멘토 모리 죽어서 살아나다 |

김 씨는 1995년에 펴낸 자서전에서 "파출소 한 번 가본 적이 없는 내가 교도소에 수감되는 것은 엄청나게 치욕적인 일이었지만 4000만 국민을 생각할 때 참을 수 있었다. 내가 보여주었던 애국심을 정부와 우리 국민이 높이 평가해 모든 국민의 애국심으로 연결되리라 생각했다. 그러나 조국에 돌아온 뒤 모함과 멸시, 무관심 혹은 외면으로 지내왔다"고 썼다.

내가 방문했을 때 이미 80대 고령이었던 김 씨는 이웃 방들의 소음에 고통을 받고 있었다. 그와의 인터뷰가 TV에 나가고 나는 롯데호텔 뷔페식당에 초대되었다. 그는 나에게 음식을 권하며, '1년에 한두 번 이곳을 들리는 것이 제게 유일한 호사지요'라며 웃있다.

김한조 씨의 사인(死因)은 영양실조였다. 굶어서 죽은 것이다. 그는 빈소도 없었고 이틀 만에 화장되었다. 자신에게 아무런 도움도 주지 못했던 조국을 위해 그가 로비에 뛰어든 것은 박정희 대통령의 간곡한 당부와 스스로의 애국심 때문이었다. 그러나 이 사실을 가장 잘 아는 박 대통령은 사망했고, 귀국한 조국에서 그는 극도의 가난 속에서 쓰러졌다.

애국이야 당연한 것이라고도 할 수 있겠지만 이것은 좀 심하지 않은가. 이제부터라도 김한조 씨의 애국 활동에 대한 제대로의 평가가 있어야 하리라고 본다. 사후에라도 그의 명예가 회복되어야 할 것이다. 쓰라린 마음으로 삼가 그의 명복을 빈다.

이상이 두 번째 글이다. 나의 어줍잖은 글로 두 분의 심지를 흐릴까 염려되어 다른 분의 글이지만 원문 그대로 인용한 것이다. 두 외교관께 삼가 조의를 표하며 앞으로 더 이상 이런 일이 없어야겠다는 간절한 기원을 다시 해본다.

로버트 김,
그 아버지와 그 어머니

"아버지께서 저희들과 사별하신 지가 엊그제 같은데 또 어머니께서 갑자기 우리와 이별하시니 너무나 당황하게 됩니다. 장남으로서 부모님의 임종을 또 못하게 된 저를 용서해 주시기 바랍니다.. 부모님 생전에 꼭 한번이라도 가까이 모시면서 살고 싶었는데 어머니마저 이렇게 떠나시니 너무나 슬프고 애석한 마음 금치 못하겠습니다. 먼저 떠나신 아버지께서 어머니를 향한 사랑이 오죽하셨길래 이렇게 빨리 불러 가시는지..... 두고 가신 저희들을 더 이상 염려 마시고 고통이나 죽음이 없는 하늘나라에서 두 분 계속 사랑하시고 편안하시길 바랍니다"

벌써 세 번째의 육성 편지이자 두 번째 육성 조문이다. 2004년 지

난 2월 아버지 김상영 옹이 돌아가신 지
겨우 넉 달, 이번에는 집으로 돌아온 터
라 아들과 통화를 직접 한 뒤에 돌아가
신 것이어서 조금은 위안이 된다지만 얼
굴 한 번 못보고 두 부모를 영원히 보내
야 하는 맏아들의 고통과 괴로움과 후회
를 누가 알랴? 그러기에 이제 두 분 부모

님을 모두 떠나보내고 다시는 부모의 옷자락도 잡아볼 수 없는 로버트
김의 육성조문은 주위의 애를 끊고 있었다. 아버지 때에는 더했다;

"백발이 성성한 초로가 되어서야 부모님의 은혜를 뼈에 사무치도
록 느끼게 됩니다. 그걸 깨달았을 때 부모님은 이미 늙으시고, 전 자유
를 빼앗긴 채 머나먼 미국의 한 교도소에 있으니… 다시 만나면 여러
가지 김치와 아버지가 좋아하시는 여수생선(가자미)도 함께 먹어보고 싶
습니다…. 저는 언젠가는 조국을 위해 헌신할 날이 오리라 믿습니다.
아버지께서 주신 가훈을 꼭 지키며 살겠습니다"

2003년 8월17일 경기 남양주시 마석에 있는 수동요양병원 101호
의 병실에서 녹음기를 통해 흘러나온 아들의 이 목소리를 듣는 순간 뇌
졸중으로 의식을 잃고 사경을 헤매던 로버트 김의 아버지 김상영 옹
(당시 90세)은 6년 만에 듣는 아들의 목소리를 알아들은 듯 "채곤아, 채곤
아…"를 연발하며 눈시울을 붉히는 듯 했다. 멀리 미국에 살면서도 조
국을 위해 기밀서류를 한국대사관 직원에 전하다 붙잡혀 복역 중인 맏

아들 로버트 김(한국이름 김채곤)을 만나기 위해 2000년 가을 미국으로 건너
갔다가 면회 하루 전에 뇌졸중으로 쓰러진 뒤 만 3년만의 일이다.

아들을 보고 싶어 의식마저 불투명한 가운데서도 아들의 목소리를
알아들으며 기뻐했던 김상영 옹, 부친의 임종을 할 수 있도록 도와달라
고 주한 미 대사관에 접수했던 탄원서가 미국정부에 의해 받아들여지
지 않자, 김 옹은 더 이상 아들을 기다리지 못하고 지난 2월 13일 먼 하
늘나라로 올라가 버렸다. 교도소에서 부인 장명희 씨로부터 부음을 전
해들은 로버트 김은 "아버지…"라고 부르며 흐느낄 뿐 말을 잇지 못했
다고 한다. 당장 교도소 담장을 뛰어넘어 한국으로 달려가고 싶지만 그
럴 수가 없었다. 아내에게 "아버지께 불효자를 용서해 달라고 대신 빌
어 달라"는 말만 덧붙인 뒤 로버트 김은 한국이 있는 서쪽을 향해 두 번
큰절을 올렸다.

울먹이는 그의 목소리는 이어졌다;

"조국을 아끼고 사랑하는 것은 인간의 도리이지만, 자기가 태어난
나라에서 사랑 받으면 이해가 상반되는 나라에서는 배신자로 불릴 수
있습니다. 저의 과오는 사(私)를 생각하지 않고 공(公)을 위하다 저질러진
일입니다"

로버트 김이 혹시나 해서 작고하기 두 달 전에 미리 녹음한 이 목
소리에서 로버트 김은 자신의 행동이 아버지가 늘 강조한 대로 선공후
사, 곧 사를 생각하는 것보다 공을 우선한 가르침에 따른 것임을 밝혔
다. 이미 눈을 감으신 아버지가 이 목소리를 들을 수는 없었겠지만 국

회의원과 한국은행 부총재, 전경련 부회장 등을 지내며 늘 '선공후사 (先公後私)'를 강조해 온 아버지로서는 평소의 그의 가르침을 그대로 따르다 고초를 겪는 아들에 대해 뿌듯한 보람을 느꼈으면서도 미안함을 느꼈을 지도 모를 일이다. 더구나 조국을 위하다 감옥까지 갔지만 그동안 한국정부가 너무하다 싶을 정도로 미국정부에 석방요구도 하지 못하고 쩔쩔매는 듯한 모습을 보여 온 데 대해 왜 비통과 분노를 느끼지 않았겠는가? 그러나 김 옹은 영면하기 전에 벌써 조국이 등을 돌렸다는 비통함을 극복하고, 국민 각계에서 일어난 석방운동에 고무돼 오히려 뜨거운 동포애를 느끼고 있었던 것으로 전해져 주위를 숙연하게 했었다.

그런데 불과 넉 달 만에 이번에는 어머니마저 돌아가신 것이었다. 미국 연방교도소에서 7년여 간 복역하다가 모범수로 인정받고 가택수감으로 형이 낮춰져 막 버지니아주 애쉬번에 있는 자택으로 귀가해 겨우 숨을 돌리자마자 닥친 비보였다. 풀려난 아들과 통화를 한 기쁨도 잠시, 어머니 황태남 씨는 그 해 7월27일 아들의 가택수감이 풀리면 미국에서 얼굴을 보려고 몰래 비행기 표까지 마련해 놓았었는데 그 때까지 기다리지를 못하고 아들과 통화 한 뒤 하루 만에 남편인 김상영 옹 곁으로 올라간 것이다. 큰아들이 일단은 감옥에서 나오니까 이제 됐다 싶어 긴장이 풀리신 모양이다.

발에 일거수 일투족을 감시하는 전자발찌를 차고 있어 집 베란다에도 나가지 못하는 상태였던 김씨는 "오는 7월27일 가택수감이 풀리고 가석방 상태가 되는 때에 맞춰 어머님이 미국으로 오시겠다고 했는데 한 달만 더 사셨으면..."하고 말을 잇지 못했다고 한다. 모친의 장례

 | 메멘토 모리 죽어서 살아나다 |

식에 참석하기 위해 자신의 보호관찰관에게 한국 방문을 요청했지만 이번에도 거절당했다. 부모를 보내는 곳에 가지 못하는 한국인들의 고통을 미국이 어찌 알겠는가? 아니 안다고 해도 국가기밀누설로 인한 형벌이 끝나지 않았기에 미국으로서는 한국방문을 허용할 수는 없었을 것이다. 결국 지난 번 아버지 장례식 때와 마찬가지로 로버트 김의 부인 장명희 여사가 이번에도 로버트 김의 육성 테이프를 들고 다시 영결식에 참석했다.

1974년 미국에 귀화해 미 해군정보국(ONI) 컴퓨터분석관으로 재직하다 1996년 96년 북한 잠수함 침투사건 때 북한 관련 정보 등 기밀 39건을 주미 한국대사관 무관에게 넘겨준 혐의로 체포돼 재판에서 9년형을 선고받고 8년여를 복역한 로버트 김, 그에게 조국은 너무나 멀었다. 마음 속의 조국은 아버지의 가르침에 따라 늘 가까웠지만 막상 도움이 필요할 때에 조국 정부는 그에게 아무것도 해주지 못했다. 한국정부가 그의 석방문제와 관련해 실질적인 노력을 하지 않았다는 지적이 많았지만 그는 언제나 "나는 내 조국을 위해 일을 했을 뿐 한국정부에 대해 섭섭해 하지 않으며 탓할 생각도 없다"고 말해왔다.

로버트 김이 8년에 걸친 영어의 세월을 버틸 수 있었던 것은 부인 장명희(61)씨의 헌신적 내조 덕분이다. 집안에서 꽃을 가꾸며 가정에만 전념했던 장씨는 졸지에 남편이 감옥에 가는 바람에 혼자서 삼남매를 키웠다. 장씨는 96년 당시 한국 군인들과 너무 가깝게 지내지 말라고 남편에게 말을 했지만 하루아침에 충격적 사건이 일어나 그 이후 8년 동안 악몽의 삶을 살아야 했다. 연금은 물론 수입도 없는 최악의 조건에서 버티며 살았다. 그러면서 장 씨는 눈이 오나 비가 오나 주말마다 180마일을 달려 남편을 면회하며 바깥소식을 전했다. 남편을 2시간 여 만나기 위해 매주 버지니아와 펜실베이니아를 오가는 왕복 7시간 운전을 7년여 해 왔다.

그러나 그런 로버트 김이나 부인 장 씨의 힘든 삶과는 달리 우리 정부의 태도는 실망적인 것이었다. 정부는 비밀문건을 전달받은 백동일 대령을 예편시켰다. 미국에 대해 감형이나 석방을 요구하라는 국민들의 목소리에는 침묵을 지켰다. 김 씨 가족이 최악의 어려움이 빠져 있었을 때 도움을 준 것은 정부가 아니라 수많은 동포들, 그리고 선우의 이웅진 회장이었다.

그러는 김채곤씨는 2005년 10월 집으로 돌아와서도 우리 정부를 원망하는 말은 일체 하지를 않았다. "어려운 상황에 처한 조국을 지식인이 돕는 것은 기본적 의무"라고 담담하게 말했다. 그러나 조국을 위해 일을 한 백 대령이 귀국 후 한직으로 밀려나고 결국 예편한 것에 대해서는 아쉽게 생각한다. "주권이 있는 나라가 미국이 요구한다고 해서 나라 위해 일한 사람을 그렇게 밀어내는 것은 바람직한 일이 아니다." 라는 것이다. 어머니 황 여사도 로버트 김이 이감되면서 한국 언론과 한 인터뷰에서 "결국 감옥에 가는 신세가 됐지만 석방을 앞둔 지금도 후회는 없다. 내가 한국인이기 때문에 한 것일 뿐"이라고 말한 것과 관련해 "미국 시민권자인데도 고국을 생각해서 비밀서류를 넘겨준 것은 보통 용감한 것이 아니다"하며 '장한 아들'이라고 고개를 끄덕였다. 그 아버지와 그 어머니, 그 아들이었다.

어떤 사람들은 로버트 김을 '조국이 버린 애국자'라고 불렀다. 일찍이 미국에 이민 와 주류사회 진입에 성공한 50대 중반의 안락한 삶을 살아가던 김채곤, 아니 로버트 김, 과연 그에게 '애국'이나 '조국'은 어떤 의미였을까?

"한국에서처럼 우리끼리 모여 살면, 굳이 애국심이니 조국애니 하는 것을 느끼지 못하게 된다. 그러나 미국처럼 다민족 사회에 와서 살다보면 일본인은 일본인으로서, 멕시코인은 멕시코인으로서의 민족의식을 느끼게 된다. 지식인이 자기 조국을 돕는 것은 인간으로서의 기본적 의무라고 생각한다. 더구나 자기가 태어난 조국이 어려운 상황에 처했을 때는 조국을 위해 일해야 한다고 생각한다."

나라를 위해 수십만이 목숨을 바친 6 25전쟁이 끝난 지 올해로 꼭 60년, 전쟁이 끝났으니 평화가 와야 하는데 북한 쪽의 위협은 더 심해지고 아예 핵무기 공격까지 언급하는 등 위기가 더 커지고 있다. 사람들은 그동안 조국이라는 단어에 대해서 엄청 둔감해져 있었다. 그저 자기 한 몸만 잘 살면 민족이니 국가니 하는 것은 귀찮은 것이 아니었던가? 다시 조국이라는 단어가 새삼스러워지는 상황이다. 잊혀지고 있던 로버트 김과 그 부모의 애국심을 다시 생각해야 하며 조국은 과연 이들에게 어떻게 해야 하나 하는 문제를 풀어야 할 시점이다.

서영해,
잃어버린 이름

　우리 당대의 내로라하는 두 소설가가 19세기 말에 프랑스로 건너간 한 조선여인을 소재로 한 소설을 집필해 화제가 된 적이 있다. 한 분은 여류 소설가인 신경숙씨, 다른 한 분은 남류(실례. 이런 말은 없지만 남녀평등을 위해 갑자기 만들었다) 소설가인 김탁환 씨, 그 두 소설가가 공교롭게도 19세기 말에 조선에 왔던 한 프랑스 외교관과 사랑을 하게 돼 그를 따라 프랑스 파리로 건너가 그곳 사교계에서도 활동하다가 다시 조선으로 돌아 온 여인(이름은 작가에 따라 다르다. 한쪽은 리진이라고 했고 다른 한쪽은 리심이라고 했다)의 슬픈 삶을 다루는 것이다. 사료가 풍부하지 않은 만큼 많은 부분이 상상력으로 채워진 것이지만 이 두 소설을 통해 19세기, 20세기 초의 프랑스가 우리에게 성큼 다가올 것이다.

그런데 프랑스에서 활약한 한국인 가운데 우리들이 이름을 잘 모르는 분이 있다. 그는 프랑스에서 독립운동가로서, 문필가로서, 언론인으로서, 작가로서 활약한 최초의 한국인이다. 그 이름은 서영해(徐嶺海)다.

본명을 희수(羲洙)라고 하는 서영해는 1902년 부산에서 태어나 (서울에 올라온 뒤) 1919년 3·1운동에 참여했다. 그 때가 17살, 우리 나이로 18살이니, 요즈음으로 치면 고등학교 2학년쯤 되는 나이다. 그 일본 경찰을 피해 중국 상하이(上海)로 망명해야 한 만큼, 상당히 주동적으로 참여했음을 짐작케 한다. 상하이로 가서 당시 임시정부에 들어가 '막내'로 통하며 활동하던 그는 이듬해 장건상, 조소앙 등 선배의 권유로 프랑스로 유학 갔다. 당시 파리는 국제연맹이 있는 관계로 오늘날의 뉴욕처럼 국제외교의 중심지였다.

서영해가 파리로 간 1920년에는 중국에서 온 5척 단신의 유학생이 파리에 있었다. 그는 바로 덩샤오핑. 서영해보다 2년 먼저 중국에 와서 공부를 하면서 1921년부터 24년까지 파리에서 공산주의 운동에 참여한다. 서영해는 이런 시기에 파리에 와서 우선 공부를 한다. 초등학교부터 고교까지 10년 과정을 6년 만에 졸업을 한다. 그리고는 1929년 파리에서 고려통신사를 설립해 유럽 각국 언론사에 일제의 한반도 강탈과 잔학한 만행을 알리는 데 전념하게 된다. 아울러 통신사 프리랜서로 중동은 물론, 아프리카까지 오가며 기사를 취재해서 프랑스 언론에 기고하기도 한다.

프랑스어를 완벽하게 배운 만큼 그는 당시 프랑스 문학계에서 뛰어난 활동으로 주목을 받는다. 1929년 프랑스어로 '어느 한국인의 삶과 주변'이란 소설을 집필했다. 주인공은 백승조라는 한 청년, 그의 입을 통해서 이 소설은 단군신화로부터 구한말 국제정세와 청일, 러일전쟁 등 당시의 한국 상황을 보고서처럼 전한다. 백승조라는 청년이 자기 자신임은 두말할 필요도 없다. 여기에는 독립선언서 전문이 불어로 번역돼 실려 있어 한국인 최초의 불어소설로 평가받고 있다. 서영해는 또 5년 뒤인 1934년 '흥부와 놀부', '심청전' '토끼의 간' 등 우리 전래동화와 우리의 풍물을 소개한 '겨울―불행의 원인'이라는 책을 불어로 출간했다.

서영해는 이듬해인 1935년 임시정부 주 프랑스 외무행서(外務行署)로 임명돼 유럽 각국에 한국의 독립에 관한 원조를 요청한다. 44년에는 임시정부의 주 프랑스 예정대사로 선임됐고, 45년 3월에는 임시정부 주 프랑스 대표를 지내는 등 해방 때까지 임시정부의 유럽외교를 책임졌다. 임시정부의 외교에 있어서 '미국에 이승만이 있다면 유럽에 서영해가 있다'고 말할 정도로 그의 외교적 능력은 탁월했다고 한다. 그는 불어는 물론, 영어 중국어 독어 등 7개 국어를 능수능란하게 할 정도로 재능이 있었고 그것을 뒷받침하는 피눈물 나는 노력도 있었다.

일제 패망 이후 고국으로 돌아온 서영해는 이승만이 오스트리아 출신 프란체스카 여사에 보내는 연애편지를 전달해 주는 등 이승만과 매우 가까운 사이였지만 정치적으로는 이승만보다 김구를 더 추종했다고 한다. 그는 김구, 조소앙, 장건상 등과 어울려 고국에서 해야 할 일을 도모했지만 여의치 않았다. 김구·김규식이 추진한 남북협상에 통신사 기자 자격으로 방북을 하기도 했다. 이런 답답함을 없애려 47년 연희전문(현 연세대)과 경성여의전(고대 의과대) 이화여전(이화여대) 등에서 틈틈이 불어를 가르쳤고 당시 일본인이 만든 불어 교재를 모두 버리고 자신이 직접 타자기로 '초급 불어'라는 교재를 만들어 가르치기도 했다. 요는 어디서나 정해진 운명에 갇혀지는 것을 싫어하고 무언가 새로운 것을 찾아가는 그런 형의 인간이었다.

1948년 47살의 나이에 당시 26세의 여교사와 결혼을 했고, 신혼살림을 서울에 차렸지만 김구의 암살로 결국 자신도 김구처럼 되는 것이 아니냐는 신변에 위협을 느낀 데다 이승만의 남한만의 단독정부 수립에 회의를 느껴 다시 프랑스로 돌아가는 작업을 추진했다. 48년 10월 서영해 부부는 서울을 떠나 프랑스로 가기 위해 중국 상하이에 도착했다. 상하이에서 부인의 프랑스 여권을 기다리는 사이, 하필이면 장개석 정권이 무너지면서 상하이가 공산화됐다. 한국인은 모두 억류 상태가 됐고 그 이듬해까지 일 년이 넘게 억류되어 있다가 정부의 막후협상 끝에 49년 11월 한국행 수송선이 상하이로 도착했다. 그러나 당시 중국 국적의 여권을 가진 서영해는 중국인으로 간주돼 본인만 귀국하는 배에 타지 못하는 기막힌 상황이 벌어졌다. 서영해는 부인에게 "다시 만날 때까지 건강을 유지하시오, 오늘 같은 안타까움도 웃어넘길 만큼 행복하게 살아봅시다"라는 말을 하고 헤어졌지만, 그것이 마지막이 되어 그 이후 서영해의 소식은 끊어졌다고 한다.

중국에서 서영해는 어떻게 되었을까? 중국 공산화 과정에서 사망했다는 얘기도 있고 프랑스에 갔다는 설도 있고 심지어 북한으로 갔다는 얘기도 있지만 중국 병사설이 유력하다고 한다. 혼자 한국으로 돌아온 부인은 교사로 복직, 40년 동안 남편을 기다렸지만 소식은 없었고 결국 부인은 교직을 마친 뒤 간직했던 남편의 책과 저서 등을 국립중앙도서관에 기증하는 등 신변을 정리하고 89년 세상을 떠났다. 그야말로 우리 현대사에서 또 하나의 큰 비극의 역사에 다름 아니다.

그런 서영해를 우리는 외면하고 있었다. 아니 잘 모르고 있었다. 해방 이후 해외의 독립운동사가 주로 중국 아니면 미국 위주로 조명된 때문에 프랑스에서 사실상 혼자 노심초사하며 외교무대에 한국을 알린 그의 노력은 조명되지 못했다. 그가 불어로 소설을 쓴 최초의 한국인이었다는 점도 잘 조명 받지 못했다. 님 웨일스가 쓴 '아리랑'의 주인공인 김산의 활동은 잘 조명되고 있지만 그보다 더 노력을 했음에 틀림없는 서영해의 일생뿐 아니라 그의 종적에 대해서도 더 이상 추적이 되고 있지 않다. 해방 전 국제무대에서 서영해 만큼 활약한 한국인이 누가 있으랴? 그야말로 외교가의 기린아였지만 그의 활동은 아깝게도 잘 조명되지 못했다.

2013년으로 한국과 프랑스는 수교 127주년을 넘겼다. 이제 서영해씨의 활동을 더 조명하고 그가 중국에서 과연 어떻게 되었는지를 더 추적해 밝히는 일이 꼭 이뤄져야 하지 않겠는가? 벌써 중국과 수교 한지도 20년을 넘었고 상하이에 우리 총영사관도 있는 만큼 찾으려면 찾지

 | 메멘토 모리 죽어서 살아나다 |

못할 일도 아닐 것이다. 그의 행적을 찾아내어 그를 다시 살리고 싶다. 그것은 그가 생전에 유럽에서 한 활동에 대한 고마움을 표시하는 최소한의 성의일 것이다.

황현과 장태수와
이만도

"저 개 돼지만도 못한 정부대신이라는 자는 자기의 영달과 이익을 바라고 위협에 겁을 먹어 머뭇거리고 벌벌 떨면서 나라를 팔아먹은 도적이 되어 4천년을 이어온 강토와 5백년 사직을 남에게 바치고 2천만 생명을 모두 남의 노예 노릇을 하게 하였다....

동포여! 아 원통하고 분하도다. 2천만 동포여! 살았느냐, 죽었느냐, 단군 기자 이래 4천년의 국민 정신이 하룻밤 사이에 끝나고 말 것인가. 원통하고 원통하도다. 동포여! 동포여!"

1905년 일본이 조선의 외교권을 박탈하는 을사조약을 강제로 체결했을 때에 위암 장지연(韋庵 張志淵)이 쏟아놓은 11월 20일자 〈황성신문〉

의 사설 〈시일야방성대곡 是日也放聲大哭〉은 〈이날을 목놓아 통곡하노라〉라는 제목처럼 나라를 일본에 넘겨주게 된 당시 2천만 한국인들의 마음 그대로였다.

조약이 체결됐다는 소식에 일본에 의해 대마도에 끌려가 있던 면암 최익현은 "내 늙은 몸으로 어이 원수의 밥을 먹고 더 살겠느냐"며 7월 13일 단식을 시작해 4개월 만에 순국했다. 그 시신이 부산항으로 돌아오자, 팔도의 백성이 포구로 몰려들어 발을 동동 구르며 그 죽음을 애도했다. 여기에 꾀죄죄한 행색에 괴나리봇짐을 진 사팔뜨기 시골 선비 하나가 목을 놓아 곡을 하고는 만사(輓詞) 6수를 놓고 갔다.

故國有山虛影碧, 可憐埋骨向何方
고국에 산 있어도 푸른 빈 그림자뿐, 가련타 어디 메에 임의 뼈
를 묻사오리.

이런 만사를 써놓고 간 시골선비는 바로 매천 황현(梅泉 黃玹, 1855-1910)이었다. 우리에게는 〈매천야록〉이란 개인 역사책을 쓴 분으로 유명하다. 그로 부터 네 해 뒤인 1910년 8월, 한일합방의 소식에 음식을 전폐하고 누웠다가 전남 구례 월곡리의 집에서 "나라가 선비 기르기 5백년인데, 나라가 망하는 날 한 사람 죽는 자 없다면 어찌 통탄스럽지 않으랴!" 하는 유서와 절명시(絕命詩) 4수를 남기고 아편 덩이를 삼켜 자결하였다

비슷한 시각 전북 김제에서는 중추원 의관 등을 지내고 향리에 내려와 있던 장태수(張泰秀)란 분이 단식에 들어갔다. 식음을 전폐한 장태

수 공은 24일 만인 11월 27일에 결국 순국했다. 선생의 유언은 자신이 왜 단식을 통한 죽음을 선택할 수밖에 없는가를 밝히는 것이었다;

"내가 두 가지 죄를 졌다. 나라가 망하고 임금이 없는 데도 적을 토벌하여 원수를 갚지 못하니 불충(不忠)이요, 이름이 적(敵)의 호적에 오르게 되는 데도 몸을 깨끗이 하지 못하고 선조(先祖)를 욕되게 하였으니 불효(不孝)이다. 내가 이 세상에서 이 같은 두 가지의 죄를 지었으니 죽는 것이 이미 늦었다."

그보다 좀 앞선 시각 경북 안동에서도 단식이 진행되고 있었다. 그 주인공은 향산(響山) 이만도(李晩燾), 퇴계 이황의 11대 후손으로서, 일찍이 고종에게 불려가 격려를 받기도 했던 향산은 조부, 부친에 이은 3대의 급제로 이름을 날린, 요즘 말로 하면 재주를 드날린, 잘 나가는 양반이었다. 그러나 일본의 침략이 시작되자 그는 잘 나가는 양반을 버리고 행동하는 양심으로 바뀌어 1896년에 봉기한 예안(禮安)의병대의 대장을 맡았다. 그리고는 1910년 합방에 이르자 단식을 감행하였다.

음독이나 할복에 비해 단식은 단번에 죽지 않고 오랫동안 시간을

  | 메멘토 모리 죽어서 살아나다 |

끄는 방법이라서 실천에 옮기기가 가장 어려운 자살방법이라고 일컬어
진다. 단식은 특히 주변 가족들이 어렵다. 당사자는 죽기 위해서 곡기를
일절 끊고 있는데, 가족들은 한쪽에서 음식 냄새를 풍기며 끼니를 해결
할 수밖에 없기 때문이다. 이 때의 며느리가 그 유명한 김락, 시어른이
단식하고 있지만, 며느리는 매 끼니마다 죽과 밥을 준비하여 눈물로 대
령한다. 굶겠다고 선언한 시어른께 그냥 밥상도 차려드리지 않는 일은
자식된 도리가 아니다. 그러니 끼니마다 준비하여 지극 정성으로 권하
기는 해도, 어른의 뜻이 국가와 민족을 위한 것이고, 또 그 의지가 워낙
단호하니 어쩔 도리가 없다. 게다가 시어른이 굶는다고 해서 같이 굶을
수도 없다. 가족들을 먹여야 하고, 소식을 듣고 찾아오는 친척이나 제자
들에게도 식사를 대접해야 한다. 그렇게 하려면 스스로도 먹어야 한다.
하지만 굶는 어른을 두고 어찌 목에 밥이 제대로 넘어갈까? 밥 반, 눈물
반으로, 그것도 구석에 앉아 남몰래 먹는 그 밥이 어떠했을 것인가?

향산의 단식 기간은 묘하게도 장태수 공과 똑같은 24일이었다. 단
식에 들어갔다는 소문이 나자 각지에서 친척, 제자, 동료들을 비롯한
많은 사람들이 방문하여 간곡하게 만류했지만, 향산의 뜻을 굽힐 수 없
었다. 단식 5일째에는 집안의 손자들이 할아버지의 단식현장에 모였
다. 그는 손자들에게 "내가 어렸을 때 왼쪽 엄지손가락을 펴지 않고 오
므리고 있었다. 과거에 급제할 때까지 펴지 않기로 결심하였다가 과거
에 급제한 후에야 비로서 엄지손가락을 폈다. 너희들도 촌음을 아껴서
열심히 공부를 하거라"는 당부를 남겼다. 향산은 찾아오는 제자들과 경
전들을 논하기도 했고, 친구들과는 일제의 야만성을 비판했다. 집안의
남자들에게는 자신의 장례 절차를 이렇게 하라고 유언하였고, 여자들

에게는 부도(婦道)와 함께 집안 살림을 잘 이끌어 가라고 당부했다.

그는 죽어가면서도 담담하게 주변의 일들을 정리하면서, 선비의 품위를 잃지 않았다. 명망가인 향산의 단식 소식을 입수한 일본 경찰은 현장에 찾아와 강제로 향산의 입에 미음을 집어넣으려고 시도하였지만 혼수상태인줄 알았던 향산이 벌떡 일어나 "누가 감히 나를 설득하고 협박하려 하느냐"고 호령했다. 단식 24일째인 1910년 9월8일에 운명했다. 그 때는 아직 장태수 공이 단식에 들어가기 50일 전이다.

1905년 이후 1910년 나라를 잃는 순간까지 전국에서 60명 가까운 인사들이 자결로 일본에 항거하였다. 자결하는 방법으로는 단식이 가장 많았다.

선비가 불의와 국가적 위기를 당했을 때, 처신하는 방법은 세 가지라고 할 수 있다. 하나는 불의에 항거해 분연히 일어나 싸우는 것이요, 다른 하나는 현실에서 물러나 은둔하며 도(道)를 지키는 것이요, 마지막 하나는 목숨을 바쳐 불의에 저항하는 것이다. 한말 국가 존망의 위기 속에서 선비들은 의병항쟁으로, 전통 한학의 전수를 통한 민족교육운동으로, 의열투쟁으로 각각 나타났는데, 특히 의열투쟁은 자신을 희생하면서 침략자와 그 앞잡이를 처단하거나, 침략 행위에 대해 자기 몸을 버려 항거하는 것이었다.

당시 나라가 망하자 선비들의 생각은 이렇게 대변된다.

"백발이 성성한 나이에 난리를 만나 몇 번이고 죽어야 합당한 것을 그렇게 못하였다. 오늘 죽는 것은 어쩔 수 없는 일인데, 가물거리는 촛불만 창천을 비춘다. 요기에 가려 임금도 바뀌니, 구중궁궐은 침침하여

햇살도 더디 드는도다.... 등불 앞에 책을 덮고 옛일을 회상하니 인간으로 태어나 선비노릇이 정말 어렵다. 내 일찍이 나라를 지탱하는데 조그만 공도 없었으니 이는 오직 인(仁)을 이룸이요 충은 아니로다.”

– 황현 절명시 중에서

이들이 택한 단식이라는 방법은 시위용이거나 체면용이 아니었다. 그들은 결연코 자기 목숨을 버림으로서 자기가 택한 대의가 옳음을 스스로와 주위에 증명해주었다. 근래에 우리 사회에 부쩍 단식이 많아졌다. 정치인 등으로 사회에 나가서 활동하다 궁지에 몰리면 단식을 하곤 하는 것 같다. 자세히 보면 자기 몸을 바쳐 단식의 뜻을 편 경우는 보기가 어렵다. 적당한 시간이 되면 슬쩍 풀어버린다. 단식에 조건이 붙기 때문일까?

물론 오늘날의 상황이 나라를 잃어버린 그 때와 같다고 할 수 없다. 그러므로 똑같은 방법과 똑같은 가치관을 요구할 수는 없다. 그러나 주위에게 자신이 단식을 한다는 것을 계속 알리며, 자신의 조건이 들어지기만을 다그치는 것 같은 요즈음의 단식은, 확실히 남이 뭐라 해도 자신의 목표를 위해 주위를 돌아보지 않고 목숨을 바쳐 인(仁)과 충(忠)을 실천한 선인들의 단식과는 다른 것 같다. 그들에게 있어서 조국은 곧 목숨이었고 직접 정치를 담당하지 않았어도 나라를 잃게 한 지식인의 책임에 대한 스스로의 추궁은 엄한 것이었다.

part
4
진실의 힘

우리 미국인들은 우리가 믿을 수 있는 인물을 이 나라에서 새로 찾아야 할 것입니다. 2억 2천 명 속에서 뽑는 것인데도 그게 그리 쉽지는 않을 것입니다.
– 아트 버치월드, 월터를 보내며

우리도 영국의 BBC처럼 전장을 누비고 전 세계 현장을 누비며 목숨을 걸고 보도를 한 기자들의 역사가 있다. 그에 앞서서 이정석 선배처럼 국제적인 안목과 시각으로 후배기자들의 모범이 된 분들이 있다.
– 이동식, 이정석 선배를 보내며

나는 이 질문을 개인적인 것으로 받아들였고 즉시, 그것도 내 마음으로부터 대답을 했다: '다른 누구보다도 제 아버지를 인터뷰하고 싶습니다.'
– 팀 러서트, 아버지의 날에

월터 크롱카이트,
영원한 앵커맨

 **2009년 07월 18일**

　20세기 최고의 텔레비전 앵커맨이었던 월터 크롱카이트가 2009년 7월 18일 새벽 숨졌다는 소식에 전 세계 언론계가 한동안 침울했다. 1962년부터 1981년까지 정확히 20년 동안 그는 미국 CBS의 "CBS Evening News"를 진행하면서 이 뉴스를 미국 텔레비전 뉴스의 부동의 1위로 올려놓았다. 그런데 그의 평가는 그것이 다가 아니다. 더 중요한 것은 그 20년 동안 가장 미국인들의 신뢰를 받았다는 점이다. 그가 앵커맨을 한 20년은 미국이 강력한 발전과 좌절, 극복의 시대였으며 그런 과정에서 미국인들의 사랑과 신뢰 속에 시대를 같이 호흡을 한 방송인이라는 데서 우리 방송인들의 영원한 부러움과 찬탄, 시새움을 샀다. 1977년 3월 방송기자를 시작한 필자는 그의 전설적인 이름을 귀에 못

이 박히도록 들었고 1981년 그가 은퇴할 때에 언론들이 난리를 치던 기억이 새롭다 그러나 그가 떠난 후 CBS는 왕년의 영광을 되찾지 못했고 미국도 (인용하는 글의 마지막 부분처럼)그 뒤를 이을 방송앵커를 발견하지 못했다.

그의 일생과 업적에 대한 조명은 앞으로 계속 이어질 것이지만 방송의 위상이 변하고 역할과 임무도 변하는 요즈음 그의 일생과 그가 지켜온 원칙은 새삼 우리 후배들의 교본이 되고 경전이 된다고 하겠다. 크롱카이트는 생전에 "나는 뉴스 전달자이지, 논평가나 분석가가 아니다"라며 뉴스에 주관적 판단을 개입시키는 것을 가급적 자제했다. 그것이 미국 뉴스의 전통이 되었다. 2002년에 KBS사장을 하신 박권상 사장은 간부회의 때마다 이런 미국 뉴스의 전통의 의미를 설명하면서 기자들이 주관적인 판단을 하지 말아달라고 몇 번이고 강조했다. 입사한 지 얼마 되지도 않는 새파란 기자들이 뉴스에 자기의 주관을 자꾸 개입시키는 것을 옳지 않게 본 것이다. 그것이 다 크롱카이트의 영향이라고 하겠다.

20세기 텔레비전 뉴스의 전설이었던 그를 기억하는 방법으로 절친

한 친구였으며 워싱턴 포스트의 인기 칼럼니스트였던 아트 버치월드
(Art Buchwald, 1925 – 2007)가 쓴 글을 하나 소개해드리려고 한다. 이 글은 가
장 친한 친구이며 그를 누구보다도 잘 아는 버치월드가 1981년 3월5일
워싱턴 포스트에 발표한 글로서 월터 크롱카이트의 인간됨을 가장 잘
전해주는 글이라 생각되어 영어로 쓴 글을 엉터리 번역이지만 내가 번
역해서 여기에 올려놓는다.

Anchor's Away: The Life of Walter
앵커는 갔습니다: 월터의 일생

1981년 3월 5일 워싱턴 포스트, Art Buchwald

3월은 잔인한 달인데, 올해는 더욱 그렇습니다. 우리들이 CBS의
앵커맨으로서 월터 크롱카이트를 잃어버리게 되었기 때문입니다. 우리
들은 우리의 자녀보다도 더 많이 우리 집안에서 보았던 사람, 아니 우
리들이 해를 계속하면서도 미국에서 가장 신뢰받는 사람으로 뽑아주었
던 그 사람을 작별해야 하는 것입니다.

나는 월터의 친구로서, 그가 어떻게 이런 타이틀을 얻게 되었는지
를 처음으로 밝히겠습니다. 월터 크롱카이트는 미주리주 세인트 조셉
이란 곳에서 치과의사 아버지와 주부인 어머니 사이에 태어났습니다.
그가 일곱 살 때에 어머니가 가게에 우유를 사오라고 심부름을 보냈습
니다. 그 때 한 아주머니가 10센트짜리 동전을 떨어트린 것으로 보았습
니다. 월터는 그것을 주워서 아주머니에게 드렸지요. 아주머니는 그의

머리를 쓰다듬으며 말했습니다; "언젠가 너는 이 나라에서 가장 신뢰받는 사람이 될 것이다" 이 작은 일은 월터의 인생을 바꿔놓았습니다. 월터가 성장을 하면서 그가 무엇이 되어야 하는지를 알았기 때문입니다.

그의 가족은 휴스턴으로 이사를 가서 월터는 시드니 래니어 중고등학교에 다니게 되었습니다. 그 학교에서 그는 칠판을 닦는데 있어 모든 교사들이 신뢰하는 유일한 학생이었습니다. 또한 휴스턴의 부모들이 안심하고 그 딸을 맡길 유일한 소년이었습니다. 월터는 결코 신뢰를 저버리지 않았으며 그와 같이 나간 여학생들은 한결같이 가장 지루한 데이트였다고 보고했더랍니다.

고등학교를 마치고 텍사스 대학에 가서 그는 부전공으로는 통합(Integrity), 전공으로는 신뢰성(Trustworthiness)을 공부했습니다. 학업성적은 좋았지만 학창생활은 힘들었습니다. 월터하고는 여학생을 공략하는데 결코 성공할 수 없다는 소문이 돌았기 때문입니다. 학교 친구들은 그런 그와 무엇이든 같이 하려 하지 않았습니다.

비로소 월터는 미국에서 가장 신뢰받는 사람이 된다는 것에 대해 의심이 생겼습니다. 그래서 어머니에게 "차라리 법이나 정치를 공부할까 봐요" 라고 말했습니다. 어머니도 그의 생각에 동의하면서 이렇게 말했답니다." 거짓말이나 남 속이기를 안하고 멋진 오픈카를 타고 여자를 꼬시러 다니지 않는다는 것이 무척 어려울 것이라는 걸 나도 잘 안다. 그러나 네가 너의 서약에 충실하고 미국에서 가장 신뢰받는 사람이 된다면 여자들이 네 발밑에 몰려들 것이고 나중에는 처치 곤란할 것이다."

그래서 월터는 텍사스 대학을 우등(magna cum virgin)으로 졸업하고 저

 | 메멘토 모리 죽어서 살아나다 |

널리즘을 택했습니다만 이 직업은 세상에서 두 번째로 오래된 직업이라지요. 먼저 신문에서 일하다가 통신사로 갔고 결국에는 방송에 합류했습니다. 1962년에 CBS의 이브닝 뉴스를 맡게 되어 마침내 이 나라에서 가장 신뢰받는 사람이 되겠다는 그의 꿈을 실현했습니다.

월터가 우리들이 생활에 어떤 영향을 주었는지를 결코 과대평가할 생각은 없지만, 우주개발시대에 우주비행사들이 곤란에 처했을 때가 생각이 나는군요. 우주선의 컴퓨터가 고장 나서 우주선 통제가 안 된다는 소식을 제일 먼저 알려주어야 할 상황이었습니다. 나는 그가 무슨 말을 할까 걱정이 됐습니다. 그런데 우리 집사람이 그러더군요. "걱정 마세요. 월터가 문제를 해결할 테니까" 정말로 20분쯤 지나서 월터가 화면에 다시 나와서 컴퓨터는 고쳐졌고 우주인들은 무사하다고 말하더군요. 신뢰성이 덜한 사람이라면 우주선이 고쳐진 명예를 받을 수도 있겠지만 월터는 거부했습니다. 그렇지만 미국 사람 모두는 크롱카이트가 다시 한 번 그 날 미국을 구했다고 알고 있습니다.

월터가 텔레비전을 완전히 떠나는 것은 아니고 특집이라던가 다른 뉴스물 이벤트를 맡을 것입니다. 그러나 이제 더 이상 그는 매일 밤 우리의 안방을 찾지는 않을 것입니다. 우리들은 매일 저녁만이 아니고 우주선 발사 때나 대통령 전당대회나 각국 정상들의 회담 때에도 그가 그리울 것입니다.

그러나 우리 대다수 미국인들은 우리가 믿을 수 있는 인물을 이 나라에서 새로 찾아야 할 것입니다. 겨우 2억2천만의 인구 속에서 뽑는 것인데도 그게 그리 쉽지는 않을 것입니다.

〈끝〉

재택근무라는 용어가 일상화되기 거의 반세기 전에 미국의 방송인 월터 크롱카이트(1916~2009)는 "우리가 일하러 직장에 가는 것이 아니라 일이 우리에게 다가오는" 시대를 예견했다고 해서 화제다.

미국의 온라인 매체 허핑턴포스트는 2013년 2월 12일, 소셜 뉴스 사이트인 레딧에 올라온 1960년대의 영상에서 월터 크롱카이트가 '21세기 홈오피스'를 소개하는 장면이 나온다고 보도했다. 크롱카이트가 영상에서 프린트기, 컴퓨터, 화상 전화기 등이 설치되어 있는 방을 배경으로 미래의 재택근무를 설명하고 있는 광경이 나오는 것이다. 비록 이들 미래의 첨단기기들은 오늘날 관점에서 볼 때 조악한 형태이지만 크롱카이트의 예지력은 정확했다. 그는 "여기 실험적 형태의 미래의 전화기가 있다"며 "대화하고 싶은 상대방을 보고 싶다면 단지 버튼을 누르기만 하면 된다"고 말했다.

실제로 크롱카이트가 예견한 이런 영상전화를 구현한 것은 스카이프인데, 이 영상이 처음 전파를 타던 때는 스카이프의 공동설립자인 니클라스 젠스트롬이 막 돌이 지날 무렵이었다고 한다. 그것은 마치 백남준이 스마트폰과 정보 고속도로를 일찍이 35년 전에 예견한 것과 같은 맥락이다.

| 메멘토 모리 죽어서 살아나다 |

이정석,
한국 언론의 역사

 **2008년 01월 17일**

이정석 선배의 부음을 들은 것은 2008년 1월 17일 아침 신문을 통해서였다.

"앗!" "아니 왜 벌써?"

부산총국장으로 발령을 받아 내려오기 얼마 전인 2007년 전반기만 해도 연구동 내에 있는 KBS사우회 사무실에서 건강한 모습을 뵈었었는데, 이 어인 일인가? 그런 놀라움과 함께, 부음을 듣고도 부산에 있는 관계로 빈소로 올라가 뵈지 못하는 안타까움을 아시는 듯 모르시는 듯, 19일 아침 선배는 우리 곁을 영원히 떠나셨다.

그 이후 이 선배에 관한 후속기사가 혹 나올까 하고 신문을 뒤지고 방송을 보았지만 아무것도 없었다. 그리고는 이 선배는 어쩌면 망각이란, 인류사회에 존재하는 가장 보편적인 현상이면서도 사람들이 그 의미를 잘 모르는 자연적인 현상에 편입될 것이다. 그러나 너무 쉽게 망각에 들어가게 하기에는 이 선배의 족적은 너무나 뚜렷하다.

2000년 2월부터 2002년 1월까지 약 2년 동안 KBS시청자위원회의 위원장을 맡아 활동을 했으니 적어도 옛 국장급, 현재의 팀장급 이상은 기억을 할 테지만 아마도 젊은 후배들은 이 선배가 방송인으로서 어떤 활동과 활약을 했는지를 잘 모를 것이다. 필자라고 이 선배를 개인적으로 잘 아는 것은 아니지만, 시청자위원장으로 있을 때에 후배들에게 좋은 말을 해주실 때의 그 묵직하면서도 그리 너무 근엄하지도 않고 정이 담겨 있는 목소리가 귓전을 다시 찾아온다.

이정석 선배는 우리나라 최근세 언론사 자체라고 해도 과언이 아니다. 대학을 나오자마자 1954년 조선일보 공채1기로 기자생활을 시작해 10년을 근무하다가 동아일보로 옮겨 정치부 차장과 동아방송의 뉴스부장을 거친 뒤에, KBS가 문화공보부에 소속되어 있던 1971년에 KBS로 자리를 옮겨 당시의 국명인 중앙방송국의 보도부 부장이 되셨고, 2년 후 공사가 발족해서는 보도국장을 맡았다. 한국방송공사의 초대 보도국장인 것이다.

그 뒤 런던특파원, 국제국장, 그리고 미주총국장(오늘의 워싱턴지국장인데, 당시는 미주 전 특파원을 총괄한다는 뜻에서 직함이 미주총국장이었다)을 차례로 역임하셨는데, 미주총국장은 1979년부터 85년까지 무려 6년 동안이나 맡으면서 그 유명한 '클로징 멘트'를 사람들에게 각인시켜 놓았다. 너무 까마득한 옛날이어서 기억이 힘들다고 할 분들이 있겠지만 워싱턴에서 마이크를 잡고 "지금까지 워싱턴에서... KBS뉴스 이정석입니다" 하고 클로징을 하시던 모습은 기억하실 것이다. 그런데 그 클로징은 무척 특이했다. "지금까지 워싱턴에서..."라고 우선 말을 떼어놓은 뒤, 조금 있다가 숨을 고르고 다시 "KBS뉴스 이정식입니다" 라고 끝내는 방식이다(한때 유명했던 스포츠뉴스의 배재성 기자의 화법을 연상하면 된다. 얼마나 멋이 있었으면 20년이 지난 후 그를 추종하는 후배가 있을까?).

서울 올림픽을 앞두고 KBS의 올림픽방송을 원활하게 수행하기 위해 올림픽방송 운영본부장을 맡았고 올림픽이 성공적으로 끝난 뒤에는 기획조정실 실장으로서 각 본부 사이의 여러 업무를 협의 조정하는 역할을 수행했다. 1991년 한국방송공사 제작단 사장을 맡으면서 KBS를 떠나서 언론중재위원회 위원, 방송위원회 위원, 대한언론인회 부회장을 역임하다가 1998년부터 KBS시청자위원으로 활동하면서 2000년부터 2년 동안 시청자위원장을 하신 것은, 앞에서 언급한 그대로이다.

이정석 선배가 워싱턴에서 리포트를 하실 때에 가장 유명했던 것은, 앞에서 지적한 대로, 기자 리포트의 끝부분에 다는 "지금까지 워싱턴에서 KBS뉴스 이정석입니다"라는 멘트를 하실 때에 "지금까지 워싱턴에서"를 먼저 하고 나서는 적어도 5초는 뜸을 들이다가 "KBS뉴스 이정석입니다"를 하시는 것이었다. 우리 후배들은, 이정석 선배가 너

무 연로하셔서 숨을 고르기 어려워 그러신 것인가 라고 생각하기도 했
는데. 워낙 늦게 나오니까 다들 숨이 넘어가신 것 아닌가 걱정 아닌 걱
정도 많았다. 그런 선배의 리포트에 대해서 우리는 너무 어리고 병아리
기자여서 그 리포트의 가치를 잘 알지 못했다. 그러다가 이 선배에 대
한 존경심이 과거 리포트에 대한 존경심으로 연결된 데는, 돌아가시기
일 년 반 남짓 전에 시작하신 칼럼활동을 통해서였다. 이 선배의 칼럼
은 오라뉴스(www.oranews.co.kr)라는 정보화 관련 인터넷신문에 2006년 8월
1일 처음으로 시작되었는데, 첫 회에서 이 선배는 그의 칼럼을 이렇게
시작한다;

제목: 계륵대통령 유감

벌써 40년 전의 일이다.

필자가 조선일보 기자시절 편집국장 송지영(宋志英)선생이 조선일보
2면에 새 칼럼을 만들면서 칼럼 명을 '계륵'이라고 작명하시었다. 그 분
의 설명인즉 글쓴이가 변변치 못한 글을 세상에 내놓고 독자에게 읽어
주십시오 하는 '겸손'이란 뜻이라고 했다...(중략).

조선일보의 계륵대통령 호칭이 문제가 되었다. 청와대가 발끈한
것이다. 나는 어리둥절했다. 내가 아는 '계륵'은 원래가 겸손한 뜻일 터
인데 말이다(하략).

당시 집권 4년차를 맞은 노무현 대통령이 '계륵'신세가 되었다는 일
부 언론의 표현 때문에 청와대와 언론 간의 논쟁이 벌어진 것을 빗댄

     | 메멘토 모리 죽어서 살아나다 |

표현이었다. 이정석 선배의 칼럼은 그 뒤에 사흘이 멀다 하고 이어졌다. 1932년 생 이시니까 당시 70대 중반의 고령이시지만 선배의 필봉은 조금도 휘거나 무디어지지 않았다. 한 달 뒤인 9월8일에는 출근길에 만난 어린 아이들이 영어로 대화를 하는 것을 보고 충격을 받아 영어에 밀린 우리말의 슬픈 처지를 비판하는 글을 발표한다. 아파트 쓰레기장에서 발견한 국어사전은 멀쩡한 새 것이 버려져 있는 반면, 영어사전은 온갖 단어마다 빨갛게 밑줄이 처져 있는 것을 보고 국민들의 잘못된 의식을 비판하는 것이다. 이 선배 자신이 누구보다도 영어를 잘해 특파원에다 외국과의 일을 많이 하셨는데도 '국어 홀대' '영어 경도'의 현실에 대해 벌써 걱정을 하는 것이다. 마치 지난 정권 인수위원히이 영어에 대한 조바심을 예견하는 듯하다.

　이선배의 칼럼은 모두 46회까지 간다. 2007년 12월 2일 "더러운 들국화의 전설"이란 제목이 마지막이었다;

　1964년 미국 대통령 선거. 민주당 린든 존슨 현직대통령과 공화당의 배리 골드워터가 대결한 선거였다. 베트남 전쟁이 점차 확전으로 치닫고 있었다. 골드워터 공화당 후보는 더 강경한 미국개입을 주장하며 존슨을 압박하는 가운데 월남 정글전에서는 미군의 희생을 줄이기 위해 핵무기 사용도 서슴치 말아야 한다고 했다.　곤경에 처한 존슨 진영이 이 때 네가티브 켐페인(negative campaign=상대방 헐뜯기 선거운동)이란 보도(寶刀)를 쓴다. '더러운 들국화(Dirty Daisy)' 선거 CM송이 그것이었다. 30초짜리 CM의 내용은 이러했다;

들판에 어린 소녀 한 명이 등장한다. 소녀가 소리 내어 'one, two, three…' 꽃을 헤아리는 순간— 돌연 굵은 남자의 목소리로 바뀌어 'three-two-one' 카운트 다운, 이윽고 핵폭탄이 터지고 버섯구름이 하늘을 덮는다. 이윽고 내레이션이 흐른다 "이 어린이가 사는 세상을 만드느냐 아니면 세상을 파멸시키느냐….이번 선거에 달렸습니다. 우리는 서로 사랑해야 합니다. 아니면 모두 죽습니다. 11월 3일 존슨에 투표하세요"

'더러운 들국화' 선거CM은 투표일 2개월 앞둔 시점인 1964년 9월 7일 밤에 방송되었다. 단 한 번만 방송되었다. 네거티브 켐페인의 역효과를 계산한 것인데, 예측대로 골드워터는 이 한 방에 무너지고 말았다……

이 선배의 칼럼은 이어서 네거티브 켐페인의 문제를 차분히 지적한다. 이 글은 말할 것도 없이 그 전 해인 2001년 12월 19일 대통령 선거를 앞두고 지나치게 네거티브 켐페인에 주력하는 현상을 비판한 것으로서, 마지막까지 정책 대안을 통한 깨끗한 선거전을 해야 한다는 언론인으로서의 당연한 지적을 당당히 밝힌 것이다. 그 글이 마지막이었다. 아마도 이 뒤에 기력이 급속히 쇠진하셨을 것이다. 그러기에 결국은 두 달 남짓 만에 저 멀리 먼 길을 떠나신 것이리라. 부음기사에서 사인도 노환으로 나와 있는 것을 보면, 특별히 지병이 있으신 것은 아닌 관계로 연로하신데 따른 호상이라고 볼 수 있을 것이다. 그러나 호상이라고 애가 끊어지지 않는 것은 아니다.

이 선배의 칼럼을 읽어나가면서 선배의 안목과 민주주의에 대한 신념, 그리고 언론자유의 소중함에 대한 믿음을 확인할 수 있었고, 그렇다면 과거 워싱턴에서 리포트를 하실 때에도 그 리포트에 그러한 무게가 실렸을 것임을 내 스스로 확신하게 되었다.

이 선배는 KBS시청자 위원회에서 활동하시기 전인 1994년부터 대한언론인회 부회장을 맡으시다가 시청자위원장을 그만 둔 2002년 1월부터 2년 동안 대한언론인회 13대 회장을 맡으시면서 언론자유에 대한 자신의 신념을 바탕으로 어려운 싸움을 벌여 나갔다. 그것은 한국판 '프리덤 하우스 보고서'인 한국언론상황백서를 발간하는 사업을 추진하는 것이다. 이 선배의 이러한 활동은 노무현 대통령 취임이후 벌어지는 언론정책과 상황에 대한 이 선배의 우려의 시각을 반영하는 것으로 보인다. 이 선배는 이 사업을 추진해서 2003년 4월 7일에 '2003 한국 언론 자유 상황 보고서'를 내고 2002년 한국의 언론 자유도(度)는 100점 만점에 60점에 불과해 하위권이라고 발표를 했다. 특히 방송의 경우에도 언론의 자유를 침해하는 요인으로 정치적 독립이 보장되어 있지 않고 노조의 영향력이 큰 점을 지적했다. 이듬해인 2004년 4월29일에는 '2004 한국 언론 자유 상황 보고서'를 발표하고 2003년의 한국의 언론자유는 54점이라고 발표했다. 그 전 해보다도 더 나빠졌다는 것이었다.

이런 대한언론인회의 발표는 조선과 동아 등 이른바 보수언론에만 인용되고 다른 언론에서는 무시하거나 비판적인 기사로 다루었다. 대한언론인회가 조사한 한국의 언론자유도는, 몇 몇의 학자가 이름도 공개하지 않고 7점 척도로 멋대로 평가한 것이어서, 신뢰성이 확인되지 않고, 또 이러한 조사의 목적이 이미 불공정 거래를 시정하려는 정부의 언론정책에 대한 비판을 염두에 둔 것이어서 객관적이지 못하다는 이유에서였다.

그 조사가 얼마나 편파적이었는지는 조사항목이나 조사와 평가를 주도한 사람들의 면면이 공개되지 않아서 이를 알 수 없었지만, 이 선배가 생각해 온 언론관과 언론의 자유의 개념과 다른 상황이 현실에서 전개되는데 대해서 맞서서 싸운 것이라는 데서, 이 선배의 용기는 놀라운 것이다. 이 선배의 언론관은 다년간 워싱턴과 런던에서 있으면서 경험한 미국과 영국 언론을 통해서 다져진 것임은 자명하다.

필자는 2006년 9월1일 자로 이선배가 올린 칼럼을 보고 느낀 바를 2006년 9월 27일 우리 KBS뉴스 사이트에 다음과 같이 글을 올린 적이 있다.

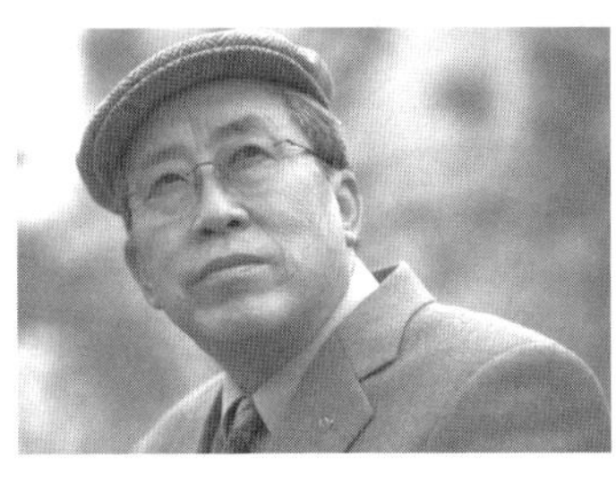

"이정석 선배의 칼럼을 계기로 들어가 본 BBC 인터넷의 코너를 보면서 나는 너무나 부럽다는 생각이 들었다. BBC를 빛낸 10 명의 기자, 주로 국제적인 특파원들을 소개한 이 코너에서 각 특파원들의 주요 행적과 그들의 보도내용, 심지어는 화면과 목소리까지를 인터넷에 모아서 올려놓고 있는 것이다. 이 코너를 들여다본 사람이라면 누구나 BBC를 존경하고 칭찬하지 않을 수 없다. 국제뉴스를 이렇게 멋있게 열심히 보도하는구나 하고 다시 감탄을 하게 된다. 그것이 BBC에 대한 국제적인 명성으로 연결된다는 것은 두말할 필요도 없다. 그런데 그것은 부럽다는 생각만이 아니라 부끄럽다는 생각으로 연결되었다.

 | 메멘토 모리 죽어서 살아나다 |

우리도 내년이면 방송 80주년을 맞는다. KBS도 라디오와 텔레비전 뉴스에서는 한국을 대표하고 있고 누구보다도 오랜 역사를 갖고 있다. 과거에는 BBC처럼 특파원들이 마이크를 잡고 뉴스를 진행하지 않았지만 80년대 이후에 ENG라는 동시녹음기계가 발달하면서 무수한 현장에서 뉴스를 전달해 주었다. 우리도 수많은 특종을 했고 방송이 나간 뒤에 사회적으로도 많은 반향을 일으켰다. 그러나 그것이 정리되고 부각되지 못하게 되자, KBS가 그동안 우리나라를 위해 한 수많은 보도가 인정받지 못하고 사장되어가고 있다. 그것으로 해서 국민들은 KBS에 대해 그만큼 애정을 못 느끼게 되었고 목숨을 걸고 현장을 누빈 우리 기자들의 노력도 그만큼 아침을 맞은 이슬처럼 덧없이 햇실에 녹아내리고 있다는 생각이다. 글로 된 '방송 70년사'가 없는 것은 아니지만 영상과 음성으로 남은 방송자료들은 전혀 발굴되지 않고 있다."

우리도 이정석 선배가 워싱턴에서 했던 그 많은 리포트를 어떻게 해서든지 찾아내어 이를 인터넷에 올려야 할 것 같다. 한국동란 때 목숨을 걸고 보도한 이혜복 선배와 같은 분들, 거기에는 아나운서도 있고 기자도 있는데, 그들의 노력도 발굴되어야 한다...... 우리는 우리 역사의 상당부분을 잃어버렸다. 공영방송의 역사, 그 가운데서 기자들의 치열한 취재보도정신과 노력에 대한 역사도 제대로 알려지지 않고 있다. 그것은 우리가 역사를 지키려하지 않았기 때문일 것이다. 역사는 그것을 지키려는 사람들을 통해서만 남을 수 있는 것이라면, 역사를 지키고 가꿀 줄 아는 그 사람들이 우리는 부럽다.

이제 이정석 선배가 가신 뒤 우리들은 무슨 일을 해야 할 것인가?

우리도 영국의 BBC처럼 전장을 누비고 전 세계 현장을 누비며 목숨을 걸고 보도를 한 기자들의 역사가 있다. 그에 앞서서 이정석 선배처럼 국제적인 안목과 시각으로 후배기자들의 모범이 된 분들이 있다. 그 선배들의 역사, 그리고 현재 우리들의 역사가 수집되고 정리되고 보존되어야 한다는 것이다. 우리가 이정석 특파원 같은 선배기자들의 맥을 이어받아 KBS라는, 세계에 자랑할 만한 공영방송의 역사를 이룬 만큼 그 역사가 더 이상 멸실되기 전에 단순한 문자기록만이 아니라 영상과 음성기록까지도 현창되어야 한다는 것이다. 아무리 KBS의 재정상황이 어렵더라도 가장 기본이 되는 그 작업만큼은 제때에 이루어져야 한다.

러서트,
아버지를 위하여

 2008년 06월 13일

미국에서 6월 셋째 일요일은 '아버지의 날'이다. 1910년 소노라 스마트 다드라는 이름의 한 여성이 자신의 아버지를 현창하기 위해 제안한 것인데, 그 아버지(윌리엄 잭슨 스마트)는 남북전쟁에 참여한 이후 부인이 죽은 뒤에 혼자서 여섯 명의 자녀를 열심히 키워냈다. 그의 딸은 이러한 아버지의 헌신에 감동해 미국 요로에 어머니날과 마찬가지로 아버지날도 있어야 한다고 청원을 하기 시작했다. 그래서 6월의 셋째 일요일을 아버지날로 기리는 전통이 시작되었다가 1972년 닉슨 대통령 시절 상하양원의 합동결의에 의해 미국에서 공식적으로 지정된다.

아버지의 날이라고 해서 뭐 특별한 것이 없다. 뭐 특별히 요란한 기념행사가 열리는 것은 아니다. 사람들은 그들의 아버지에게 그냥 전화만 하거나 꽃이나 축하카드를 보내기도 한다. 운동기구나 옷을 보내는 경우도 있고 가전제품이나 야외용 주방기구 등을 보내기도 한다. 그러나 경우에 따라서는 큰 파티를 열어주는 경우도 있다고 한다. 다만 우리와 다른 것은, 자신의 아버지만을 챙기는 것이 아니라 친아버지나 양아버지, 의붓아버지, 할아버지, 증조할아버지, 그 외의 남자 친척들을 챙기며, 학교에서는 어린이들에게 직접 카드를 만들도록 하거나 선물을 준비하도록 한단다.

그러나 '아버지의 날'을 기리는 미국사회의 분위기는 결코 호락호락하지는 않다. 매년 미국 대통령은 그 해 6월 셋째 일요일을 아버지의 날로 지정하는 특별담화문을 발표한다. 2008년의 아버지의 날에도 마찬가지. 그 담화문의 구절 구절이 21세기를 사는 한국인에게 예사롭게 들리지 않는다.

"아버지의 날을 맞아 우리 미국은 전국의 모든 아버지들이 자녀들에게 준 무조건의 사랑과, 가족들의 행복을 위해 자기를 생각지 않은 그 헌신을 기립니다.

아버지는 자녀들의 일생에서 어떤 것과도 바꿀 수 없는 소중한 역할을 하며, 그 자녀들이 책임 있는 성인으로 자랄 수 있도록 모든 가치관들을 전해줍니다. 그들의 아들 딸들에게 긍정적인 모범을 보여줌으로서 그들이 일생동안 현명한 결정을 할 수 있도록 모든 필요한 기초를 마련해 줍니다. 아버지들은 그들의 자녀들이 완벽하고 영예롭고 추구하는 목적이 있는 삶을 살아가도록 가르쳐주고 싶어합니다. 그들의 자녀들이 그들의 꿈을 이

  | 메멘토 모리 죽어서 살아나다 |

루는데 필요한 모든 사랑과 지원을 줄 수 있는 지혜와 힘을 달
라고 기도합니다....

그러므로 미합중국의 대통령인 조지 W 부시는 1972년 4월 24
일의 상하원합동결의안에 따라 6월15일을 '아버지의 날'로 선포
합니다. 나는 모든 미국인들이 미국의 모든 아버지들에게 전국
의 어린이들을 위해 행한 헌신에 대해 감사를 표하기를 권합니
다. 나는 미국정부의 모든 연관 공무원들에게 이 날 모든 관공
서 건물에 미국 국기를 걸기를 명령합니다. 나는 또한 모든 주
정부와 지방정부, 시민들에게 이 날을 적합한 프로그램과 기념
식, 각종 활동으로 이 날을 준수하기를 요청합니다."

이처럼 한 미국사회를 이끌어가고 있는 아버지의 역할을 인정하고
그들의 노고를 다 함께 치하하고 위로해 줄 것을 사회에 요청한다. 우
리 식으로 단순히 낳고 키워주신 아버지와 어머니의 은혜를 함께 기리
는 차원과는 달리, 엄연히 아버지의 위치를 나라와 정부가 굳건하게 잡
아주는 것이다.

그런데 2008년의 아버지의 날에 미국인들은 예년과는 달리 비통한
마음으로 이 날을 보내지 않을 수 없었다. 그것은 아버지의 의미를 일
깨워 준 미국의 유명한 방송인이자 언론인이 갑자기 세상을 떠났기 때
문이다.

그의 이름은 팀 러서트(Tim Russert). 미국 NBC방송의 유명한 시사프
로그램인 'Meet the Press'의 명진행자로 명성을 날리며 미국인들의 사
랑을 받았던 인물이 이틀 전 금요일에 갑자기 사무실에서 숨진 것이다.

나이 겨우 58세, 사무실에서 숨진 것으로 보아 과로사임에 틀림이 없다.

'Meet the Press'(언론과의 만남)란 이 프로그램은 1947년에 처음 만들어져 60년이 넘게 이어져오는 사상 최장의 방송 프로그램인데, 역사만 오랜 것이 아니라 가장 높은 평가를 받는 프로그램으로 인기를 끌고 있다. 미리 원고를 주지 않고 즉석에서 질문을 하는 방식으로 중요한 현안에 대해 책임 있는 사람들에게 집중 추구하는데, 1991년 이후 팀 러서트가 이 프로를 맡은 후 무려 18년 동안 언론인으로서의 통찰력과 가치관을 반영하는 수준 높은 대담으로 미국 정치프로그램의 대명사로 자리잡고 있으며, 그는 가장 존경받고 신뢰받는 언론인이었다.

그런데 미국인들에게 팀 러서트의 사망소식이 존경받는 언론인의 사망으로만 끝나는 것은 아닌 것은, 그가 바로 미국인들에게 아버지의 의미를 누구보다도 친근하고 감명 깊게 가르쳐준 당사자였기 때문이다. 그는 어느 유명인들과 달리 일찍부터 자신의 아버지에 대한 존경심을 강력하게 표현하고 이를 자랑스럽게 밝혀왔다.

2004년 5월 1일 발간된 일종의 회고록인 'Big Russ and Me(아버지 러스와 나)'는 최근 몇 년간 '아버지의 날'에 가장 잘 팔리는 책으로 사랑을

받아왔다. 그 책에서 그는 이렇게 아버지에 대한 자신의 존경심을 밝힌
다.

"얼마 전 내가 워싱턴 포스트 주최의 한 온라인 대화에 참여했는
데, 컴퓨터 앞에 앉자 사람들이 내 프로그램과 다른 주제에 관해 문의
를 해 와서 나는 최선의 답을 해주었다. 그 시간의 끝 무렵에 어떤 사람
이 나에게 특별히 인터뷰하고 싶은 개인이 있느냐고 물었다. 아마도 그
질문은 잘 잡히지 않는 정치인이나 혹은 다른 역사 속에서의 흥미 있는
인물, 예를 들어 토마스 제퍼슨이나 크리스토퍼 콜럼버스, 혹은 나의
첫 번째 선택인 예수 그리스도를 기대했던 같다. 그러나 나는 이 질문
을 개인적인 것으로 받아들였고 즉시, 그것도 내 마음으로부터 내답을
했다:

'다른 누구보다도 제 아버지를 인터뷰하고 싶습니다.'"

이렇게 시작한 이 책은 1950년대 그의 어린 시절 그가 살던 버팔로
시(市)의 아이리쉬 커뮤니티에서 2차 대전의 제대군인이었던 아버지가
밤낮으로 두 개의 직업을 가지고 30여 년 동안 불평 없이 일을 해서 그
의 자녀들을 훌륭하게 키웠는지, 그 자녀들이 스스로 몸가짐을 지키며
존경받고 친구들에게도 헌신하는 그런 가치관을 갖도록 했는지를 알기
쉽고 직접적이며 감동적인 문체로 설명해 준다. 그는 그에 있어서 아버
지가 무언인지를 이렇게 설명한다.

"나이가 들면 들수록 아버지가 더 멋있어진다. 아버지가 나에게

　가르쳐 준 것이 생각나지 않는 날이 하루도 없다"

러서트는 그러한 소망을 죽기 얼마 전에 텔레비전 인터뷰를 통해
실현했다. 자기 자신이 얼마 전 어머니가 돌아가신 뒤에 혼자서 사시는
아버지의 생활을 취재해서 아버지의 인터뷰와 함께 리포트를 한 것이
다. 그러면서 자신의 아버지가 어떻게 그 어려운 시기에도 인간으로서,
아버지로서의 그 근본적인 가치관을 잃지 않고 자식들을 키워 그들의
자식이 이처럼 훌륭하게 성장하게 했는지를 미국인들에게 전해주었다.
아버지로부터 자녀에게로 이어지는 그 유대감이야말로 세계 제일 미국
을 지탱하는 힘이라는 것이다.

미국 ABC의 유명 방송인인 바바라 월터스는 경쟁상대였던 팀 러
서트의 사망소식을 전하면서 이렇게 말한다.

"He was a man the country respected and a friend to millions of
people." 그는 이 나라가 존경했던 사람이며, 미국인들에게 친
구였습니다.

미국의 아버지의 날, 미국은 아버지의 진정한 가치를 알고 이를 일
깨워준 한 좋은 방송인이자 또 하나의 아버지를 잃었다.

안재훈,
최초의 워싱턴포스트 기자

 **2011년 06월 01일**

2011년 6월 7일자 〈중앙일보〉 동정란에 한 재미교포 언론인의 부음기사가 실렸다. 이름은 안재훈, 직함은 **RFA**^(자유아시아방송) 전 한국담당 국장. 안재훈씨가 6월 1일 미국 버지니아 비치의 한 병원에서 향년 70세로 별세했다는 내용이다.

일반인 가운데에서도 그의 이름을 기억하는 분들도 있을 것이다. 한국언론재단에서 발행하는 〈신문과 방송〉이라는 월간지에 '워싱턴으로부터의 편지'라는 칼럼을 1989년부터 1995년까지 7년간 83회에 걸쳐 연재했고, 1991년부터 MBC 라디오 〈세계는 지금〉에서 '안재훈의 코멘터리'라는 코너를 맡아 4년여 동안 시사비평을 하면서 침착하면서도 이지적인 논평으로 인기를 끌었기에 그 이름을 기억하시는 분들이 있을 것이다.

1941년 평양에서 태어난 안재훈씨는 경기고와 서울대 국문학과를 졸업한 뒤 1969년 〈워싱턴포스트〉에 입사해 국제부·조사부·연구부·메트로부 기자를 거쳐 온라인뉴스 편집인을 끝으로 1996년 초 퇴임하는 등 26년간 기자로 활동했다. 퇴임 후인 1997년부터는 대북전문방송인 RFA(Radio Free Asia, 자유아시아방송)로 자리를 옮겨 11년간 한국담당국장으로 근무하면서 북한 동포들에게 북한 안팎의 소식을 전하는 일을 맡다가 2007년 말 현역에서 완전히 은퇴해 노후를 보내던 중이었다.

그는 한국인으로서는 처음으로 〈워싱턴포스트〉 기자를 지낸 분이다. 한국 언론재단의 이사로 일한 정운현 씨는 안재훈 씨가 언론자유가 보장된 반면 경쟁이 치열했던 미국 신문의 기자 출신답게 언론(인)의 기본가치와 원칙, 그리고 경쟁을 중시했던 기자로 평가한다. 1996년 초 〈미디어오늘〉과의 인터뷰에서 그는 "한국 언론은 사실 확인보다 속도를 중시하는 풍토가 만연해 있고 이런 속보경쟁으로 오보가 많이 발생하고 있다"며 "이 때문에 한국의 많은 독자들이 신문을 불신하고 있는 것으로 알고 있다"고 지적한 것을 예로 든다. 그리고 한국 기자들이 "한번 뽑히면 무능력한 사람들도 전혀 도태되지 않는 한국 언론의 분위기 때문"에 샐러리맨화 되는 경향을 우려하는 목소리에 동조하면서, "미국 언론은 언론사 입사부터 퇴사까지 기자정신을 갖지 않으면 살아남기 힘든 곳"이라고

　　　| 메멘토 모리 죽어서 살아나다 |

밝히기도 했다고 전한다.

안재훈은 정치적으로 보수주의자였고, 북한에 대해서는 비판적인 시각을 갖고 있었는데 이는 그의 출신(평양 태생)과 무관치 않다고 하겠다. 국내 어느 신문과의 회견에서 안재훈은 자신이 RFA(자유아시아방송)의 책임자를 맡은 이유로

> "내 고향이 평양이다. 북한은 언론 자유가 없는 곳이므로 북한 관련 뉴스와 정보를 대리 방송하는 곳이 RFA다. 이 방송은 남에게 맡기면 안 되겠다 싶어 내가 창설 국장을 자청했다. 이건 내게 직업이 아니라 미션(mission, 사명)이라고 생각했다."

고 밝히기도 했다.

그런데 필자가 안재훈은 안 것은 돌아가시기 4년 전이다. 2007년 7월 초 미국에서부터 나에게 워싱턴 포스트에 실린 글 한 편이 배달돼 왔는데 그것을 읽다가 자연스레 안재훈 씨를 알게 된다. 미국에서 '아버지의 날'(Father's Day)인 6월 셋째 일요일, 미국의 가장 권위 있는 신문의 하나인 워싱턴 포스트의 B7면에 실린 '아버지의 날'이란 제목의 글이 그것이다. 안재훈이란 분이 쓴 그 글은 이렇게 시작한다.

> "10년 전 6월의 아버지의 날 며칠 전에 여든 일곱이 되신 우리 아버지가 심장병으로 쇠약해지신 채로 돌아가셨다. 아버님의 운명은 평화롭고 고통이 없었다. 침대에서 어머님의 손을 꼭 잡으신 채 평소에 원하시던 대로 아주 깨끗하게 세상을 하직하셨다. 장례식에서 형과 나

는 많이 울지 않고 되도록 체통을 지켰다. 그때까지는 모든 게 순조로 웠다.

그런데 캘리포니아 글렌데일의 나지막한 언덕에 아버님이 묻히시 자 뭔가 빠진 것 같았다. 당신이 비록 이 미국을 사랑하셨지만 아버님 은 실은 북한에 있는 조상들 옆에 묻히고 싶어하셨던 것이다. 몇 년 전 언젠가 고향생각이 나셨는지 아버님은 나한테 고향의 흙냄새가 아직도 기억난다고 말씀하셨다. 그 말씀을 들으니 고향의 달콤한 냄새에 대한 아버님의 기억은 환각은 아니고 아마도 상상일 거라고 생각되었다.”

이렇게 시작되는 글은, 이어 국제원조기구에서 일하는 미국인 요 원이 그를 찾아와 선물로 가져온 작은 플라스틱 컵을 내미는데, 그 속 에는 평양의 대동강 가에서 담아온 몇 숟갈 분량의 북한 흙이 있었다는 얘기를 통해, 해방 이후 공산주의를 피해 남으로 온 이 안재훈씨 가족 이 그로부터 61년 동안이나 고향에 다시 가보지 못한 정황을 알려주고 있다. 그 글은 계속된다.

“그 사람이 돌아가자 나는 형한테 전화를 해서 이 값을 매길 수 없 는 선물에 대해 말해주었다. 형은 전화기 저 쪽에서 가만히 듣고만 있 었다. 나는 신이 나서 다시 반복했다.

“여기 있단 말이야! 여기 이 내손에!”

한참 있다가 형은 나지막하게 말했다 ‘네 비행기 편을 알려주렴. 공 항에 마중 나갈테니’. 형은 LA 공항에서 나를 태웠고 우리들은 아무 말 없이 글렌데일의 묘지로 향했다. 그 동안에 아버지에 대한 좋은 추억을

　　　　| 메멘토 모리 죽어서 살아나다 |

챙겨보았다.

말년에 아버님은, 손자들이 태어난 이 미국에서 행복하셨지만, 고향의 조상 말씀을 하실 때면 가끔 눈물이 터지곤 하셨다. '나도 할아버지가 보고 싶구나!' 라고 속삭이듯 말씀하시는데, 영락없는 어린 아이 표정이셨다. 나는 퇴색한 가족사진을 통해서만 우리 증조할아버지를 보았다. 선산의 위치를 알려주는 정확한 지도는 없지만 주소를 통해서 정확히 어디인지는 안다.

주소는 꽤 길어서 마치 아름다운 노래 같았다. 평안남도 대동군 부산면 용궁리 제궁동 칠성봉 남축. 대충 번역해 보면 이 긴 주소는 초현실적인 시 같다. 평화롭고 조용한 남쪽 지역 큰 강 구역, 기대힌 솥 지구, 용의 궁전이 있는 곳, 황제의 궁전이 있는 마을, 일곱 개의 별이 있는 산봉우리의 남쪽 측면....이 곳은 북한의 수도인 평양에서부터 멀지 않다. 그런데 우리 족보에 있는 이 주소는 효도와 같은 가족의 생활규범과 비교하면 아주 짧다. 아버지는 29대 장손이다. 한국 가정에서 장손의 부담은 엄청나다. 장손은 조상의 묘소를 돌봐야 한다(다행히도 형은 나보다 2년 먼저 나왔다).

글렌데일의 묘지로 가면서 우리는 마치 장례식을 치르는 것처럼 아주 천천히 달렸는데, 아마도 형이 의도적으로 그렇게 한 것 같다. 내 주머니에 갖고 가는 플라스틱 컵에 담긴 북한 흙은 귀중한 종자인 것 같았다. 아버님 묘소에 다다르지 형은 조슴스럽게 컵을 개봉하고는 두 손가락으로 북한의 흙을 집고 마치 금가루를 뿌리듯 무덤에 뿌리며 말했다. '아버님 마침내 당신은 고향의 흙에 묻히게 되었습니다...' 이런 형의 말을 듣다가 드디어는 눈물이 내 볼을 타고 흐르기 시작했다.

'흙에서 나와 흙으로 돌아가리라!'

우리 주위엔 아무도 없었고 체면 차릴 필요도 없었다. 결국 큰 소리를 내고 울고 말았다.

'아버지, 마침내 고향에 가셨군요. 결국 고향의 흙에 묻히셨습니다. 그러면서도 정말 평화 속에 누워 계십니다. 여기 이 캘리포니아의 좋은 흙냄새 속에 있으시니까요'"

안재훈 씨의 경우는 그나마 다행이다. 고향의 흙을 구해다 준 사람이 있었으니까. 내 개인적인 이야기를 하자면 1.4 후퇴 때 흥남부두를 통해 잠깐 이웃 동네 가는 기분으로 배를 탔던 우리 장인어른도 꿈에 그리던 고향과, 두고 온 부인과 아들 등 가족을 그리시다가 20년 전에 타계하셨다. 이제는 나에게는 처남이 될 그 아들과 어쩌면 큰 장모라고 해야 할 부인의 소식을 챙겨줄 사람도 없다. 그렇게 해서 북한에 있는 배다른 처남 소식은 아마도 잊혀질 가능성이 높다. 그런 실향민, 이산가족들이 우리나라에도 미국에도 수도 없이 많은데, 문제는 그들이 그렇게 저렇게 이제 세상을 하직하신다는 것이다.

2006년 연말에 본 기자에게 미국에서부터 격려의 편지가 하나 날아왔다. 발신인은 미국 워싱턴 근교에 사신다는 코니 박 할머니. 그동안 내가 KBS뉴스 홈페이지에 올렸던 글이 재미도 있을뿐더러 미국에 사는 나이 많은 사람들에게 좋은 교재가 되고 있다며 감사한다는 내용이었다. 그 글을 보내주신 분은, 나중에 알고 보니, 바로 이 안재훈 씨의 누님이셨다. 할머니의 원래 성은 안 씨인데 결혼 후 미국식으로 박 씨가 되신 것이다. 평양에서 성장하시고 전쟁 때 내려오셔서 미국까지

가신 분인데, 할머니가 나에게 보내주신 안재훈 씨의 글을 뒤늦게 읽고 안재훈, 안정순 두 남매와 그 아버지의 사연을 알게 된 것이다.

2011년 6월 안재훈 씨는 이 세상을 떴고 그의 누이이신 안정순 님은 이를 가슴에 안으며 워싱턴 근교에서 건강하게 살고 계신다. 이 두 오누이를 통해 미국에 계신 우리 동포들도 이산의 아픔을 심하게 앓고 있음을 다시 생각하게 된다. 남북문제, 북한문제는 상상 외로 많은 분들에게 여전히 아픔이고 언제 풀릴 줄 모른다는 것이 안타깝다.

part
5
국경은
없다

후세 다쓰지,
민중을 위해

 **1953년 09월 13일**

1919년 3월 1일, 우리나라 전역은 만세의 함성으로 가득 찼다. 일본 제국주의의 압제에 대항해 민족의 자존을 지키기 위해 온 민족이 맨손으로 일어선 것이었다.

3.1만세운동의 진정한 의미는 무엇일까? 그것은 그 10년 전에 우리가 국권을 잃었다는 것이 전제된다. 왜 국권을 잃었을까? 이웃나라 일본이 강대해지는데도 우리가 그것을 모르고 우리의 힘을 기르지 않고 있었기 때문이다. 그러므로 3.1절은 일본이 어떻게 힘이 있는 나라가 되었으며 우리는 왜 나라를 잃었는지 그 교훈을 일깨워준다고 하겠다.

그런 면에서 우리는 일본을 제대로 보고 있는 것일까? 일본은 여전히 세계 최고수준의 기술대국이며 외채가 없는 경제자립국이며, 국방력도 세계 2위이다. 또 노벨상을 열 명 이상 수상할 정도이고, 건축계의 노벨상이라 할 프리츠커 상은 미국과 함께 가장 많이 수상할 정도로 학문의 기초가 탄탄하며, 문화적으로도 인정받고 있다. 이 나라에 대해서 우리가 아는 것은 무엇일까? 36년간의 일제의 침략과 가혹한 식민통치에 가려 일본인들이 어떻게 세계 2위가 되었는지에 대해서는 그들의 장점에 대해서는 눈을 감고 있는 것은 아닌가 생각해 볼 일이다.

수많은 유태인들을 나치의 강제수용소에서 구한 쉰들러란 이름을 우리는 잘 안다. 그러나 일제 시대 두 번이나 감옥에 가면서도 우리 독립투사나 민중들을 변호하던 후세 다쓰지라는 일본인은 잘 모르고 있다. 아사카와 다쿠미라는 일본인은 우리 도자기의 아름다움을 일깨우고 이 땅에서 죽었다. 이제는 그런 일본인들의 공로도 우리가 인정할 때가 되었다.

일본인 변호사 후세 다쓰지(布施辰治, 1880~1953). 그는 일본인으로서는 최초로 우리나라 정부로부터 건국훈장을 받았다. 사람들은 그를 독일

제3제국에서 유대인들을 도왔던 '쉰들러'에 비교해 '일본인 쉰들러'라고도 부르기도 한다. 일제치하에서 우리 독립운동가들은 각종 인쇄물에 '우리의 변호사 후세 다쓰지'라고 존경심을 표했었다. 조선총독부도 그에 대해서는 부담스러워했다.

후세 다쓰지는 1880년 미야기 현에서 태어나 메이지 법률학교 1902년 졸

 | 메멘토 모리 죽어서 살아나다 |

업 후 판검사 등용시험에 합격하여 사법관 시보와 검사 대리를 하다가
곧바로 사직하고 변호사로 등록해 변호사 겸 법률가, 사회운동가로 활
동을 해나가기 시작한다. 그는 러시아의 작가 톨스토이의 영향을 받아
"옳고 약한 자를 위해 나를 강하게 만들어라. 나는 양심을 믿는다" 라
고 하며 평등과 민권을 수호하는 일에 매진한다.

그의 생활신념과 신조를 알게 해주는 것이 마흔 살이 되던 1920년
에 발표한 '자기혁명의 고백'이라는 글이다. 여기에서 후세는 앞으로 여
섯 가지의 사건만 변론하겠다며 그 실천세부사항을 말한다.

> 첫째 관원에게 근거없는 죄, 부낭한 부남을 상요받은 사림의 사
> 건. 둘째 자본가와 부호의 횡포에 시달리는 사람의 사건. 셋째
> 관헌이 진리의 주장에 간섭하는 언론범 사건. 넷째 사회운동에
> 대한 탄압과 투쟁하는 무산계급의 사건. 다섯째 인간차별에 맞
> 서 투쟁하는 사건. 여섯째 조선인과 대만인의 이익을 위해 투쟁
> 하는 사건 등을 들었다.

특이하게 조선인과 대만인의 이익을 위해 투쟁하겠다는 것을 공개
적으로 밝힌 것이다. 이후 후세변호사는 자신의 선언을 실천에 옮겼다.
이 때에 그는 운명적으로 조선인 무정부주의자이며 독립운동가인 박열
의사와 만난다. 박열은 1921년 동지들을 모아 혈권단이라는 단체를 만
들어 동경유학생들 가운데 반민족친일 부패분자들을 습격해 폭력을 가
하는 과정에서 일경에 체포된 상태. 박열은 후세 변호사에 도움을 요청
해 정식 재판을 통해 그의 변론으로 무죄 석방된다. 박열의 변론만이

아니었다. 그는 의열단 단원 체포사건(1923년)및 일본 왕궁에 폭탄을 던진 김지섭 의사의 천황 시해 미수사건(1924년)을 맡아 변론했다. 또 우리 나라로 건너와서는 전남 나주 등을 현지 조사해서 동양척식주식회사의 농지수탈을 '합법적인 사기'라고 주장함으로써 총독부가 농민들과 협상에 나서게 하기도 했다.

박열은 1923년 관동대지진을 계기로 한 예비검속에 걸려들었다. 일본경찰은 일본사법사상 네 번째의 '대역죄 혐의'로 박열을 기소했다. 이 때 후세 변호사는 박열을 돕기 위해 그야말로 있는 힘, 없는 힘을 다 쓴다. 박열의 동경지방재판소 예심법원에서 후세는 다테마쓰(立松懷清) 예심판사와 2년 여의 끈질긴 법정투쟁을 벌인다. 이 법정투쟁은 곧 우리의 항일독립운동사의 한 페이지이기도 하다. 그 법정이 선명하게 기록으로 남아있다. 후세 변호사의 변론에도 불구하고 박열은 1926년 3월 25일 있었던 대심원 법정에서 사형을 언도 받았다. 그러나 일제는 그의 사형에 부담을 느꼈는지 선고 후 불과 10여일 후 그를 감형해서 무기징역으로 낮춘다. 후세 다쓰지 변호사의 변론의 덕을 본 것이다. 이 때 박열의 동지이자 연인인 일본여성 가네코 후미코도 후세 변호사의 도움으로 박열과 옥중에서 결혼하며, 얼마 후 가네코가 우쓰노미야 형무소에서 사인을 알 수 없을 정도로 갑자기 사망하자 그녀의 유골이 박열의 고향인 경북 문경에 안장될 수 있도록 해준다.

그는 이러한 활동으로 1939년 변호사 자격을 박탈당한데 이어 치안유지법 위반 등의 혐의로 두 차례나 옥고를 치러야 했다. 그러다가 일제의 패망 후 다시 변호사 자격을 되찾아 1946년 '조선건국헌법초안 사고'를 발표함은 물론 재일 한국인들의 인권을 위해 계속적인 노력을 아끼지 않았다. 1948년 8월 아키타 지방법원에서 아키타 주세법 위반 사건(탁주밀조사건)이 터져 많은 재일동포들이 검거돼 재판을 받았다. 이 때에도 후세는 자청해서 변호를 해주었다. 그의 인권변호사로의 활동 은 일본 법조계에서도 높은 평가를 받고 있다. 일본 법조계에서 선정한 '변호사 100인'의 하나이다. 이러한 그의 한국인에 대한 사랑과 노력을 알게 된 것은 필자가 KBS보도국의 편집주간을 맡고 있던 2003년의 일 이다. '역사교훈실천운동'의 정준영 대표가 후세 변호사를 우리 정부가 표창해야 한다며 각계에 그 뜻을 알리는 과정에서 정 선생님으로부터 자세한 이야기를 들었다. 그 노력에 의해 후세 다쓰지 변호사는 2004 년 정부로부터 일본인 최초로 건국훈장이 추서되었다. 건국훈장을 받 은 외국인은 쑨원 장제스등 중국인 31명 등 총 45명에 달하나 일본인 은 그가 유일하다.

1953년 내가 태어나던 해 외롭게 세상을 떠난 후세 다쓰지, 도쿄 인 근에 쓸쓸히 묻혀 있는데, 그나마 한국 정부가 서훈을 하고 또 언론들 이 그의 생애를 조명하면서 그의 공적이 우리들에게 기억되고 있다. 다 행한 일이 아닐 수 없다. 그가 한국민만을 사랑해서가 아니라 그 자신이 갖고 있던 신념 때문에 한국민을 도왔다는 분석도 있지만 어쨌든 그의 묘비에 새겨져 있는 글귀,

"살아서 민중과 함께, 죽어서도 민중과 함께"

그대로 그의 삶은 민중을 위한 것이었고 그것에는 국경이 없었다. 그는 인류애를 실천해서 이웃나라에 보여준 드문 표본이라고 하겠다.

이누카이,
일본 민주정치의 분기점

　무성영화이지만 자신의 노래를 육성 토키로 삽입한 영화 〈시티 라이트〉가 1931년에 완성되자 42살인 찰리 채플린은 오랜만에 홀가분하게 해외여행에 나선다. 유럽을 먼저 방문한 채플린은 이듬해인 1932년 5월 시애틀에서 일본의 요코하마를 왕복하는 여객선인 '히카와마루(氷川丸)'를 타고 태평양을 횡단, 일본으로 건너와 5월 14일에 도쿄에 도착한다. 당시 도쿄 역에는 채플린을 환영하는 인파가 6만 명이나 몰려 큰 혼잡을 빚기도 했다고 한다.

　채플린은 다음날인 5월 15일, 평소 친교가 있던 당시 일본 총리인 이누카이 쓰요시의 아들 이누카이 다케루(犬養健)의 안내로 도쿄시내에서 열리는 스모 경기를 관람했다. 경기 관람도중 옆자리에 앉았던 이누

　　　　　　　| 메멘토 모리 죽어서 살아나다 |

카이 다케루가 급보를 받고 울먹이며 뛰어나갔다. 아버지가 집안에 들어온 군인들의 저격을 받았다는 소식이었다.

총리관저에 군인들이 난입한 시간은 오후 5시 30분 경, 집안에는 부인도 출타중이어서 총리 혼자 남아 있었다. 아들은 고령의 아버지가 드시라고 따뜻한 국을 주문해주어, 운전사가 집에 배달해 주기 위해 차를 내리는 순간 집안에서 두 발의 총성이 들렸다. 난입한 군인들은 해군장교와 사관후보생 등 모두 9명, 이들의 난입을 맞아 총리는 "말하면 알 수 있다"며 이들에게 말을 하라고 침착하게 대화를 시도했지만 이들은 "문답이 필요없다. 발사!"라며 총을 발사해 이누카이 총리는 중상을 입고 그 다음날 숨지고 만다. 원래 이들 군인 중의 하나는 채플린노 살해해서 미국을 전쟁에 끌어들이자는 계획을 세우기도 했으나 채플린은 다른 곳에 있다가 화는 면했다. 만약 같이 있었다면 무슨 일을 당할지 모르는 상황이었다.

일본에서 '5.15사건'으로 부르는 이 사건을 계기로 일본의 정당 정치는 종말을 고하고 군부독주가 시작된다. 이누카이 총리의 뒤를 이어 조선총독으로 있던 해군 출신의 사이토 마코토(齋藤實)가 새 총리로 들어와 군부의 뜻에 따라 움직이게 되고, 권력을 움켜쥔 군부, 특히 육군은 거침없이 전쟁준비에 나서서 1937년의 중일전쟁, 1941년의 태평양전쟁으로 나아가게 되는데, 결과는 이미 우리가 알고 있는 그대로 참혹한 것이었다. 일본이 2차 대전을 일으켰다가 결국 패망하게 된 근본원인은 5.15 사건을 분수령으로 한 일본 우익단체들과 군부의 준동을 막지 못한 때문으로 분석한다. 1932년 5.15 사건 이후 일본에는 국가통합내각이라고 해서 군인이 주축이 된 내각이 이어진다. 1945년까지 모두 14명의 총리가 나오게 되는데, 민간인은 단지 4명뿐이고 나머지는 전부 군인이었다.

　메이지 유신 이후 일본은 비록 군부가 강한 세력을 장악하지만 민권파의 활약으로 어느 정도 민주정치의 형태를 갖추고 있으며, 1920년대에는 정치 개혁 운동이나 사회주의 운동, 그리고 또 문화, 경제적으로도 1차대전 이후의 세계 경제의 성장에 힘입어 많은 발전을 하게 되는데, 이러한 일본의 이른바 민주주의 시기를 '다이쇼(大正) 데모크라시'라고 부른다. 그러나 1920년대 후반이 되면서 세계적으로 경제 공황이 발생함에 따라 경제적 기반이 취약한 일본은 심각한 불황에 빠지게 되었고, 그러자 국내의 불만을 돌리기 위해 일본 군부는 중국 침략을 본격화하려 해서, 1928년부터 만주 지역에 군대를 파견한다. 일본 관동군은 1931년 정부의 명령이나 지시도 받지 않고 멋대로 북만주를 침략하는 이른바 만주사변을 일으켰다. 그러나 정부는 이를 저지하지 못한다.

　군대가 이처럼 자의적인 무력행사를 결정해도 정부가 제어하지 못하게 되자 군부의 오만은 더욱 심화된다. 만주사변 이후 청년 장교들과 민간의 극우단체들은 국가 원로나 정당, 재벌 등의 지배층이 국가 위기와 국민의 어려움을 소홀히 하고 당리당략에 빠져 있다는 이유로 이들을 제거하고 군부내각을 수립하려는 계획을 짜게 되는데, 육군의 급진적 국가개조 단체인 사쿠라회(櫻會)가 중심이 되어 일차로 쿠데타를 일으켰다가 실패한다.

　　　　　　　　　　| 메멘토 모리 죽어서 살아나다 |

그러나 여전히 어느 누구도 제대로 된 처벌을 받지 않았고, 결국 1932년 5월 15일 극단적 우익단체인 '혈맹단'이 다시 쿠테타를 일으켜, 청년 장교들이 이누카이 총리를 살해한 것이다.

그런데 5.15 사건 때 일본의 젊은 군인들에 의해 살해된 이누카이 쓰요시 총리는, 우리와의 관계가 없지 않은, 지금의 입장에서 보면 일면 아까운 인물이었다. 에도막부 말기인 1855년 한학자의 집안에서 태어난 이누카이는 일찍부터 한문과 서예를 배워 젊을 때부터 서예를 가르치며 생계를 돕기도 했는데, 22살 때 사이고 다카모리(西鄕隆盛)가 서남전쟁(西南戰爭)을 일으키자 정부군측 신문기자로 참가해 상세한 전황보도로 이름을 날렸다. 27살 때에 입헌개진당(立憲改進黨)이란 정당의 결성에 참여하는 것으로 정당생활을 시작해 43살 때에 오오쿠마 내각의 문부장관을 맡았고 러일전쟁 이후 군부의 세력이 강화되자 헌법을 지키자는 운동에 앞장섰다. 우정부 장관을 지내며 보통선거가 실시되도록 애를 썼고 1929년에 정우당(政友黨) 총재가 되었는데, 만주사변이 일어나자 뒷수습을 위해 당시 천황에 의해 총리로 지명돼 군부의 독주를 막으려 필사의 노력을 다하다가 결국 군부에 의해 살해된 것이다.

이런 정치가로서의 일생 가운데 이누카이 총리는 중국이나 한국인들과 특별한 인간관계를 맺는다. 1895년 중국 광동성의 성도 광주(廣州)에서의 무장봉기가 실패해 해외로 망명한 손문(孫文:쑨원)의 일본망명을 도와서 그의 재기를 지원했고, 장개석(蔣介石:장제스)과도 오랜 친구였기에 이런 친교가 바탕이 돼 1931년 내각의 총리가 되었다. 당시 일본의 왕인 다이쇼(大正)천황은 그에게 이같은 친교를 바탕으로 중국과의 관계를 민간차원에서 풀라는 당부를 했다고 한다.

그는 또 오청원(吳淸原: 우칭웬)이란 중국의 천재바둑기사가 일본에 와서 공부하도록 했다. 오청원의 일본행은 그의 스승이 된 세고에 겐사쿠(瀨越憲作) 선생의 노력으로 가능했다. 세고에는 이누카이 총리에게 일본으로 오는 것을 지원해 달라고 했고, 이에 이누카이 총리는 "만약 그 중국천재가 일본에 와서 일본 명인위(名人位)를 탈취해간다면 어떻게 하겠느냐"며 물어, 세고에 선생이 "그것이 바로 오청원이 원하는 것이다"라고 대답하자 이누카이 총리가 "좋다. 내가 그를 보호하겠다"며 승낙했다고 한다.

이누카이는 1900년 이전에는 당시 일본 바둑을 주름잡던 본인방(本因坊) 슈에이(秀榮)와도 친했다. 젊을 때의 슈에이는 가난해서 아주 허름한 집에서 살았는데, 이누카이 총리가 슈에이를 데리고 목욕탕을 갔다고 한다. 그런데 슈에이는 그 전에 한 친구가 주고 간 헌 옷을 먹물을 들여 입고 따라갔다가 목욕탕에서 땀을 흘리자 먹물이 다 흘러내려 온 몸이 꺼멓게 돼 사람들의 웃음을 산 적도 있다고 한다. 아무튼 이 슈에이는 한국에서 갑신정변을 일으켰다가 실패한 김옥균이 일본으로 망명하자 그를 맞아 절친한 친구로서 대하며 바둑을 많이 두었는데(그 때의 기보가 최근 국내에 알려져 화제가 되기도 했다), 김옥균이 도쿄에서 태평양 남쪽으로 천 킬로미터 넘게 떨어진 오가사와라(小笠原) 섬으로 유배갔을 때에도 그를 찾아 몇 달이나 같이 있어주었고, 나중에 홋카이도(北海道)로 다시 유배갈 때에도 함께 가 줄 정도로 친밀했었다. 이러한 슈에이와 김옥균의 교유사실을 이누카이도 누구보다도 잘 알고 그들을 지원해 주었다. 그러다가 김옥균이 중국 상해(上海)로 추방됐다가 한국에서 온 자객 홍종우에 의해 피살되자 두 달 뒤인 1894년 5월 일본 후원자들이 상하이에서 그의 유발(遺髮)과 의복 일부를 갖고 와 아오야마(靑山) 공원묘지 외

국인 묘역에 묘비를 만들었는데, 10년 뒤인 1904년 이누카이가 지원을 해서 묘비를 새로 만든다. 그 전에는 묘비가 '김옥균군지묘(金玉均君之墓)'로 돼 있었는데, 이를 '김공옥균지비(金公玉均之碑)'라고 고쳐 새기고 묘비도 높이 3m, 폭 1m로 주변의 다른 묘비보다 훨씬 크게 만들었다.

그는 또 앞에서 알아본 대로 찰리 채플린과도 알고 지낼 정도로 국제적으로 일본의 민주주의를 이끈 정치가로 유명했다. 그래서 그의 별명은 "헌정(憲政)의 신(神樣)", 그러한 그가 군부의 흉탄에 쓰러지고 나서는 일본은 민주주의의 헌법이 유명무실해지면서 일로 군국주의로 달려나갔고 그 질주를 막을 수가 없어서 일본은 패망의 길로 골인한 것이다. 그런 면에서 이누카이 총리가 살아있을 수 있었다면 오늘날 일본의 정치도 크게 달라졌을 것이라는 점에서 그를 일본 헌정사의 중요한 분기점에 서있던 사람이며 우리에게는 아쉬운 분이었다는 평가를 내리지 않을 수 없다.

찰리 채플린과 스모 구경을 가는 바람에 일본 해군의 총탄을 피한 이누카이 총리의 아들 이누카이 다케루는 그 뒤 정치가로 성장해 1954년에는 요시다 시게루(吉田茂) 내각아래서 법무부장관이 되었다. 그 때 이른바 '조선(造船)의혹사건(한국전쟁이 끝난 후 불황에 빠진 조선업계가 이의 탈출을 위해 많은 뇌물을 정치인들에게 뿌린 사건)'이 터졌는데, 이누카이 다케루 법무부장관은 지휘권을 발동해 수사를 중단시킴으로서 두고두고 비판을 받고 있다.

이에 반해 1921년 생인 그의 딸, 곧 이누카이 총리의 손녀인 이누카이 미치코(大養道子)는 그의 할아버지의 유훈을 가장 많이 받은 듯, 어릴 때 유럽과 미국에서의 교육을 살려, 일본과 서양을 연결하는 일본의 대표적인 문필가로서 활약했다. 그는 1970년대에 「나의 유럽」, 「라인강변」, 「서구의 얼굴을 찾아서」, 「오늘은 내일의 전날」등 유럽의 역사와 정치, 문화예술, 종교 등에 대한 깊은 이해와 애정을 바탕으로 한 유럽이해서를 발간해 시오노 나나미가 이탈리아에 대한 글을 쓰기에 앞서서 최대의 반향을 일으켰다. 이누카이 여사는 이른바 메이지 유신 이후 일본이 여러모로 모방해 온 선진유럽에 대해, 일본은 너무 서둔 나머지 피상적이고 단편적인 것만을 인식하고 모방해 진정한 유럽을 알지 못했다며, 유럽의 본질은 그리스의 유산, 로마의 문화, 기독교 사상, 게르만의 전통 등 네 가지의 요소를 기초로 해서 오랜 세월에 걸쳐 시민생활을 앞세워 스스로 생활규범을 만들어 지켜나가는 지혜를

| 메멘토 모리 죽어서 살아나다 |

키운 것이라고 지적한다.

그 뒤에는 깊은 신앙을 근원점으로 하여「성서 이야기」「하늘
과 땅의 심포니」「화해의 사람 교황 요한 11세 소전」「성서의
대지」등을 잇달아 발표하였다. 특히 1980년대에 들어오면서
세계 기아 및 난민구호 운동에 적극 투신하고 있다. 그녀는
강렬한 의지와 주제를 담아「인간의 대지」「세계의 현장에서」
「국경선에서 생각한다」(1980년 마이니치 출판문화상 수상)「1억의 지
뢰, 한사람의 나」와 같은 일련의 작품을 발표하였다. 그는 또
한 '한 숟가락 운동', '녹색나무 한 그루 운동'과 같은 난민구
호활동으로 1991년 '유럽의 휴머니즘과 인권활동에 기여한
100인'의 한 사람으로 뽑히기도 하였다.

세고에 겐사쿠,
바둑의 세계화를 열다

　80년대 초 조치훈이 일본 바둑계를 석권했을 때와 비교하면 확실히 지금 바둑에 대한 관심은 우리에게서 조금 멀어졌다. 바둑이 올림픽이나 아시안게임의 정식종목으로 채택돼 정신스포츠가 아니라 육체적인 스포츠로 오인받을 상황으로 바뀐 것도 영향이 없지는 않겠지만 그것보다는 바둑보다도 즐거운 오락이 더 많아졌기 때문일 것이다.

　그렇더라도 2009년 12월12일 오후 서울의 한 호텔에서 열린 한국 바둑의 최고봉인 '바둑황제' 조훈현 9단과 일본의 한 아마추어 기사와의 대국은 오랜만에 바둑팬만이 아니라 대중, 곧 일반 시민들의 관심도 끌만한 일이 아니었을까? 조훈현 9단과 상대한 일본의 아마추어 기

　　　　　| 메멘토 모리 죽어서 살아나다 |

사는 누구였을까? 바로 일본 민주당을 이끌고 있던 오자와 이치로 간
사장이었다. 그의 실력이 어느 정도이기에 감히 '바둑황제'와 대국을 하
려고 하는가? 막상 뚜껑을 열고 보니 넉 점 치수로 둔 바둑에서 오자와
간사장이 248수만에 무려 7집을 이긴 결과가 되었다. 사실 오자와 간
사장은 일본에서도 여류 명인 타이틀 보유자와 넉 점 치수로 둔 적이
있을 정도로 실력이 있는 아마추어이다. 조훈현 9단이 그의 바둑이 "바
둑모양이 좋고 행마, 맥도 아주 좋아서 이 정도 실력이 될 것이라고는
생각 못했다"고 할 정도로 실력이 있었던 모양이다.

프로기사들끼리의 한일대국은 요즈음 각종 국제대회가 많아지면
서 수도 없이 치러지지만 이처럼 아마추어 기사인 정치가와 전문기사,
그것도 한국 최고의 기사와 대국은 둔 경우는 별로 없었다. 그것은 말
할 것도 없이 민주당의 간사장을 맡고 있는 오자와라는 인물의 대담성
을 말해주는 것인데. 이를 통해서 많은 한국인들이 일본인과의 거리를
조금은 좁혔을 성 싶다.

그런데 바둑의 종주국은 우리가 알다시피 일본이었다. 여기서 과
거형을 쓰는 것은 이제 더 이상 일본이 바둑의 종주국이라고 할 수 없
는 상황이 되었다는 뜻이다. 지난 10년 이상 한국이 세계바둑을 주도
하다가 이제는 6대4, 혹은 7대 3정도로 중국이 앞서나가고 있고, 일본
은 한참 뒤쳐져있으니 말이다. 그러나 근세 초기에는 우리가 일본에 가
서 바둑을 배울 수밖에 없었고, 특히나 이번에 우리의 프로기사와 일본
의 정치가가 바둑을 둔 것처럼 한국, 당시 조선의 정치가와 일본의 프

로기사가 바둑을 둔 이야기는 일반인들에게는 생소하겠지만 바둑계에
서는 유명한 이야기이다. 그 이야기의 주인공은 1884년 정변을 일으켰
다가 3일 천하로 끝난 김옥균과 일본 바둑의 최고봉 슈에이(秀榮) 본인방
(本因坊)이다. 정변을 일으킨 동료들이 잡혀 죽는 사이에 간신히 탈출을
한 김옥균은 일본으로 망명하는데 이 때 김옥균을 위로하며 그를 친구
로 대해준 사람이 슈에이 본인방인 것이다. 슈에이는 김옥균이 도쿄에
서 태평양 남쪽으로 천 킬로미터 넘게 떨어진 오가사와라(小笠原) 섬으로
유배갔을 때에도 그를 찾아 몇 달이나 같이 있어주었고, 나중에 홋카이
도(北海道)로 다시 유배갈 때에도 함께 가 줄 정도로 친밀했었다.

　　이러한 슈에이의 절친한 친구가 앞에서 언급한 대로 나중에 일본
의 총리까지 한 이누카이 쓰요시(犬養毅 1855~1932)이다. 이누카이는 친구
의 친구도 친구로 생각하고는 이 둘의 교류를 지원해주었다. 나중에 김
옥균이 중국 상해(上海)로 추방됐다가 한국에서 온 자객 홍종우에 의해
피살된 두 달 뒤인 1894년 5월 일본 후원자들이 상하이에서 그의 유발
(遺髮)과 의복 일부를 갖고 와 아오야마(青山) 공원묘지 외국인 묘역에 묘
비를 만들었는데, 10년 뒤인 1904년 이누카이가 지원을 해서 묘비를
새로 만들어준다.
　　그런데 어쨌든 중국에서 태어난 바둑이 일본, 한국을 거쳐 다시 중
국으로 돌아가 크게 발전하는 이면에는 한 일본의 숨은 공로가 있다.
바로 중국과 한국의 천재기사를 키운 세고에 겐사쿠이다. 세고에 겐사
쿠(瀨越憲作 1889~1972)는 중국현대 바둑을 일으킨 오청원(吳清原우칭웬)을 키
운 사람이다. 세고에는 친구인 이누카이 총리에게 오청원이 일본으로

오는 것을 지원해 달라고 했고, 이에 이누카이 총리는 "만약 그 중국천재가 일본에 와서 일본 명인위(名人位)를 탈취해간다면 어떻게 하겠느냐"며 물어, 세고에 선생이 "그것이 바로 오청원이 원하는 것이다"라고 대답하자 이누카이 총리가 "좋다. 내가 그를 보호하겠다"며 승낙했다고 한다. 그렇게 해서 14살의 오청원은 일본에 와 피나는 노력으로 대성해 나중에 중국바둑의 초석을 다진다.

그런 세고에 겐사쿠(瀨越憲作)가 말년에 받아들인 제자가 조훈현 9단이다. 1962년 조훈현을 일본으로 데려가 엄격한 훈도로 일류기사로 키웠고, 조훈현이 군복무를 위해 1972년 한국으로 건너가자 외로움을 견디지 못해 넉 달 만에 자살한다. 그럴정도로 제자 조훈현을 사랑했다. 그러므로 조훈현으로서는 그런 저런 인연을 생각하며 과거 본인방 슈에이가 김옥균과 친구가 되었듯이 일본 정치를 이끌고 있는 오자와 간사장과의 대국으로 해서 그 옛날 그의 스승이 김옥균에게 해준 배려를 되갚은 셈이 되었다고 하겠다.

조훈현 9단의 스승인 세고에 겐사쿠(瀨越憲作)는 특이한 사람이었다고 한다. 그가 평생에 키운 제자는 앞에서 말한 중국에서 온 오청원과 일본인 제자로 나중에 관서기원의 총수가 된 하시모토 우타로(橋本宇太

郎), 그리곤 조훈현이다. 그는 바둑의 완성을 위해서 한중일 모두에서 한 명 씩 가장 뛰어난 천재기사를 발굴해서 이를 대성토록 한 위대한 바둑교육자였다. 그에게는 국경도 없었고 민족도 없었다. 오로지 바둑이라는 고도의 두뇌스포츠세계의 발전만이 염두에 있었을 뿐이다.

이번에 한국에 와서 친선대국을 둔 오자와 이치로 간사장은 사실상 민주당을 창당해서 일본 자민당의 독재를 뒤엎음으로서 일본 정치사에 새로운 시대를 연 장본인이다. 그가 한국에 오기 전에 중국에 대규모 방문단을 끌고 가 중국과의 교류에 힘을 기울인 한편 우리나라에 와서 친선대국으로 일단 한국인들의 마음의 빗장을 연 뒤에 청와대를 방문해 이명박 대통령과도 만나 친선을 다졌다고 한다. 마치 그 옛날 세고에의 마음 그대로이다.

60년대 초 조훈현을 가르쳤으니까 벌써 지금부터 50년이나 된 옛날의 이야기이지만 그 뜻이 이제야 싹을 티우고 발아하는 것 같다. 무심히 보면 그냥 친선을 위해 한국의 전문기사와 일본의 아마추어 기사인 정치가가 만나서 대국을 가진 것이지만 그 이면에는 이런 긴 이야기가 숨어있는 것이다.

조남철,
대국수님

 **2006년 07월 09일**

조선 후기의 대표적인 실학자중 하나인 이덕무(李德懋, 1741~1793)는 바둑을 싫어한 모양이다. 그가 쓴 글을 모은 청장관전서(靑莊館全書)라는 책을 보면 다음과 같은 글이 나온다.

"나는 본래 바둑을 잘 두지 못한다. 잘 두지 못할 뿐만 아니라 또한 두려고 하지 않는다. 15˜16세 때에 소년대회(少年大會)에 갔었는데, 바둑 경기를 크게 벌였다. 옆에서 보고 있는 사람들이 빙둘러 바둑알 하나를 놓을 때마다 반드시 크게 떠들썩하게 말하기를,

'모(某)는 장차 죽고, 모는 장차 살 것이다.'

하며 사는 자와 죽는 자가 초조하게 생각하며 기운이 없는 것이, 참으

로 죽고 사는 것을 결정하는 것과 같았다. 나는 눈을 크게 뜨고 말하기를,

'잠깐 사이에 번복(飜覆)이 있고, 웃고 말하면서도 살벌(殺伐)이 있으니, 나는 그 옳은 줄을 알지 못하겠다.'

하니 어떤이가 말하기를,

'그대가 어찌 그 맛을 알겠소. 고기맛이 바둑 재미만 못하오. 그대가 배우지 않는다면 모르지만 만일 배운다면 마땅히 침식(寢食)을 잊게 될 것이오.'

하였다. 나는 웃으며 말하기를,

'나는 천성이 심히 노둔하여 판은 네모지고 알은 둥근 것만 알 뿐, 그 동정(動靜)이나 허실(虛實)의 기미는 알지 못하겠소. 한 시간도 못 보아서 머리가 아프고 눈이 어지러워 재미가 고기맛보다 좋은 것을 알지 못하니, 어느 겨를에 침식을 잊을 수 있겠소.' 이 기예(技藝)가 비록 삼매경에 들어갈 수 있다 하더라도 실제로 적을 만나면 무슨 지략이 생길 것이며, 국가를 다스림에 무슨 보탬이 되겠는가? 다만 일을 못하고 성품을 잡기에 빠지게 할 뿐이다." 청장관전서 제4권 바둑에 관한 논(論)

지독한 책벌레로 유명한 이덕무는 이어서 말하기를...

"이 기예가 나오자 이른바 박색(博塞 장기), 쌍륙(雙六) 등 기괴(奇怪)하고 변환(變幻)스러운 기예가 섞이어 나왔는데 사대부들도 이것이 크게 수치스러운 것인 줄을 알지 못하고, 마음을 오로지 이것에 일삼아 낮인지 밤인지 모르고 가산을 탕진하고 항업(恒業)마저 폐하는 자가 있었으며, 심지어는 장기의 길을 다투다가 장기판을 들어 태자를 죽이기도 하였고, 쌍륙을 두다가 황후를 간음하기도 하였다. 혹은 부자간에 대국하기

도 하고, 주인과 노복이 길을 다투기도 하니, 이는 부자간에도 승부를
결단하고, 노주간(奴主間)에도 생살(生殺)의 마음을 품게 하니, 더욱 그 옳
은 줄을 알지 못하겠다. 아, 속임수가 천하에 유행되고 예절이 해이되
어, 후세에 육예와 사민은 볼 수 없고 점점 기희(技戱)에만 힘쓰게 되면,
선비들은 예악이 어떤 것인지 모르게 될 것이며, 백성들은 농고(農賈)가
어떤 것인지 모르게 될 것이다."

라고 말한다. 이덕무는 장기나 쌍륙 등의 폐해를 고려할 때 바둑도 승
부를 다투는 것이니 만큼 그런 폐해가 있을 것이라고 이를 경계하고 있
다. 그런데 그의 글은 18세기 후반에 조선에서 바둑이 크게 유행했음을
전해주는 중요한 기록이다. 사람들이 바둑대회를 열 정도로 바둑이 인기
였고, 특히나 소년대회를 따로 열 정도였다는 사실을 전해준다. 그리고
그러한 인기의 비결은 '고기 먹는 맛이 바둑 재미보다 못한' 때문이다.
　우리나라 바둑은 고래로부터 순장바둑이라고 해서 바둑판의 화점
에 흑백간에 8점씩 16점을 놓고 시작하는 것으로 전해져왔다. 그러다
보니 변화의 폭이 작아서, 조금 답답했지만 이것이 중반 이후로 가면
싸움바둑으로 치닫게 되고, 그런 관계로 우리나라의 바둑은 중국이나
일본에 비해서 전투력이 강한 실전적 기풍으로 남아있는 것으로 볼 수
있다. 일본에서는 일찍이 16세기부터 바둑대회가 열리면서 화점을 벗
어난 포석으로 다양한 전략을 연구해 내었는데, 그러다 보니 우리의 순
장바둑은 일본에 밀려, 근대까지 일본 바둑이 동양을 풍미한 것이리라.
그런 상황인데도 구한말에 일본으로 망명한 김옥균이 19대 혼인보 슈
에이(秀榮)와 6점 접바둑을 두었는데, 기력이 상당했다는 평을 받은 것을

보면 김옥균의 기재가 뛰어난 모양이다.

그런 우리 바둑을 세계정상으로 올려 놓은 이가 바로 2006년 7월 타계한 조남철 국수다. 조 국수는 일찍이 만 14살이었던 1937년 일본에 건너가 바둑 공부에 전념해 1941년 한국인 최초로 일본기원 전문기사가 되었고 일본에서 활동하다 1944년 귀국, 한국기원 전신인 '한성기원'을 이듬해 설립하는 등 한국 현대 바둑의 초석을 만들었다. 그는 또 프로기사 제도와 승단 규정을 마련하고, 신문기전을 창설했는가 하면, 최초의 국제 교류 경기를 성사시키는 등 한국 바둑사에 수많은 업적을 남겼다. 그의 노력은 그 뒤 김인, 윤기현을 거쳐 조훈현이라는 불후의 천재를 통해 한국바둑이 바둑 창시국인 중국, 바둑 종주국을 자부하던 일본을 누르고 세계정상에서 십여 년 간 포효하도록 한 것이다. 80년대 초반 일본으로 건너간 조치훈이 일본의 정상급 기사들을 차례로 꺾을 때에 온 국민이 환호했다면 이제는 일본과 중국이 우리 바둑을 이기기 위해 수 년간 절치부심하고 있고 드디어는 중국이 국제대회에서 우리보다 앞서는 현실에 까지 이르게 되었다. 그런 거대한 우리 바둑 역사의 초석과 기둥을 바로 조남철 국수가 세우셨다.

18세기 후반, 바둑을 지나친 경쟁심 유발로 인간성을 잃게 만들 것이라고 우려한 이덕무가 200년 후 바둑이 동아시아 최대의 국제 경기 종목이 되고, 우승 여부가 국가적 자존심으로 연결될 줄을 알 수 있었

 | 메멘토 모리 죽어서 살아나다 |

을까? 지금은 컴퓨터 게임에 밀려 잠시 주춤거리지만 바둑이 젊은이들의 두뇌개발을 위한 방법으로 각광받고 있는 것을 짐작이라도 할 수 있었을까? 이덕무의 관점에서 보면 조남철은 그런 사행성의 오락을 우리나라에 끌고 들어온 일종의 범죄자로 불리어야 하겠지만 조남철이야말로 '바둑 재미를 고기 맛보다 더 즐긴' 분이고, 그것으로서 '기도보국(棋道報國)'이란 좌우명을 실천한, 바둑을 통해 나라의 은혜에 보답한, 위대한 분이다.

그의 타계소식에 국내뿐 아니라 일본과 중국에서도 애도의 물결이 일었다. 그만큼 우리는 바둑계에 그가 쌓은 태산과 같은 거대한 업적을 다시끔 깨닫게 된다. 그런 그에게 대국수란 칭호가 헌정되었다. 그의 공적에 걸맞는 당연한 칭호다.

대국수님 편안히 영면하소서.

사카다,
면돗날은 여전히

 2010년 10월 22일

지금은 바둑이라는 장르가 스포츠인가 아닌가 하는 논쟁을 넘어서서 스포츠 종목, 그것도 머리를 쓰는 스포츠라는 인식이 확실해졌지만 1970년대 초에 대학을 다닌 우리 같은 사람들에게는 요즘의 컴퓨터 게임 이상으로 매력적인 놀이 방법이었다. 놀이 방법이라고 하면 바둑을 두뇌스포츠가 아니라 일종의 도(道)라고 하는, 그래서 바둑을 기도(棋道)라고 하지 않느냐고 하실 분들에게 크게 혼날 일이지만 , 그렇게 깊은 도의 경지에 이르지 못한 우리들에게는 그저 몸으로 하는 운동 대신에 머리를 쓰는 소일거리로는 유일한 것이어서 그 몰입도가 굉장했었다.

필자의 경우는 대학 2학년 때에 바둑을 사실상 시작했다. 그 전에 바둑을 구경하지 않은 것도 아니고 두어보지 않은 것도 아니지만 그 전까지의 바둑은 아마추어 8급 바둑이었기에 그저 '아다리'하며 단수를 치는 법이랄까. 완전한 두 집이 안 나면 죽는다는 정도만 아는 수준이었다면 대학 2학년 때에 만난 과 친구들과의 바둑이 결정적으로 바둑 공부를 하게 만들었다. 대학 강의에 재미를 들이지 못한 몇몇 패거리들이 강의실 맨 뒤에 앉아 대학노트에 칸을 그리고 종이로 바둑을 두기 시작한 것이다. 사방 19줄씩 그리고 9개의 점을 찍으면 종이 바둑판이 완성되고 그 종이 바둑판 위에 서로 한 점씩 흑백으로 놓아가다가 말을 잡으면 x표로 처리하는 방식으로 바둑을 두면 지루한⑦ 강의가 그 사이 끝나버린다. 이렇게 강의도 엉터리, 바둑도 엉터리로 두면서 점점 재미를 붙이다 보니 그래도 조금은 정석이나 사활을 공부해야겠다는 생각에 쫓아간 곳이 책방이었다.

아마도 70년대에 대학을 다니며 바둑 근처에 가본 사람이라면 누구든 이 사람의 책 몇 권을 사보지 않은 사람이 없으리라. 바로 사카다(坂田榮男) 9단이다. 사카다라는 이름보다도 '면돗날'이란 별명이 더 유명했던 사카다는 책을 너무 재미있게 만들어서, 그 책을 보는 것만으로도 바둑 두는 것 이상으로 시간이

잘 갔고 그 책을 읽고 나면 어느새 고수가 된 듯한 느낌을 받는다. 물론 실전에 들어가면 판판이 깨지는 것이지만 그 책을 보면 사활도 그렇지

만 특히 중반 이후에 교묘한 수순으로 자기의 작은 말들을 버리고 대세를 취하는 방법을 알기 쉽게 설명함으로서 바둑에 대한 시야를 넓혀준 것으로 기억된다.

그렇게 해서 어깨너머로, 종이 바둑판 위에서 배운 실력이 나중에 실전으로 옮겨져 가끔 친구들과 신길동 여관에 가서 밤을 새는 바둑대국, 혹은 다른 친구들의 대국을 구경하는 것으로 이어지면서 조금씩 조금씩 늘어나 나중에 아마 3급인지 프로 3급인지그 정도까지 올라간 것이 그래도 자산이 되었든지, 1980년대 초중반 조치훈이 일본에서 바둑 붐을 일으킬 때에 공교롭게도 바둑담당 기자가 되어 승부를 소개하는, 그리고 국내의 바둑 붐을 소개하는 일을 맡는 인연으로 이어진다.

사카다는 조치훈에게 넘어야 할 산이었다.

1956년 생인 조치훈이 코흘리개 시절 삼촌인 조남철의 손에 이끌려 일본으로 들어가 바둑수업을 시작하고 한창 성장해 타이틀 도전기를 맞게 된 1975년 일본기원선수권전, 18세의 조치훈은 당시 55세의 사카다 에이오에게 온 힘을 다해서 2승을 거둔다. 그러나 노련한 사카다는 2연패 후 3연승으로 조치훈을 물리친다. 조치훈이 5번기의 본격 타이틀에서 처음 등극하려 했을 때 그를 물리친 장본인이었다. 그 때 조치훈은 울면서 밤길을 귀국했다는 유명한 일화가 남아있다.

사카다가 면돗날이란 별명처럼 수많은 대국에서 날카로운 수로 승부를 이끌고 가 일본 바둑계에서 불멸의 기록을 쌓은 것으로 유명한 데

　　　| 메멘토 모리 죽어서 살아나다 |

그것은 2000년 2월 80의 나이가 되어서야 현역을 은퇴하기까지 통산 1117승 654패 16무승부를 기록했고 차지한 타이틀만 64개에 이른다는 것이었다. 이 기록은 불멸의 기록으로서 깨지지 않을 것으로 보였지만 조치훈은 2003년에 65개의 타이틀을 차지함으로서 이 기록을 깨고 올라섰다. 현재까지 조치훈은 70회를 넘기며 계속 기록을 이어가고 있지만 그러한 성과에는 사카다라는 거목이 있었기에 그를 넘고 가려는 집념을 다졌을 것이라는 짐작을 하게 된다.

그러한 전설적인 프로기사 사카타 에이오(坂田榮男) 9단이 2010년 10월 22일 흉부대동맥 파열로 별세했다. 향년 90세이니 장수를 한 셈이지만 1975년 조치훈과의 대국 때에 흰 머리를 휘날리며 바둑을 두던 모습이 기억에 아직도 생생한데 그 긴 바둑의 역사를 뒤로 한 채 사카다도 역사 속으로 들어가셨다.

그러나 그가 생전의 치열한 정신으로 바둑의 수준을 높였고 그가 쓴 책으로 많은 바둑팬을 키운 공로는 없어지지 않을 것이다. 요즈음에는 바둑이 완전히 스포츠 종목으로 취급되고 있지만 바둑을 도(道)와 예(藝)의 경지까지 끌어올린 것이 일본 사람들이고 그런 흐름에 큰 일보를 한 것이 사카다라면 그의 공로는 적어도 우리 같은 아마추어 바둑 애호가들에게는 결코 지워지지 않을 것이다.

이제 일본 바둑의 거봉은 다 세상을 하직했다. 괴물 후지사와 슈코는 그 전 해 5월 먼저 세상을 떠났다. 일본 바둑은 예술적인 면에서 길

을 열었지만 막상 승부의 세계가 되어 한중일이 서로 맞붙게 되자 힘을
잃어서 최근에는 국제기전에서는 별로 힘을 쓰지 못한다. 일본에 사카
다 같은, 휴지사와 같은 괴물들이 다시 세계 바둑에 기여하는 날이 오
기를 기대하게 되는 것은, 그만큼 사카다의 빈 자리가 짙기 때문일 것
이다.

지센린,
중국 학술계의 큰 별

 **2009년 07월 11일**

2009년 7월 11일 중국 학계의 커다란 별 하나가 스러졌다. 동방학의 대가인 지센린(季羨林) 선생이 98세를 일기로 타계한 것이다.

1911년 산둥성 린칭(臨淸)현 태생인 선생은 북경의 칭화대(靑華大)를 졸업하고 독일에 유학해 괴팅겐 대학에서 철학박사 학위를 받았다. 1946년 귀국해 퇴계할 때까지 베이징대학에서 교편을 잡은 '학자'다. 인도 고대문자인 범문(梵文) 연구에 불후의 업적을 남겼다.

필자가 북경특파원으로 있던 1996년 5월 북경대학교에서 한중수교의 의미와 관련해서 북경대 양통방(楊通方) 교수의 안내로 선생을 만나 인터뷰를 했던 기억이 새롭다. 그 때는 비교적 정정하셨는데, 그 뒤 몸이 안 좋아 군병원에 입원해서 장기간 요양을 하면서도 중국인들의 정신적인 스승으로 존경을 받았다. 베이징올림픽 개막식 성공에 목숨을 걸었던 장이머우(張藝謨:장예모) 감독이 '아이디어'를 얻기 위해 찾았던 이가 바로 선생이었고, 선생은 장이머우에게 "공자를 내세워라"고 주문했다고 한다. 베이징올림픽 개막식을 중국답게 만든 그 공자와 3000 제자의 출현은 바로 선생의 생각이었던 것이다.

원자바오 중국총리는 해가 바뀌면 꼭 병원을 찾아 이 노선생을 문병했다. 그가 생전에 이룬 업적은 하도 많아서 일일이 열거하기 어려울 정도다. 중국 현대 학술사에 선생만큼 존경을 받은 분이 많지 않고, 특히 최근 중국인들의 국학열기(중국에 관련된 학문의 부흥)의 중심인물이었기에 감히 한국의 여러분들에게 그의 부음을 전하고 싶은 것이다.

2004년 12월 중국 산동성 칭다오(靑島)대학에서 발행하는《동방논단 東方論壇》이란 학보는 새로운 신문섹션을 만들고 그 이름을 '동학서점 (東學西漸)'이라고 붙였다. '동학서점'이란 말은 무슨 뜻일까? 이 뜻을 알려면 먼저 '서학동점(西學東漸)'이란 말을 생각하면 쉽다. '서학동점'이란 말은 한자에서도 알 수 있듯이 '서양의 문명이 동쪽으로 밀려온다'는 뜻이다. 이 말은 서양의 문물이 중국에 밀려오기 시작한 명말청초(明末淸初: 명나라 말기와 청나라 초기, 곧 16세기말과 17세기 초)에 처음 만들어진 것이겠지만 서양이 중국 침략을 본격화한 19세기부터 본격적으로 쓰였는데, 21세기로 넘어서자마자 중국의 한 대학이 이제는 '동학서점(東學西漸)', 곧 동방의 문명이 서방으로 들어간다고 선언하고 나선 것이다. 이 신문은 이런 섹션을 만들면서 현대 최고의 중국학 대가인 북경대 명예교수인 지센린(季羨林)선생에게 머리 글을 부탁했다. 1911년생으로 당시 93살의 고령인 노 교수는 기쁨을 감추지 못하며 '동화(東化)'라는 새로운 단어로 제창하는 글을 보내주었다.

"'동화(東化)'라는 말은 아직 언론에서는 그런 말이 없고 제가 발명한 것입니다. 멀리 한나라 당나라 시대는 '동화'의 시대였습니다. 당시 세계의 경제중심, 문화중심은 중국이었으며, 명말청초이전에는 확실히 '동학서점'이었습니다. 그러므로 '서학동점'만 중요시하고 '동학서점'을 홀대해서는 안 됩니다. 역사적인 사실을 보면 중국과 서양의 문물교류 역사에서 '동학서점'은 중단된 적이 없습니다. 중화문화의 광대하고도 정교한 세계는 서방의 전도사나 외국 국적의 중국인, 유학생, 상인들의 관심을 끌어, 그들을 통해 세계 각지로 전파되었습니다.

문화교류 면에서 중국은 아주 특별한 나라입니다. 아주 몽매한 옛날부터 문화가 생기기 시작하면서 중국문화에는 항상 외래문화의 성분이 있었고 중국인들은 크게 포용해 왔습니다. 물질문명만이 아니라 정신적인 것도 우리에게 유리한 것은 모두 흡수했습니다. 바다는 모든 강을 받아들입니다. 그렇게 해서 크나 큰 중국문화가 이뤄졌습니다. 중국과 외국의 문화교류는 한 번도 중단된 적이 없습니다. 우리 중국은 밖에서 가져오기도 했지만 주기도 했습니다. 역사적으로 얼마나 많은 위대한 발명들이 외국으로 갔는지 알 수 없을 정도입니다. 인류문명이 오늘날까지 오기까지에는 중국인의 힘이 있었습니다. 그런데 불행히도

'서양화'라는 목소리가 전 세계에 가득 차 있는 상황에서 서양인들의 자긍심이 높아졌고 그들의 자만심이 의식에 영향을 주어 원래부터 그런 것인 양, 앞으로도 영원히 그럴 것인 양 알고 있습니다. 오늘날 중국인들이 서양을 이해하는 것은, 서양인들이 중국을 이해하는 것보다 훨씬 뛰어납니다. 서양에서는 일반인들이 중국을 알지 못할 뿐 아니라 심지어 개별적으로는 중국인이 아직도 전족을 하거나 아편을 피우는 것으로 생각할 정도입니다. 지식인들도 노신(魯迅)이란 이름도 모를 정도입니다. 그러니 우리가 보낸 좋은 것들을 인정하지 않으려는 것입니다."

지센린 교수가 이렇게 서양인들의 의식까지 거론하며 '동화'를 내세울 수 있었던 것에는 우리가 모르는 중국인들의 노력이 있기 때문이다. 중국인들은 그들의 문화를 세계에 알리기 위한 작업을 꾸준히, 치밀하게 전개하고 있었다. 그 실적으로는

◆《동방문화집성東方文化集成》편찬: 1990년대에 시작해 계속 출판하고 있는 연구시리즈, 500여종 600여 권을 펴낼 예정이다.
◆《동학서점총서東學西漸叢書》발간: 1999년 하북인민출판사 출판. 문화, 역사, 철학, 법률 등에서 중국이 서양에 준 영향을 7권으로 정리한 총서
◆《서학동점과 동학서점西學東漸與東學西漸》2000년 중국사회과학출판사 출판

등의 적지 않은 연구가 이미 이뤄지고 있는데 근거한 것이다. 이런

   | 메멘토 모리 죽어서 살아나다 |

작업을 하는 과정에서 중국 학자들은 16, 17세기 이전에 문명이 발전하는 과정에서 중국과 유럽의 차이가 엄청나게 컸다는 점, 그리고 그들이 중국문명을 흡수하는 것이 나중에 중국이 서양문명을 흡수하는 것과 같은 방식으로 이뤄졌다는 것, 그렇게 함으로써 중국의 가치관과 사상, 도덕, 철학 등 중국 사회제도의 이성적인 측면에 접할 수 있었다는 점을 확인했다고 한다.

그러므로 2004년 12월 칭다오 대학의 학교신문이 한 섹션을 마련한 것은 일시적인 아이디어가 아니라 중국이 이제 스스로의 문명과 문화에 대한 자부심을 회복하고 드디어는 자기들이 서양에 대해서도 할 말이 있음을 선언한 것이라고 봐야 한다. 역사를 서양의 관점에서가 아니라 동양의 관점에서 다시 본다는 뜻이다. 물론 이러한 선언의 바탕에는 중국의 개혁개방으로 인한 경제발전이 있었지만, 경제발전의 성과만을 주목한 우리들에게는 이런 중국 학계의 움직임이 잘 눈에 띄지 않았던 것이다. 그러한 움직임의 한 가운데에 지센린 교수가 있었던 것이다.

이보다 앞서 지센린교수는 2001년 10월, 75명의 중국학 연구학자들과 함께《중화문화부흥선언中華文化復興宣言》을 발표한다.

"5세기 이전 우리는 문화, 과학기술, 경제 등 모든 부문에서 세계를 선도했고 세계 발명과 창조의 80%이상이 중국인의 손에 의해 이뤄졌다. 그러나 청나라 조정의 부패로 근 2백 년 동안 중국의 과학기술은 다른 발달국가에 뒤처졌고 1백 년 전 '서학동점'으로 중국의 우수한 전통문화의 발전은 거대한 장애에 봉착함으로써 중국의 전통문화는 중국이나 세계를 위해 도움이 되지 못했다.

현재 전 세계의 문화충돌, 사교의 범람, 종교적 극단주의, 자연의 파괴, 인성의 악화, 과학의 부정적인 면... 등이 사회의 안정과 발전을 가로막고 있다. 그러나 이러한 문제와 모순을 말끔히 해결하기 위해서는 중화문화가 서방문명과 대체되지 않고는 방법이 없다. 그래서 대문호 버나드 쇼가 말했다. "중국이 세계 각국의 인종을 다 흡수하고 귀화시키고 동화시키는 날이 되면 이상만으로 있던 천당에 사람들이 들어갈 수 있을 것이다". 저명 역사학자 토인비도 말했다. "중국이 만약 서방을 대체해서 인류의 주류가 되지 않으면 인류의 앞날도 비관적이다".

이 모든 말들은 외국의 학자들이 모두 중화문화를 중요시하기 시작했음을 말해준다.

이 선언에서 보듯 중국인들이 자신들의 전통문화와 과학기술에 대한 자부심을 회복하고 이제 세계를 향해 이를 알리겠다고 선언하는 것이다. 물론 이 선언에는 아직까지 중국인 가운데도 중국문화의 우수성을 인식하지 못하고 서양의 과학기술에 머리를 조아리는 사람들이 있다고 지적하는 등 중국인들을 위한 계몽적인 의미가 있지만 21세기라는 큰 세기의 변환을 계기로 중국인들이 세계사의 주역으로 부상했음을 알려주는 사건으로 기록될 것이다.

지센린 교수는 중국학의 대가이자 사실상의 정신적인 지도자였다. 지 교수는 노쇠해서 해방군 병원에 입원해 가료 중인 상황에서도 집필을 중단하지 않을 정도로 대단한 학문적 정열을 보인 분이다. 원래 젊을 때에 독일에 유학했지만 인도의 고대 언어연구에 정진해서 고대 인도사상 연구와 번역에 독보적인 경지를 개척했고 불교와 중국문학, 비교문학, 문예이론 등에도 큰 업적을 이룬 분으로 존경받고 있다. 이런 분이 필생의 학문을 바탕으로 이제 '동화(東化)', 혹은 '동학서점(東學西漸)'을 제창한 것이다. 그것은 역사에서 동방의 학문과 사상이 서양에 보내졌으며 앞으로도 계속될 것임을 천명하고 그것을 밝히는 큰 길을 열어놓은 것이다.

중국 언론들은 2005년 7월 29일 오전 9시쯤, 흔히 301병원으로 널리 알려진 인민해방군 총의원의 캉푸루(康復樓) 병동의 한 병실에 중국 국무원의 원자바오(溫家寶) 총리가 한 환자를 위문한 소식을 모두 전하고 있다.

원자바오 총리는 그 환자의 손을 잡고 말을 건넸다; "노인네, 이제 다음 달이면 94세가 되시는군요. 축하드립니다". 중국의 국정을 책임지고 있는 총리가 직접 방문해서 문병을 하고 있는 이 분은 바로 중국학 최고의 권위인 지센린(季羨林) 북경대 명예교수이다.

지센린 교수는 앞에서 지적한대로 중국의 저명한 문학가이며 교육가 겸 사회활동가로서, 영어와 독일어, 산스크리트어(범어), 고대 인도의 베다어, 토카라어에 정통하고 불어와 러시아어는 원어를 읽을 수 있다. 언어학, 문화학, 역사학, 불교학, 인도학, 비교문학 등 다방면에 탁월한 업적을 남긴 분이다. 간소한 병상에도 적지 않은 책이 놓여 있다.

"요즈음도 매일 글을 쓰신다면서요? 곧 〈학문의 바다에 뜬 뗏목(學海泛槎)〉라는 책을 내신다고요?

"이미 나왔습니다"

"저한테 한 권 주실 수 있습니까?"

"당연히 드리지요"

"누가 선생님 전기인 〈비범한 인생〉을 써 주셨다는데, 선생님의 생애는 정말 쉽지 않으셨습니다"

"제가 올해 94살인데, 108살까지는 살아야지요"

중국은 지금 '국학'열기로 뜨겁다. '국학(國學)'이란 무엇인가? 우리 식으로 표현한다면 '중국학(中國學)'이라고 할 수 있을 것인데, 수도 북경이나 상해 그리고 전국 주요도시에서 중국학, 곧 중국의 전통철학과 가치관을 다시 공부하는 일대 붐이 일고 있는 것이다. 북경사범대학의 우단(于丹)교수가 중국의 CCTV에 나가서 〈논어〉를 강의하고 그것을 〈논어심득(論語心得)〉이란 책으로 내자 몇 달 사이에 무려 400만권이나 팔려 해리 포터의 판매기록을 두 배나 돌파했다. 서점에는 〈논어〉, 〈도덕경〉 등 각종 전통 사상 철학서가 날개돋힌 듯 팔려나가고 있다. 단순히 책을 읽는 것을 넘어서서 중국학을 가르치는 학원들이 엄청난 수강비를 받으며 문정성시를 이루고 있고, 아이들을 초등학교에 보내는 대신 중국학을 가르치는 사립학원에 보내려는 부모도 나오고 있고, 중국의 한

복(漢服)을 입고 관례(冠禮), 곧 성인식을 거행하는 것이 새로운 유행으로 되고 있다고 한다. 이런 현상을 중국에서는 '국학열(國學熱)'이라고 하거니와. 우리 식으로 표현하면 '중국적인 것'에 대한 자부심과 각성으로 서양의 것 대신에 중국의 것을 배우고 입고 행동하자는 일종의 사회적인 열병이 중국 사회에서 빠른 속도로 번져나가고 있는 것이다.

중국에서 국학열기는 두 번째라고 한다. 첫 번째는 20세기 초였다. 아편전쟁(1840~1842) 이후 중국이 다시 살기 위해서는 학문이 죽으면 안 된다는 지식인들에 각성에 의해 중국의 고유문화를 지켜내자는 정신운동으로 번져 큰 성과를 남겼다. 그리고는 백년 이상이 지난 요즈음이 국학열이 가장 높은 때이다. 북경대 명예교수인 장다이녠(張岱年)을 중심으로 일단의 원로 중견 학자들이 힘을 합쳐 1991년 펴 낸 〈국학총서(國學叢書)〉가 시작의 계기가 되었다고 평가된다. 이후 1993년 인민일보가 '국학이 수도에서 다시 살아나다' 라는 논평을 실으면서 새로운 국학연구의 불이 붙기 시작했다. 그런데 이 과정에서 자칫 맹목현상과 과열현상이 보이는 것이다. 마치 국학을 해야만 출세하고 국학이 중국의 모든 문제를 해결해줄 수 있다고 믿는 것처럼 보이게 한다. 마치 중국의 전통관념과 사상, 제도가 현대의 문제를 해결해주는 대안인 것처럼 믿는 듯 보이기도 한다. 이 과정에서 상업혼이 한 몫을 한다. 지나친 상업화로 중국 전통문화의 부흥이 한갓 돈을 벌자는 흙탕물에 휩쓸리지는 않을까 우려되는 것이다.

그래서 장다이녠 교수와 함께 국학열의 또 하나의 중심기둥인 지센린 교수는 이러한 과열을 우려했다. 그는 몇 년 전 '국학대사(大師: 큰 스승)'이란 호칭을 스스로 사양했다. 그것은 너무 '국학'이 범람하는 데 대한 무언의 항변이라고 해야 할 것이다. 대신에 국학열을 단순히 중국학의 부흥이 아니라 동양학의 부흥, 나아가서는 세계문명의 중심이 서양에서 동양으로 이동하는 것까지를 포함하는 보다 넓은 의미를 제시했다. 그것은 서양문명과 대항해서 이긴다는 것을 넘어서서, 서양문화를 흡수해서 새로운 인류문화를 창조하여 인류를 위한 새로운 문명을 열어간다는 뜻을 담고 있다. 지셴린 교수는 이를 위해서 '대국학(大國學)'이라는 새로운 개념을 들고 나왔다. 국학은 좁은 의미의 국학이 아니라 대국학이 되어야 하기에 중국 각지의 문화, 56개 민족의 문화 모두가 국학의 범주에 들어가며 이러한 문화들은 서로의 국경 없는 교류에 의해 더욱 발전할 수 있다는 것이다. 이러한 교류를 통해서 새로운 동양문화를 찾아내야 한다는 것이다.

"문화교류에는 두 가지 형식이 있습니다. 하나는 수출하는 것이고 하나는 수입하는 것입니다. 돈황이 수입문화의 대표입니다. 당시 높은 문명들이 돈황을 거쳐 들어왔습니다. 불교도 외국에서 들어와 아랜 기간의 변화를 거쳐 중국 특색의 불교를 형성했습니다... 역사는 부단히 발전하고 부단히 융합하는 것입니다. 시간이 정해진 것이 없습니다. 유교문화와 도교문화가 전통문화라면 불교문화도 마찬가지이고 불교를 제쳐놓는 것은 옳지 않습니다."

－인민일보 해외판, 2007년 6월25일

지셴린 교수는 이처럼 현대 중국 학술계의 태두(泰斗), 곧 북두칠성

 | 메멘토 모리 죽어서 살아나다 |

이었다. 우리가 중국이라고 하면 경제적으로 발전하는 것만 중요시하고 학술계의 동향에 대해서는 비교적 둔감한 것이 사실이다. 그러기에 나는 내가 만나본 중국 학술계의 큰 별이 졌다는 소식을 이렇게나마 정리해서 전해드리고 싶은 것이다.

에가미 나미오,
기마민족의 후예

 **2002년 11월 17일**

에가미 나미오(江上波夫),

한국 고고학계에서 그의 이름은 마치 민속학계의 야나기 소오에스
(柳宗悅)같은 파워가 있었다. 야나기가 일제시대 광화문을 고리로 해서
우리 민예의 아름다움을 널리 선전해 많은 사람들에게 감격(?)을 주었
다면 에가미 나미오는 일본이 구축한 이른바 '임나일본부'식의 역사체
계를 벗어나고 싶어하던 해방이후의 우리 학계에 복음을 들려주었다.

우리들은 아니라고 말하고 싶었지만 일본인들이 모두 임나일본부
설을 주장하고 있었기에 답답해하던 중, 일본인 자신이 일본천황가가
대륙에서 한반도를 건너 일본에 온 기마민족(騎馬民族)이라고 주장했기에
그의 학설은 오랜 가뭄 속의 단비와 같았다.

그런 에가미 나미오(江上波夫) 도쿄(東京)대 명예교수가 2002년 11월 17일 폐렴으로 별세했다. 향년 96세.

그의 학설이 발표된 것은 1948년,

북방계 기마민족이 남하해 일본에 새로운 왕조를 건립했다는 학설은 구체적으로 일본 황족은 고구려인과 계통이 같은 기마민족인 부여족으로, 그들이 한반도 남부에 정착했다가 그곳의 임나가야(任那伽耶)를 거점으로 일본 규슈(九州)로 진출한 후 다시 긴키(近畿)지방으로 들어가서 일본 열도를 정복하고 나라를 세웠다는 것이다. 곧 한국 학자들이 주장해 온 '가야왕조 일본정복설'과 맥락을 같이하는 것이다.

이것은 천황은 만세일계라고 해서, 일본열도에서 대대로 이어져 내려왔으며, 그들이 고대에 조선을 정벌해 식민지로 삼았다고 대다수 일본인들이 믿어온 기존의 학설을 정면으로 흔드는 것이었다.

그 때 일본의 충격은 엄청났다고 한다. 그의 학설은 그 뒤 후학들에 의해 계속 도전을 받았고, 그 때마다 그는 자신의 학설을 보완해 나갔다. 1992년 김해 대성동 지방에서 대규모 고분이 나오고 많은 북방계 유물이 출토됐을 때에는 직접 현지를 방문하고, 그의 학설에 대한 신념을 재확인했다.

그런데 아이러니칼하게도 그의 학설은 한국인뿐 아니라 일본인들에게도 큰 영향을 주었다고 한다. 이 점은 우리들이 미처 주목하지 못한 것인데, 당시 패전을 딛고 일어서려는 일본인들은 그의 학설로 일본

의 기원을 대륙까지 확장하며 새로운 국민의식에 눈을 뜨게 되었다고
한다. 해방이후 일본의 역사고고학계를 되돌아보면 에가미 교수의 학
설은 70년대 초 일본에 있는 이진희 교수가 광개토대왕비문의 변조를
주장한 사건과 함께 가장 큰 충격을 학계에 준 것으로 평가되고 있다.

동경대 교수를 마치고 고대오리엔트박물관을 운영하던 1991년 에
가미씨는 한국과 일본의 학계 대표들을 조직해 처음으로 중국 집안과
장춘을 돌며 고구려역사의 현장에서 학술 세미나를 열었다. 필자도 당
시 취재진으로 현장을 찾아 에가미 선생과 함께 유명한 광개토대왕비
문과 각저총 등 고분들을 함께 돌아볼 기회가 있었다. 그 때 그의 풍모
는 온화하면서도 차분했던 것으로 기억된다.

그는 일본인이면서도 자국의 역사를 자국 속으로 한정시키지 않
고 대륙으로 확산해 일본 학계의 시야를 열어준 것으로 평가된다. 비록
그가 주장하는 기마민족설이 우리의 시각과는 다른, 변형된 임나일본
부설이라는 비난이 있기는 하지만 일본인가운데 가장 먼저 천황의 뿌
리를 일본 밖으로 확장한 공은 부정할 수 없다.

아쉬운 것은 에가미 교수의 대표적인 저서인 '기마민족국가'가 아
직도 우리말로 번역되지 않은 것이다. 그는 흉노족을 비롯한 유목초원
지대의 흥망사를 문헌과 고고학적인 유물로 분석해 이 일대의 기마족
이 고구려, 가야를 통해 일본을 건너갔다는 설을 펴나간 것이다. 우리
나라 학자들이야 일본어로 읽으면 되겠지만 그의 학설에 관심이 있을
일반인들에게는 접근이 안된다. 에가미 교수의 타계를 계기로 그의 저

    | 메멘토 모리 죽어서 살아나다 |

서가 번역돼 그의 학설이 일반인들에게도 옳고 그름을 엄정하게 검증
을 받을 수 있는 날이 오기를 기대해 본다.

part
6
저 세상엔
없는 것

"뭘 어떻게? 서로 사랑하면 되지! "
– 김수환

"현재 한국이라는 이 헐벗은 땅덩어리 안에서 자비하신 당신의 가르침은
이미 먼 나라로 망명해 버린 지 오래이고, 빈 절간만 남아 있다는 말이 떠돕니다."
– 법정, 하나님 前上書, 1964년

김수환,
사랑하고 또 사랑하신

 **2009년 02월 16일**

　2001년 4월27일 KBS에서 방영된 '도올의 논어이야기'에는 김수환 추기경이 초대됐다. 이 프로그램을 진행한 도올 김용옥은 천주교가 우리나라에 전래되던 때에 인기가 있던 교재인 천주실의(天主實義)[1]에 대한 성호(星湖) 이익(李瀷)의 발문(跋文)[2]을 인용하면서, "만약 기독교의 하나

---

[1] 예수회 소속 이탈리아 신부 마테오 리치(Matteo Ricci:利瑪竇)가 1603년 한문으로 저술한 천주교 교리서

[2] 만약 (지상의) 사람들이 교화를 펼친다면 억만 개의 (모든) 지역이 (다) 사랑할 만하고 자비를 베풀 만한 곳이기에 (그 가르침을) 어찌 하나(의 지역)으로만 한정짓겠는가? 천상의 하느님(天主, '예수'만)이 모든 곳을 두루 다니면서 이끌어 주고 깨우치려면 수고로운 일이 아니겠는가?
如人之施教 則億萬邦域可慈可悲者 何限而 天主遍行 提警得無勞乎?

님이 2천 년 전, 이스라엘에서 활동한 예수와 그들을 추종하는 무리들만의 하나님이었다고 한다면 그 하나님은 전 세계로 복음을 전하러 다니시느라 얼마나 바쁘실까?"라는 화두를 던졌다. 기독교가 이스라엘이라는 지역주의, 한국인만의 구원이라는 지역주의에 얽매이는 것에 대한 비판이었다.

여기에 대해서 김수환 추기경은 공자가 말한 천(天) 사상과 천주교의 하느님 신앙이 비슷하다는 점을 설명하면서

"공자는 제자 안연이 죽었을 때에 '하늘이 나를 버리는구나'라고 통곡하는 등 하늘을 물리적인 푸른 하늘로 인식한 것이 아니라 '의지를 가진 인격적인 절대자'로 인식했다"

고 지적한다. 그리고는

"인간의 존엄성은 과학적으로 증명할 수 없는 것으로서 하느님이 인간을 만드셨다는 것을 인정할 때만 인간의 존엄성에 대한 이야기를 시작할 수 있다"
"천주교의 이러한 인간관은 '천(天:하늘)'을 인정하고 천명(天命)을 따름으로서 군자가 될 수 있다'는 공자의 가르침과 상통한다"

고 함으로써 천주교의 신앙과 공자의 가르침이 통한다는 점을 설파한다. 추기경이 성서에만 치우치지 않고 다른 종교의 경전에 대해서도 깊은 이해를 하고 있음을 드러낸 것이다.

김수환 추기경이 우리에게 사랑을 가르쳐주고 세상을 떠나신 것이 2009년 2월 16일, 벌써 까마득한 옛날이라는 느낌이다. 돌아가실 때의 그 추모열기가 식어가면서 우리 사회에 분란과 갈등이 재연될 조짐이 계속되고 있어 우리들의 마음이 벌써 우울하다. 그런 가운데 그 분의 감춰진 모습을 전해주는 책이 나와 다시 그 분에 대한 관심을 불러 일으키기도 했다. 1971년 가톨릭잡지 '창조'의 편집주간을 맡으면서 발행인이었던 김 추기경과 만나 40년 가까이 인연을 맺었던 구중서(73) 한국 가톨릭문인 회장이 그간 수집했던 자료를 모아 평전 '사랑하고 또 사랑하고 용서하세요'를 낸 것이다. 오로지 사랑을 실천하는 데 온 일생을 바친 김수환 추기경의 삶과 철학, 신앙이 담겨있는데, 이 책에서 저자는 추기경이 도올과의 대담에 출연한다는 소식을 듣고는 출연을 말리기 위해 주교관으로 달려간 일화를 소개한다. 추기경의 위상과 품위에 손상이 갈까봐 걱정이 되어 달려가 말렸는데, 추기경께서는 "이미 약속이 됐다"며 웃을 뿐이었고 "서가에서 찾아도 안 보인다. 『논어』를 한 권 구해 달라"고 구 원장에게 부탁했다는 것이다. 한번 약속을 하면 어떤 경우든 이를 지키는 것이 당연한 것이라는 생각, 거기에다가 타종교에의 깊은 이해를 보여주심으로서 천주교계의 우려를 말끔히 해소하신 것이다.

김 추기경이 이처럼 열린 생각으로 세상에 임하신 것으로 해서 천주교의 사상은 더욱 넓고 확고해졌다. 잘 알다시피 초기 천주교의 전래 때에 기존의 유교에서의 제사문제와 가장 크게 충돌하고 그 때문에 많은 신도들이 박해를 받아 순교했다. 그런데도 초기 천주교 도입 역사에서 가장 중요한 역할을 한 분으로 손꼽히는 정하상(다산 정약용의 조카)은 천주교의 교리가 동양적인 사상과 본질적으로 다르지 않다는 점을 밝혔다. 그가 체포되면서 제출한 한문으로 쓴 3천644자의 '상재상서(上宰相書)'라는 글이 그것이다.

중국의 경서 가운데 이런 말들이 들어있지 않습니까. 역경에 "상제(上帝)께 바치나이다", 시경에 "상제께 아뢰나이다", 서경에 "상제께 제사 하나이다" 하였고 공자는 "하늘에 죄를 얻으면 기도를 바칠 곳이 없나니라"고 하였습니다. 하늘을 공경하라, 하늘을 두려워하라, 하늘에 순종하라, 하늘을 받들어라 하는 학설이 있어 여러 사람들의 여러 가지 기록이 있습니다. 따라서 서양에 역사책이 오지 않았더라도 별 관계가 없었고 비록 왔다 하더라도 오래가지 못해 요(堯) 시대의 홍수와 진시황 때 분서(焚書)로 사라져 전해지지 못했을 것이 확실합니다. 손오(孫吳:손권의 동오)

때에 이르러 적오년간(赤烏年間. 247-280)에 쇠 십자가가 발견되었고
당나라 정관(貞觀) 9년에는 경교(景敎)가 크게 떨쳐 조정의 저명한
인사로부터 시골의 서민에 이르러 일제히 숭상하고 제사를 크
게 지내고 경교비를 세우고 위징(魏徵) 방현령(房玄齡) 같은 고관대
작들도 독실히 믿어 의심치 않았나이다. 명나라 만력 연간에 서
양의 선비들이 들어와 저술한 서적들이 많이 있어 오늘에 이르
러 중국에 전해 나려왔습니다. 천주께서 동방을 이렇게 짬짬이
도우심으로 동방에 행복이 오고 우리도 이 행복에 참여함이 신
기하옵고 이미 50년이나 되었습니다. 이러므로 성경을 통하여
주재해 계심을 알 수 있습니다.

2001년 김 추기경이 논어에 대해서 말하기 전인 1999년 초 카톨릭
에서 나오는 월간잡지 〈성서와 함께〉는 카톨릭대학 신학부 교수인 최
기섭과 유학을 전공한 김형기 라는 소장학자 두 명을 통해 '경전과의
대화'를 시도한다. 성서와 논어가 본질적으로 얼마나 같고 어디가 다른
가를 비교 분석하며 공자가 말하는 동양의 하늘과 예수가 가르치는 하
느님이 어떻게 다르고 또 같으냐를 논하는 글로서 3년 동안 연재되었
다. 나중에 '성서 옆에 논어 놓고 논어 옆에 성서 놓고'라는 책(2002년 1월)
으로 펴나온 이 글은 이렇게 끝을 맺는다;

하느님이 인간을 사랑한 것처럼 서로 사랑하기 위해서는 '무엇
이든지 사람들이 해 주기를 바라는 것을 그대로 여러분도 해주
어야'(마태 7.12) 한다. 그것이 율법과 예언서의 정신이다. 논어에

서는 인의 실천을 '부모와 형제를 사랑하는 것에서부터 하라'
(논어 학이편)라고 가르친다. 그리스도교나 유교 모두가 이렇게 사
랑을 말하고 사랑을 가르치고 있다. 이처럼 그리스도교의 사랑
과 유교의 인의 거리는 멀지 않다. 사람을 사랑하는 것이 인간
의 도리라고 하는 측면에서 두 분의 가르침은 한 자리에 있다.
그러므로 누가 '예수님이 좋은 걸, 공자님이 좋은 걸 어떡해요?'
묻거든 대답할 말은 오직 하나다.
'뭘 어떡해? 서로 사랑하면 되지!'

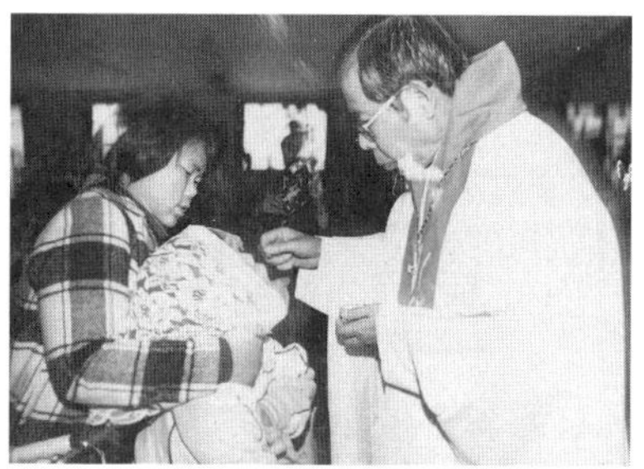

지난 2000년 5월 23일, 김 추기경은 성균관대학 600주년 기념관에
서 '심산상(心山賞:독립운동가이자 한국 유림의 상징으로 추앙받던 심산 김창숙 선생을 기려 제
정된 상)'을 받았다. 김 추기경은 수상소감에서 '유교와 제사에 대한 견해'
를 이렇게 밝혔다.

"17세기 그리스도교와 유교가 이 땅에서 만났다. 그러나 천주교회
의 제사 금지령은 달레(프랑스의 천주교 성직자)의 말대로 '조선 국민 모든 계
층의 눈동자를 찌른 격'이었다". 그리고 조선 정부가 '전통 유교의 파괴
자'라며 천주교를 박해해 100년간 1만 명 이상이 순교하는 비극이 벌어

  | 메멘토 모리 죽어서 살아나다 |

졌다는 것이다."

그러한 사실을 인용하면서 김 추기경은 말했다.

"돌아보면 조상 제사는 미신이 아니라 부모 사후에도 계속 효를 실행하기 위한 보본추효(報本追孝)였다. 이를 인식한 천주교에선 1939년 조상 제사를 허용했다"

천주교나 기독교 신앙이 우리나라 전래 사상이나 전통과 대립되는 가장 큰 문제를 천주교는 이렇게 해결한 것이다. 그것은 조상의 제사가 예절이라는 전통적인 유교 측 주장과 일치하는 것이다. 그것으로서 두 종교는 공존의 바탕을 얻었다. 그러한 역사가 이어지면서 천주교는 우리 사회의 정신적인 기둥으로 받아들여질 수 있었던 것이다. 그런 흐름을 일찍부터 파악하고 이해한 김수환 추기경이라는 큰 어른이 자신의 사상을 몸으로 표현하고 실천한 것이 곧 그분이 남기신 위대한 사랑의 족적이다.

2009년 2월 16일 오후 6시 12분 김수환 추기경이 선종(善終)하셨다. 많은 분들이 애도하며 추모한다. 고인의 삶에 관한 많은 증언들이 쏟아져 나오고 있다. 언론들의 보도를 보면 그의 삶은 오로지 '사랑' 이 한마디로 요약되는 것 같다. 마지막 가는 길에도 안구를 기증함으로서 두 명에게 빛을 나눠주셨다.

'사랑', 이 얼마나 아름다운 말인가? 얼마나 듣기 좋은 말인가? 얼마나 포근한 말인가? 그러나 그 사랑의 실천, 실행이 얼마나 어렵고 힘든 것인가? 참으로 모든 종교의 가르침이, 성인들의 가르침과 본보기가 바로 이 '사랑' 두 자에 귀결되지 않던가? 이 세상을 사는 근본도, 다스리는 근본도 다 사랑일 터이다. 참으로 사랑이 있다면 박해나 모함이나 탄압이나 압제…. 등등 우리 사회의 갈등과 대립과 혼란, 아픔이 일어날 이유가 없다.

참으로 사랑이라는 것은 단순히 내가 아닌 남을 사랑한다는 차원을 넘어서서 근본과 생각이 같은 다른 종교나 관습, 풍속까지도 이해하고 받아들일 수 있는, 용서를 담은, 큰 개념의 사랑이어야 할 것이다. 천주교에서는 이러한 큰 사랑을 실천한 분을 성인으로 추앙한다. 성인에 이르는 길은 사랑이요, 사랑은 곧 나를 넘어서서 남까지도 나 이상으로 사랑하고 그의 삶을 구원해주는 것이다. 이를 불교적으로 표현하자면 보시, 또는 사랑의 실천이요, 유교적으로 말하자면 인(仁)의 실천이라고 하겠다. 말하자면 종교가 달라도 그 가르침은 같다고 하겠다. 우리 인간들이 원래부터 어리석고 미욱하고 부족하고 잘못을 범하기 쉬운 존재이므로 그러한 존재의 한계를 우리가 알고 스스로 마음을 바로 잡아 잘못을 범하지 말 것이며, 그러한 바른 생활로 남의 고통과 아픔도 위로해 주고 사랑해 주어 모두가 평화롭게 잘 살 수 있도록 해야 한다는 것, 그것이 곧 성인들이 가르쳐 준 종교의 목표라고 요약할 수 있을 것이다

그런 큰 사랑의 전통이 있었기에 천주교는 다른 종교와의 공존, 화합을 앞장서서 실천한다. 그런 사랑을 알고 계셨기에 김수환 추기경은

　　　　　| 메멘토 모리 죽어서 살아나다 |

우리 사회에 사랑을 가르쳐준 큰 스승으로서 생전에도 존경받고 선종 이후에도 영원히 기억되고 흠모되고 추앙되고 있으며 그 가르침은 면 면히 전해질 것이다.

　아, 우리들의 삶에 있어서 최고의 덕목, 최상의 가치가 결국 사랑 아 아니던가? 그런 면에서 당신만큼 그 사랑을 위해 헌신하고 때로는 용감했던 분이 없었던 것 같다. 현대 정치사의 어두운 방에 빛을 넣어 주기 위해 감히 목숨을 던지시는 용기가 있었던 분, 우리 사회의 건강 한 발전을 위해 때로는 정권뿐 아니라 시위자들에게도 말을 할 줄 아시 던 분, 부자에게도 가난한 사람들에게도 한결같이 마음을 나눠주신 분, 그것이야말로 사랑을 실천하신 것이고 그러기에 그 분은, 일찍이 영화 '모세'에서 모세가 느낀 '그 분'처럼, 아니 그 분을 대신해서, 사랑의 실 천과 실현을 위해, 이 땅에 잠시 오신 분이시다.

　1980년대 중반의 어느 날, 보도국의 기자였던 나는 회사로부터 김 수환 추기경의 인터뷰를 받아오라는 지시를 받는다. 당시 대통령은 전 두환, 곧 권위적인 통치방식이 퍼렇게 살아있을 때였다. 정확히 기억은 나지 않지만 정부가 전향적인 조치를 취한 데 대한 반응이었다. 당시에 는 국민과 각계 인사들의 반응을 받아서 보도하는 일이 많았다. 그래도 당시는 추기경께 인터뷰를 요청하기가 어려운 상황, 그러기에 어렵게 전화를 드렸더니 어찌된 일인지 흔쾌히 승낙을 하신다. 회사에 보고하 니 회사에서도 기대를 많이 했다.
　낮 11시에 약속을 하고는 그 전에 여의도에서 먼저 인터뷰를 짧게 하나 하고는 명동성당으로 출발한다. 10시쯤 인터뷰가 끝나니 11시까지는 충분했는데, 그날 우리 취재차 운전기사가 마포대교를 건너 직진을 하지 않고 갑자기 오른쪽 강변도로로 트는 것이었다. 그래서 아니 왜 이리로 돌아가는가 하고 다급하고 물으니, 그 기사는 자기가 많이 다녀봤는데 동부이촌동 아파트 뒷 길로 해서 가는 것이 가장 안 막히고 빠른 방법이란다. 긴가 민가 하면서도 그 때까지는 시간의 여유가 있어서 참고 있었는데 차량이 원효대교를 막 지나면서 꼼짝없이 갇혀버린다. 거기서 한강대교 북단을 거쳐 이태원 쪽으로 해서 터널로 빠져나가는 것인데 가는 곳곳마다 막혀서 시간이 마냥 간다. 원래 그냥 가도 두 배 이상 돌아가는 길인데 갑자기 그리로 들어서버리니 어찌 다른 길로 갈 방법이 없이 그대로 교통지옥의 포로가 된 것이다. 몇 번 씩 후회를 하고 뭐라고 운전기사에게 불평을 하면서도 추기경께 죄송하다고, 늦다고 전화를 드렸는데, 추기경께서는 인터뷰 끝나고 11시 반에 경기도 쪽에 있는 불우아동 시설에 가서 위문을 할 계획이라며 되도록 빨리 오라고 하신다. 차 안에서 발을 구르고 마음을 조이며 겨우 도착한 시간이 12시 반. 무려 2시간 이상을 길에서 지체한 것이다. 그냥 마포로 해서 넘어왔으면 충분했을 길을 왜 그 기사는 돌아가자고 했는가? 뭔가 홀리지 않으면 그렇게 될 일이 없을 터인데... 어쨌든 그 긴 시간을 기다린 다음, 당신께서는 어느 젊은 취재기자의 어려운 형편을 감안하셔서 한마디 꾸중도 안하시고 묵묵히 말씀을 다 하시고는 출발을 하신다.

정말로 추기경께서 일정 때문에 인터뷰를 못하고 가셨다면 난 어찌되었을까? 회사에서 이 중요한 인터뷰를 못했다고 얼마나 혼났을까? 그 때 등줄기에서 식은 땀이 주르르 흘렀고, 인터뷰가 성사되자 비

| 메멘토 모리 죽어서 살아나다 |

로소 안도해서 한숨을 길게 쉬면서 점심도 먹을 수 있었다. 그러나 추기경께서는 그 날 점심을 놓치셨을 것이다. 그 일로 나는 정말 추기경의 그 깊은 마음과 사랑을 느낄 수 있었다. 그것은 우리 고등학교의 재단이사장이시던 영락교회 한경직 목사님께 느꼈던 포근함과 인자함과 사랑과 비견되는, 크고 넓은 사랑이었다. 그때 받은 그 사랑이 추기경께서 선종을 하셨을 때에 추모의 글을 쓰게 만들었고 추기경의 사랑을 기회 있을 때마다 알리는 힘이 되었다. 사랑은 그렇게 우리들의 삶의 모든 구석에 있을 수 있다는 것, 구석구석을 밝게 비추어준다는 것을 그 때 배웠다.

아! 우리는 살아있는 성자, 작은 그리스도를 우리 옆에서 보았고, 그 분을 하늘나라로 보내드린 것이다. 그리고는 다시 몇 년이 흘렀다. 저 하늘 위에 작은 그리스도인 김수환 님이 계실 것이다. 꺼지지 않는 별빛으로 말이다.

법정,
무소유도 버렸다

 2010년 03월 14일

훨훨 타오르는 불길을 보면서,

"스님 불 들어갑니다" 라고 외치는 소리를 듣는 듯 마는 듯

스님은 이제 마지막 남은 이 세상의 징표도

스르르 태워 없애려는데

그 불길에 보이는 것은 스님의 육신이 아니라

살아있는 우리들의 얼굴이더군요

스님이야 벌써부터 다 비우시고 아무것도 없으시니

어디가야 무슨 상관이 있으리오만은

| 메멘토 모리 죽어서 살아나다 |

남아있는, 불길 건너편에 눈물을 닦고 있는 우리들은
어떻게 해야 한단 말입니까?
아무리 해도 비울 수 없고
아무리 생각해도 내 것이 소중하고
내 자식에게 더 많이 몰아주고 싶고
더 큰 집에 더 호화로운 가구에 더 값비싼 옷에…
그런 것이 없으면 못사는 우리들은
아무리 당신이 우리에게 가르침을 주고 가셨어도
따르지 못하겠는 걸 어이합니까?

만 분의 일이라도 근처에 가고 싶지만
기름진 음식과 향기로운 술이 눈에 어릴 뿐
배고픈 사람들이랑, 헐벗은 사람들은
머리 속에 떠오르지 않는 것 어이합니까?

스님, 정말로 무정하십니다.
이 삶이라는 것이 한조각 구름이라는 것
누가 모른답니까?
그러나 그럴수록 우리 같은 허접한 존재들에게는
이 세상이라는 것이 정이라는 것이 있어서
사랑이라는 것이 있어서,
그것이 비록 자기 것이지만
많이 모으고 때로는 나누어주고 하도록

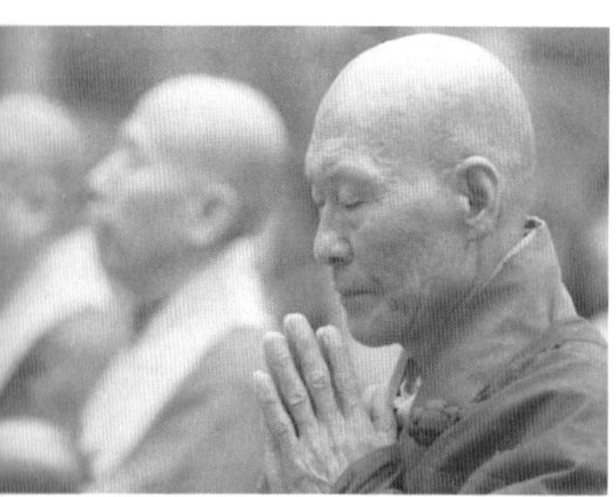

정과 사랑을 가르쳐주셔야 하는데

가시면서까지 우리들을 아프게 하고

우리의 힘을 빼고

우리의 삶의 의지를 잃게 만들면

어이한단 말입니까?

"수철※ 씨 많이 힘들겠다"

어제 오후 전화로 이 말을 하니까

지금 막 다비식을 보고 올라가는 길이라고

혹 형이 거기 왔을까 두리번거렸는데 없더라고

이미 부모가 안 계신 수철 씨에게는

아버님 같은 존재였던 당신을

하늘로 보내고 나서 얼마나 허전했을까

세상이란 것이 무슨 의미가 있을까?

※ 수철씨... 가수이자 작곡가인 김수철

우리가 사는 것이 무슨 뜻이 있을까?

그저 당신처럼 한조각 연기가 되어

그 연기를 타고 우주 어디론가 날아가 버리고 싶었을 텐데

그런 마음만 주고 가시니

당신이 어찌 원망스럽지 않겠습니까?

그때 수철 씨가 나에게 읽어보라고 사준 책 '무소유'

20년 넘게 당신의 사랑을 받은 수철 씨가

2006년 5월 길상사에서 음악회를 하고 당신으로부터 칭찬을 듣고

그렇게 기뻐하는 그 모습,

언젠가 당신이 증명법사가 되어주실 때에

마음 놓고 그 음악으로 전국을 돌고 싶다던 그 말....

그 모든 것이 이제는 형체도 없네요

그래 그렇다네

우리는 혼자 있는 자신을 보지 못하고

늘 주위와 함께 있는 나를 보려니

참 내가 보이지 않는 법

그 혼자 있는 나는

텅 빈 것임을

그 속에 담을 것은 아무것도 없음을

돈과 욕심, 건강, 명예뿐 아니라

지식과 학식까지도 필요 없는 것임을

당신은 세상의 추적을 피해 깊은 산 속으로 들어가시면서

우리에게 가르쳐주셨는데

그래 산 속에 한 밤중에 가 있으면

오로지 하늘 밖에는 보이지 않는 것을

하늘의 별로 이어지는 무한대의 우주,

공간만이 아니라 시간까지도 무한한 우주,

그 영원을 보고 깨닫는 순간

나의 존재는 아무 것도 아닌 것인데

그 깨달음이 이어지지 못하고

또 일상에 돌아오면 산산이 부서지고

그 빈 공간에 욕심이 들어차는 것이니

그러나 그런 비움보다는

당신이 가르쳐주신 채움이 더 소중한 것을

누구인지를 밝히지도 않고 가리지도 않고

도와주시던 그 뜻은

세상이 허망한 것이어서 버려야할 대상이 아니라

채워진 것을 더 알차게 채우라는 것이며

삶이란 덧없는 것이지만

덧 있게 사는 것이 중요하며

그러기 위해서 자신을 떠나 남을 보아야 하며

우리의 모든 이웃이 곧 부처라는 것.

이웃을 부처 섬기듯 하면

그것이 곧 천국이라는 것,

그렇게 되어야 여중생 살해사건 같은 것이

생기지 않으리라는 것

그것을 몸으로 말없이 증명하셨으니

그것이야말로 당신이 우리에게 가르쳐주신

가장 간단한 진실임을

우리는 당신의 그 많은 책 속의 글에서보다

당신의 그 작은 실천에서

오히려 더 배우게 된 것임을

그것이야말로 모든 법을 초월하는

법의 최고봉, 곧 법정(法頂)이 아닐런지

그렇게 아프셨겠지만 한 번도 티를 내지 않으신 당신

그 일 년 전 쯤에 우리 곁을 떠나신 김수환 추기경과

당신을 함께 기억하며

우리들의 소중한 참 가르침의 전당에

두 분을 함께 모시며

영원히 지워지지 않고

잊혀지지도 않고

비록 우리 삶이 얼마나 더 남았는지는 모르겠지만

그 삶의 기간 동안

두 분의 자신을 비운 그 무소유, 혹은 사랑

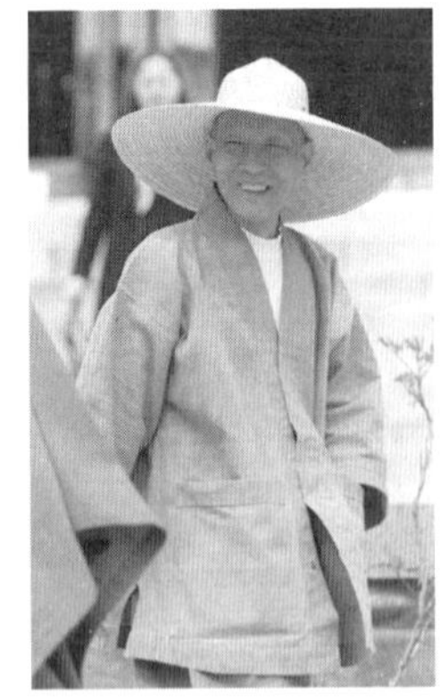

그 어느 이름으로든

그 가르침을 잊지 않고

만 분의 일이라도 행해보겠다는 작은 결심을

저 멀리 우주로 한없이 날아가고 계실

당신의 그 맑은 영혼께 띄워 보내드립니다.

서울 문래동의 어느 아파트에서
2010.3.14 15:00

※ 법정 스님은 유언에서 그의 가장 인기 있는 저서 '무소유'를 비롯한 수많은 저서들을 더 이상 출판하지 말고 판형을 다 태우라고 하셨다. 사람들에게 무소유의 철학과 사상을 가르쳐주었지만 무소유라는 집착도 마침내 스스로 버리고 가신 것이다.

     | 메멘토 모리 죽어서 살아나다 |

가장 앞선
세계인

비디오와 텔레비전의 예술적인 잠재력을 인식하고 이를 상상화 하는데 한국에서 태어난 백남준 씨보다 더 큰 영향력을 준 예술가는 없다. 인스털레이션, 비디어테이프, 지구적인 텔레비전 저작물들, 필름, 퍼포먼스 등 방대한 작품들을 통해 백남준은 현대미술에서 현세적인 이미지에 대한 우리의 인지문제를 새롭게 만들어내었다.

— 2000년 2월 11일, 미국 구겐하임미술관

유럽과 미국에서 윤이상은 한국의 전통적인 요소를 써서 만든 아방가르드적인 음악의 작곡가로서 높은 명성을 누렸다. 아주 장식적이며 정교한 그의 음악을 연주하는데 따르는 기술적인 어려움, 양식의 차이들로 그 음악이 제대로 평가받지 못했다.

— Wikipedia, the free encyclopedia

백남준,
피카소 이후 오직

 **2006년 01월 29일**

1984년 새해 벽두(劈頭) 한 낯선 예술가가 위성전파를 타고 우리 국민들에게 세배를 했다. KBS 제1텔레비전을 통해 생방송으로 전해진 그의 위성예술쇼는 '굿모닝, 미스터 오웰'이란 다소 특이한 제목이었다 영국의 유명한 소설가인 조지 오웰이 그의 대표작인 '1984'에서 독재자가 텔레비전을 통해서 지배하는 암울한 미래사회를 묘사해 놓았었는데,

이제 1984년이 된 만큼 과연 조지 오웰이 예언한 대로 텔레비전이 인간의 행동을 감시하는 독재의 도구이던가? 아니다. 보라! 텔레비전은 이처럼 인류의 미래를 밝혀주는 새로운 테크놀로지이다

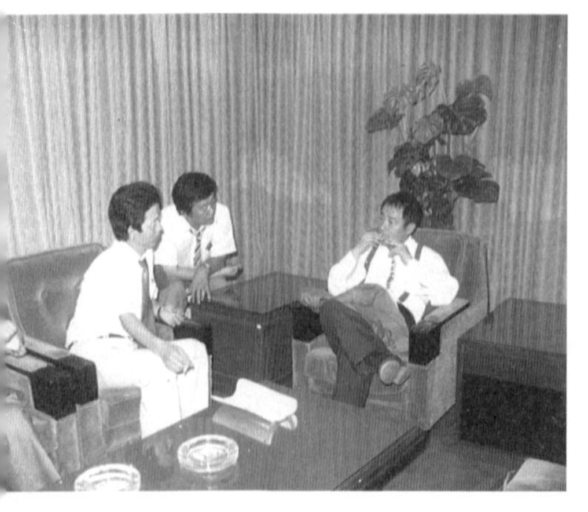

라는 메시지를 보여주는 위성
쇼였다. 이 쇼는 당시 세계 문화
계의 중심인 뉴욕과 파리, 그리고
샌프란시스코를 연결하는 것으로
서 KBS-1TV가 미국, 프랑스, 독
일과 동시에 라이브로 중계해서
시청자들에게 보여주었다. 도대
체 첨단예술을 외국에서 제작한
것을 사전 심의도 하지 않은 상태에서 라이브로 중계를 한 것이어서 당
시는 정말 모험이었다(당시 이원홍 KBS사장은 만약에 누드나 음란한 장면이 나오더라도 어
쩔 수 없다. 나중에 책임은 내가 질 테이니 추진하라는 강력한 소신을 보이셨다). 그런데 결과
는 성공이었다. 도하 각 신문이 연일 이 방송프로그램에 대해서 평가하
면서 이 프로그램에 처음 보여진 비디오아트와 이 프로그램의 기획, 연
출자인 한국 출신의 한 전위예술가를 소개하느라 분주했다.

백남준! 한 때는 우리 국민들에게 아주 생소한 한 예술가의 이름이
었다. 몇몇 해외 예술에 관심이 많은 사람들만이 그의 높은(?) 이름을
듣고 있었다. 하지만 그의 이름은 그 방송 이후 결코 생소한 이름이 아
니었다. 우리나라의 예술가들뿐 아니라 일반인들도 그의 이름을 모르
는 사람이 없을 정도가 되었다.

그러나 그의 정체에 대해서는 지금도 많은 사람들이 확실히 알지
못하고 있다. 그가 피아노를 다루는 솜씨가 남다른데서 그를 음악가로
볼 수도 있지만 그러나 그가 바이올린을 길거리에서 끌고 다니고, 그가

| 메멘토 모리 죽어서 살아나다 |

치는 피아노를 때려 부수고, 명곡이 담긴 레코드판을 사정없이 깨어 부수는 모습을 보면 그를 음악가라고 정의하기가 어려움을 알게 된다. 왜냐하면 적어도 음악가라면 그들에게 소중한 악기를 그렇게 매몰차게 깨부수지는 않을 것이기 때문이다.

그의 작품을 보려면 어떻든 화랑이나 미술관, 혹은 큰 홀에 가야만 한다. 이런 면에서 보면 그는 미술가라고 불리어져야 한다. 그러나 그가 물감으로 그림을 그리는 것을 보면 제대로 된 미술가라고 할 수가 없다. 그가 그리는 그림은 우리들이 늘 보아오던 미끈한 손놀림에 의한 쉽게 알아볼 수 있는 그림이 아니라 이것저것 아무데나 마구 뿌리는 단순한 행위, 아니 우리말로 하자면 몸짓예술일 뿐이었다. 일반적으로 부르는 비디오 아티스트라는 말 때문에 그가 아마 촬영기사가 아닌가 하는 사람들도 있었을 것이다.

84년 6월 30일, 30여 년 만에 처음으로 서울로 들어오던 날, 공항에서 처음으로 만난 그의 모습은 사진에서 보던 모습 그대로였다. 언제나 반쯤 풀어헤친 와이셔츠, 그것도 두 겹으로 입었다. 곧 흘러내릴 듯한 멜빵, 졸린 듯한 눈초리, 계면쩍은 듯, 그러나 누구에게나 빙긋 웃어주는 천진스러운 웃음……

그를 보려고 많은 기자들이 김포공항에 몰렸다. 공항 귀빈실이 임시 기자회견장이 되어버렸다. 백남준 씨를 KBS가 처음 소개한 것을 아는 신문사기자들이 백남준 씨의 옆자리를 자연스럽게 비워주어 내가 그 옆에 앉게 되었다. 그 자리에서 많은 질문이 쏟아졌지만 그가 간단하게 대답한 말은 두고두고 명언이 되어버렸다. 백 선생은 그 때 이렇게 말을 했다;

"예술은 사기예요. 예술가는 고등사기꾼이지! 그러니까 나도 사기를 하는 사람이지 뭐!"

아무도 들어보지 못하던, 예상도 못하던 말이었다. 세계적인 예술가라고 만나러왔더니 기껏 하는 말이 예술은 사기, 그것도 고등사기에 지나지 않는다는 것이다. 이 말은 정말로 우리 문화계에 큰 충격을 준 언어의 폭력이었다.

백남준은 왜 예술은 사기라고 말했는가?

사기도 그냥 사기가 아니라 고등사기라고 했는데, 고등사기는 무엇인가? 이 말은 그 이후 우리 문화예술계의 화두로 올라서게 된다.

"응, 당신이 이동식씨야? 만나서 반갑습니다. 내 작품을 위해서 방송을 준비하고 진행해 주었으니, 당신이 없었으면 한국인들이 나를 어떻게 알겠어요? 정말 고맙구만."

백남준씨의 그 이상한(?) 프로그램이 KBS전파를 탈 수 있었던 것은 당시 사장이셨던 이원홍씨가 계셨기 때문이다. 문화예술에 대해 남다른 식견과 안목이 있었던 이원홍 사장은 일본에 문화담당 공사로 재직할 때부터 백남준 씨를 주목해 왔으며, 사장이 되신 후에 아무도 모르던 백남준 씨를 갑자기 끌고 들어와서는 그의 쇼를 생중계하자고 해서 우리를 놀라게 했다. 당시 보도본부장이던 강용식씨, 문화부장인 이태행씨를 통해서 가장 말단 실무자인 나에게 그 작업을 맡으라는 임무가 부여됐다. 그러므로 1984년의 백남준 쇼는 한국에서는 기획 이원홍,

 | 메멘토 모리 죽어서 살아나다 |

CP가 이태행, 그리고 실무연출이 이동식이었다. 백남준씨는 방한 이틀 날 곧바로 KBS를 방문해서 이원홍 사장, 강용식 보도본부장, 이태행 문화부장 등에게 감사의 뜻을 표하였다. 그리고는 사장실에서 내려와 나와도 상견을 했다. 당시까지 백선생의 작품을 가장 많이 보고 만지고 이를 신문사에 선전도 해 준 사람이라서 그런지 상당히 편하게 느끼며 솔직하게 가슴 속에 담긴 말을 많이 털어놓았던 기억이 새롭다.

집안이 부자였던 백남준 씨네, 일제 시대에 공장을 한 부친 덕택에 그 때 벌써 촬영기로 그 공장을 찍어둘 정도였으니까, 상당한 재력가였 었는데, 1949년 홍콩에 건너가서 살던 아버지 백락승씨 일가는 1950년 한국으로 돌아왔다가 6 25전쟁을 맞아 부산에서부터 배를 타고 고베를 통해 일본에 건너가 살게 된다. 백남준은 1952년 일본의 수재들만이 들어갈 수 있다는 동경대학에 입학을 한다. 동경대학 문학부 미학과에 서 음악에 관심을 보이던 백남준은 1956년 졸업을 한 뒤 곧바로 독일 로 건너간다. 뮌헨대학, 프라이부르크 고등음악원, 쾰른 대학(1958~1962) 을 차례로 거쳐 가면서도 당시 스톡하우젠 등에 의해 주도된 전자음악 을 연구한다. 1959년 뒤셀도르프에서 열린 '존 케이지에 바친다'라는 이름의 연주회에 출연해서 피아노를 때려 부숨으로서 전위적인 행동음 악가로서의 첫발을 내딛는 백남준. 그가 독일에서 선택한 것이 바로 그 의 거대한 사기의 시작이라는 점에 주목하지 않을 수 없다.

"음악공부를 진짜 제대로 해보자고 독일로 건너간 건데, 작곡가 들이라는 게 모두 엉터리에요. 그러나 이미 인정받고 있는 음악 가들은 너무나 까마득하고. 이런 사람들 사이에서 일어서려면

기존의 것을 따라만 해서는 안되겠다. 무언가 주목을 끌 수 있
는 행동을 해야 하겠다는 결론을 얻었지.”

1960년에는 쾰른에서 당시 현대음악의 거장으로 이름을 날리고 있
던 존 케이지의 넥타이를 가위로 자르고 무대 위에서 샴푸로 머리를 감
는 등의 행동을 시작으로 기성화된 모든 것을 깨고 부수는 전위적인 예
술가로 차츰 두각을 나타내는 백남준, 예를 들어서 뒤셀도르프의 카마
극장에서 열린 바이올린 독주. 엄숙한 표정으로 무대에 등장해서 바이
올린을 아주 천천히 머리위로 들어 올렸다가 갑자기 밑으로 내려치며
부수는 것이다. 또는 무대 위에서 피아노를 쓰러트리고 피아노를 해머
로 부수어 버린다. 파리의 에펠탑에서는 ‘관객이 없는 높은 탑을 위한
음악’이름 아래 이러한 과감한 음악을 연주(?)한다. 1961년 전후 독일의
가장 중요한 행동예술가 그룹인 플럭서스(Fluxus) 그룹의 창시자인 조지
마큐너스(George Maciunas)를 만난 뒤 이 운동의 중요한 멤버로서 많은 새
로운 퍼포먼스 활동을 계속한다.

이러한 종류를 행동음악이라고 부를 수 있다면 백남준은 당시 행
동음악을 통해서 모종의 사기를 획책하고 있었던 것이다. 그 모종의 사
기는 “기존의 것을 따라만 가서는 영원히 남을 앞설 수 없다, 그러므로
남이 하지 않은, 생각하지 않은 새로운 것을 해야 한다”는 것이다. 새로
운 것은 곧 기존의 것을 깨트리는데서 나온다. 그것을 겉으로 보면 파
괴(破壞)라 할 것이지만 속으로 보면 (기존의 것에 대한) 해체(解體)이다.

"아무래도 그 때 유행하던 전자음악을 보니까 한정된 전자음에
는 내가 구하던 음이 없었지. 개인이 스튜디오를 만들어 간단한
전자음악을 하는데, 아무리해도 클라이맥스에 도달이 안 되는
거야. 그래서 생각한 것이 역시 즉흥적, 일회성 해프닝을 해야
겠다는 것이야. 그래서 피아노 쓰러트리기를 한 것인데, 이것으
로 평판이 나기 시작했지. 그 때가 26살이야"

그러나 그 사기는 아무나 할 수 있는 것이 아니었다. 여기에도 정
확한 안목과 과감한 발상이 필요했다. 백남준의 사기는 백남준이라는
한 천재가 이 두 가지 점을 동시에 소유하고 있었기 때문에 가능한 것
이었다. 그리고 그 사기는 점점 성공을 거두고 있었다.

이 때에 독일에서 만난 두 명의 예술가는 이후 그의 예술세계의 중
요한 이해자였고, 또 지지자였다. 하나는 86년 초 타계한 독일의 요셉
보이스(Joseph Beuyce)이고, 또 하나는 92년 80살에 타계한 전위음악가 존
케이지(John Cage)이다.

요셉 보이스는 모든 존재하는 것을 미술, 또는 예술의 영역으로 포
함시켜 예술의 영역을 확대시켰으며, 녹색운동, 곧 오늘날의 환경운동
의 주동자였다. 존 케이지는 일상생활의 모든 소리도 음악이 될 수 있
다는 것을 증명해 현대음악을 해방시킨 예술가로 평가받는다. 1952
년 미국 우드스톡 음악회에서 무대에 올라가 4분33초 동안 아무 연주
도 하지 않고 피아노 앞에 앉아 있다가 그냥 내려온 전설적인 음악가
다. 음악은 소리가 꼭 나야하는 것이 아니다. 아무 소리도 안 들리는 것

도 곧 음악이다. 이러한 그의 사상의 바탕은 동양의 주역으로서, '서구 전통에서 음을 이루는 피치나 듀레이션의 기하학적인 구성을 파괴하고 음의 완전한 자유를 추구한'(김용옥씨의 표현) 것이다.

플럭서스 그룹의 일원으로 활동하면서 그의 사기는 이제 세계적인 수준으로 올라가고 있었다. 그리고는 점점 독보적인 사기꾼의 경지로 접어들었다. 텔레비전 수상기, 전기가 들어오면 그림이 나오고 소리가 나오는 이 괴상한 현대의 사생아도 무언가 예술이라는 형태로 팔아먹을 게 있지 않을까? 이러한 생각이 미치자 1963년부터 고물 텔레비전을 괴롭히기 시작한다(당시는 돈이 없으니까 새 수상기는 쓸 엄두도 못 내던 형편이었다). 전류가 흐르는 브라운관 가까이에 강한 자석을 붙여보는 것이다. 텔레비전 화면은 전류와 전압과 자기라는 전기의 3요소를 가지고 형성되어 있는 만큼 당연히 자석의 영향으로 일그러지면서 전혀 새로운 영상을 만들어내었다. 비뚤어지고 휘어지고 구부러지고 휘감긴, 그러면서 작가의 손놀림에 따라 전혀 예상치 못한 세계를 그려내고 있음을 발견한 것이다. 그렇게 해서 그 해 3월 인류사상 최초로 텔레비전 수상기를 예술작품의 소재로 쓴 비디오아트가 발표되었다. 부퍼탈(Wupertal)의 파르나스 화랑(Parnass Gallery)화랑에서였다.

이 전시회는 그때까지 음악가였던 백남준씨를 본인 자신도 모르게 미술가로 변신시키는 계기였다. 그것은 또한 현대기술문명을 대표하는 텔레비전을 예술의 소재로 쓴다는, 전혀 새롭고 엉뚱한, 그러나 현대에 있어서 가장 중요한 예술장르인 비디오예술의 창시라는 예술사적인 사

 | 메멘토 모리 죽어서 살아나다 |

건이었다. 무언가 남과 달라야한다고 하는 것 때문에 가능한 것이었다.

"같이 시작한 화가들은 돈 많이 벌었지. 그들은 사유재산으로 일종의 위조지폐를 만들어 낸 것이거든. 1958년부터 컴퓨터, 레이더로도 예술에 응용된다는 생각을 하고 있었는데, 이왕 하려면 기상천외한 것을 하자는 생각이 들어서, 텔레비전 수상기를 시작하게 된 거지."

1963년 일본인 전자기술자인 아베 슈와와 함께 노래하며 걸어가는 로봇을 만들어낸 것도 바로 그의 무언가 새로운 것을 만들어내자, 무언가 남과는 다른 것을 해야 한다, 남이 안하던 것을 하자……이러한 그의 남다른 의식과 모험정신, 실험정신이 빚어낸 기념비적인 작품이다. K-456으로 명명된 이 로봇이 처음 길거리에 나와 섰을 때에 사람들은 정말 신기한 것을 본다는 듯 몰려들었다. 물론 이 로봇은 오늘날의 그것처럼 능수능란한 몸 동작이나 걸음걸이를 할 수 있는 것은 아니었지만 뒤뚱거리며, 입으로는 음악이 흘러나오는 로봇이 이미 60년대 초에 백남준과 일본인친구에 의해 시도됐다는 사실을 생각해 보라. 예술가가 만든 최초의 로봇이다. 그의 천재가 빛나는 순간이었다.

바이올린은 어깨 위에 올려놓고 연주하는 악기라는 고정관념은 백남준에 의해 깨어졌다. 그는 바이올린을 끌고 다니다가 분수에 버려버린다. 텔레비전도 그에게는 단순히 바라만 보는 기계로 끝나지 않는다. 텔레비전을 자기 마음대로 갖고 즐겁게 놀라고 가르치고 있다. 그냥 남들이 만들어주는 프로그램을 시청만 한다면 기계에 복속되는 것이라고 백남준은 말하고 있었다.

60년대로 넘어서면서 새로운 것을 찾아내고 시험하는 기회는 구대륙보다는 신대륙이 많았고, 그것도 세계 제일의 부국인 미국의 경제중심지인 뉴욕이 최고였다. 따라서 예술적 아이디어와 변신의 천재인 백남준 씨가 이 사실을 놓칠 리가 없었다. 1964년 독일에서 뉴욕으로 건너온 백남준은 첼로연주가인 샤롯 무어먼(Charlotte Moorman)을 만난다. 백남준은 이 젊은 여자 첼리스트를 상대로 해서 그 때까지 누구도 감히 엄두 내지 못하던 음악과 섹스의 결합을 과감하게 시도한다. 그리고는 이번에는 미국에서 사기를 시작한다.

1965년 1월 미국에서의 첫 전시회에서 샤롯 무어먼은 백남준의 기획에 따라 '성인만을 위한 첼로소나타 1번'을 연주하면서 차례로 상의를 하나씩 벗어 누드가 된다. '생상의 주제에 의한 변주곡'에서는 얇은 가운을 입고 생상의 작품 '백조'를 연주하다가 옆에 있는 물통에 들어가 젖은 몸이 된다. 1967년 2월 뉴욕에서 상의를 모두 벗은 채로 '오페라 섹스트로니크'란 작품을 연주하던 무어먼이 하의까지 벗으려 하다가 경찰에 의해 중지당한다. 이런 일련의 작업도 좋게 보면 끊임없이 새 것을 찾아내는 백남준의 예술적 창작정신의 소산이지만, 뒤를 뒤집어보면 무언가 센세이셔널한 것을 통해 갓 입문한 뉴욕문화계에 빨리 이름을 알리려는 고도의 계산이 깔려있기도 했다. 그 뒷면에 영주권이라는 게 있었단다.

"나는 당시 영주권이 없어 체포되면 큰 일이야. 여자는 계속해 체포될 것이고.... 예술은 어차피 난봉꾼이니깐 어느 정도 놀아

 | 메멘토 모리 죽어서 살아나다 |

나야 사회적 물의를 일으켜 고십이 되는 거고, 그렇게 해야 유
명인 인물 속에 들어가는 거지. 유명 인물 속에 들어가야 추방
당하지도 않잖아?"

　그가 문제를 해결하는 방법은 이런 식이다. 남들이 생각하지 못했
던 기상천외한 사기를 치는 것이다. 순진한 미국인들이 어찌 그의 사기
를 알아챌 것인가? 그러나 이런 와중에서 백남준의 관심은 텔레비전에
쏠리고 있었다. 그의 텔레비전 작업은 두 가지였다. 하나는 TV를 소재
로 써서 조각작품처럼 세우거나 눕히는 등 진열하고 전시하는 일이었
다. 또 하나는 TV의 화면자체를 변형시키거나 화면에 이미지를 첨가
시켜 새로운, 예술성이 강한 화면을 만들어내는 것이었다. 이를 위해서
백남준은 예술가이면서도 기술적으로 중요한 공헌이 되는 비디오합성
기를 세계최초로 개발해 낸다. 앞에서 로봇을 함께 만들어 낸 그의 일

본인 친구인 전자기술자 아베 슈와와 몇 년 동안 함께 연구한 결과다.

그런데 우리가 소설을 쓸 때에 나오는 용어로 「의도의 오류(Intentional fallacy)」라는 용어가 있는데, 글을 써 내려가다 보면 자신도 모르는 글이 나온다는 것이다. 백남준 씨도 그런 경우일까? 의도의 오류적인 결과 이라고 설명할 만한 현상이 생겨난다. 비디오예술이 본격화하면서 백 남준이 보여주는 비디오작품이 그의 특기인 음악뿐 아니라 무용, 종교 등이 포함된 종합예술로 확대, 발전되며, 단순한 화면장난에 머무르지 를 않고 현대문명을 역설적으로 비판하는 메시지를 담아내기 시작한 것이다(말이 그렇지, 어디 자기도 모르는 사이에 그런 메시지가 나왔겠는가? 미리 다 계획하고 준 비해서 나온 것이겠지).

예를 들어보자.「Suite 212」(조곡 212)라는 비디오작품에 포함된 '뉴욕 팔아먹기(Selling of New York)'를 보자. 배경화면은 고층건물이 즐비한 뉴욕 의 밤거리, 알 카포네의 똘만이를 연상시키는 검은 모자를 쓴 세 명의 괴한이 걸어 나온다. 그런데 자세히 보니 이들은 괴한(怪漢)이 아니라 미 녀다(중국한자에서 漢은 남자의 뜻을 갖고 있다). 그들은 알 카포네의 부하들처럼 능숙한 동작으로 기관단총을 들어 올리며 관중들을 향해 발사한다. 그 런데 거기서 나오는 것은 총알이 아니라 아름다운 꽃이다. 그 전에는 여성의 미끈한 다리 사이로 텔레비전 화면에 성적으로 좌절한 남자의 독백이 계속 나온다. 섹스와 돈, 폭력에 얼룩진 현대문명 속에서 황폐 화해 가는 인간성을 되찾기를 강력히 희구하는 패러디이다.

70년대 후반에 접어들면서 시작된 이른바 비디오 조각(video sculture) 또는 비디오 인스털레이션(video installation) 방면에서 그는 다시 천재성을 유감없이 발휘한다. 75년 뉴욕의 르네 블록화랑에 처음 등장한 TV-붓

| 메멘토 모리 죽어서 살아나다 |

다가 그것이다. 앉은 자세의 부처가 그 앞에 놓인 텔레비전에 비쳐진 자기모습(폐쇄회로 카메라로 잡아서 부처 앞의 텔레비전 수상기에 집어넣은 것)을 말없이 바라보는 조각이다. 여기에는 동양과 서양, 전통과 현대가 절묘하게 결합돼 있어서 격찬을 받았다.

76년에 발표한 작품 '달은 가장 오래된 TV'라는 작품은 어두운 공간에 있는 12대의 텔레비전이 수상기조작에 의해 각기 차례로 커지는 달의 형상을 재현해 놓은 것이다. 텔레비전이 동양적 명상과 신비로움의 세계를 표현할 수 있는 훌륭한 조각 소재임을 입증했다. 78년에는 프랑스의 퐁피두 문화센터에서 수많은 나무와 풀 사이에 텔레비전 수상기를 눕혀 늘어놓는 TV-정원을 발표해 또다시 갈채를 받는다.

의도의 오류가 있었던 것은 아닌가? 뉴욕의 작업실을 찾아갔을 때에 나는 백남준 씨에게 물었다. 당신 작품에 동양사상이 깊게 나오는 것은 어떻게 된 연유인가?

"자연히 나온 것도 있고 또 서양에는 없는 것이니까 그 편견에 맞추기도 하고. 전시장에 가 보았더니 벽이 비어있어 그림도 쑥스럽고 그래서 생각하다가 문득 부처님이 자기를 보면 되겠구나 라고 생각이 들었지.. 그런데 골동품가게를 지나다보니 부처가 눈에 띄었지. 그게 400불밖에 안 준 거야. 아주 훌륭한 골동품인데. 아 나중에 그걸로 2만 불을 받았걸랑. 두고두고 기분이 좋아!"

드디어 그는 미국인들, 아니 뉴욕에 모여 있는 세계인들을 사기 칠 수가 있었다. 1982년 미국의 대표적 미술관인 휘트니 미술관에서 대규모 회고전을 열어준 것이다. 휘트니 미술관이 그의 회고전을 열어준다는 것은 그의 일거수일투족, 그가 만들 작품들, 그의 기발한 행동들이 이미 예술적으로 상당한 경지에 올라서 있으므로, 그를 되돌아보고 그 의미를 되새겨봐야 한다는 뜻일 게다.

그 이후 그는 이제 굳이 사기를 치려고 하지를 않아도 저절로 유명해졌다. 프랑스가 초청하고 독일이 그를 초청한 것이다. 82년 말부터 이듬해 부활절까지 반년동안 프랑스의 퐁피두 문화센터에 384대의 수상기를 눕혀놓고 전시한 '삼색비디오'전은 TV를 이용한 인스탈레이션 작업의 분수령을 이루었다. 프랑스국기를 상징하듯 삼색의 색조로 나누어진 텔레비전이 퐁피두센터의 넓은 전시장을 채우며 휘황하게 빛났다. 프랑스뿐만 아니라 유럽의 화제를 몰고 온 문화적 사건이었다.

관객들은 황홀하다는 반응, 잘 모르겠다는 반응, 이게 예술인가?라는 반응 등 다양했다. 그러한 반응에 대해서 백선생 왈:

"이것은 물론 예술이지. 그것도 고등예술이야. 사람들을 이끌어 올리기 때문이다."

그러나 그의 사기는 이제 지상에만 머물 수가 없었다. 퐁피두센터의 성공에 뒤이어, 미국과 프랑스, 독일, 일본 등에서 인정을 받기 시작

 | 메멘토 모리 죽어서 살아나다 |

한 그 순간부터 그는 서로 떨어진 각 나라를 잇는 사상 최대의 예술작품을 만들어 팔아먹자는 아주 기발한 착상을 하게 된다. 그것은 곧 막 실용화되기 시작한 위성을 이용한 아트, 곧 새틀라이트 아트라는 것이다.

그 첫 작품이 이 글 맨 앞에서 언급한 '굿모닝 미스터 오웰'이다. 미국 뉴욕과 프랑스 파리 등을 위성으로 연결해 양쪽의 대표적인 전위예술가들이 벌인 첨단예술쇼다. 조지 오웰이 예언했던 전체주의가 도래하는 새해, 그가 예언한대로 텔레비전은 과연 인류의 생활을 감시하는 나쁜 도구인가? 텔레비전을 일찍부터 예술의 도구로서 긍정적인 면에서 제일먼저 활용해 온 백남준씨로서는 결코 인정할 수 없는 잘못된 전제였다. 그것을 메시지로 해서 전 세계에 신TV문명의 도래를 알리는 지구대축제였다. 이 위성쇼는 사실 위성사용료 등 15만 달러(22년 전의 가격이다)라는 많은 돈이 드는 잔치로서 미국의 공영방송에게 백남준이 돈을 모아 대어주는 방식으로 해서 어렵게 성사된, 그러나 그때까지 겨우 기술적으로만 태동한 상태였던 위성방송을 최초로 예술적으로 활용시킨 기념비적인 행사였다.

"84년에 대해서 조지오웰은 나쁘게만 봤지. 실제로 그런가? 나는 텔레비전으로 그의 예언이 이미 틀렸다는 것을 보여주고 싶었어. 막상 위성방송에 들어가니까 중간에 새틀라이트가 깜빡거리는 거야. 그 때 정말 아슬아슬했지. 그러나 어쨌든 대성공을 거둔 거야. 정말 기분이 좋았어. 지금 생각해도 일생의 쾌거라고 할 만해..."

"존 케이지와 요셉 보이스는 친구였지만 한 번도 둘이 함께 공연한 적은 없었어. 요셉 보이스와 알렌 긴즈버그도 적극적인 정치 참가, 뜨거운 퍼포먼스, 철저한 반핵·자연주의, 거의 동연대의 로만티스트라는 공통점이 많은 예술가들이었지만 한 번도 만나지 않았지. 하늘의 스타들, 예를 들어 화성이라든가 토성, 견우나 직녀들은 주기적으로 만나지만 지상의 스타들은 좀처럼 만나지 않는다. 이것은 인류에게 있어서는 큰 손실이 아닐 수 없어. 이 스타들이 위성이라는 새로운 문명의 이기를 통해서 만나게 했다는 거야."

위성예술쇼 '굿모닝 미스터 오웰'이 성공한 이후 백 선생은 84년 6월 30일 한국에 와서 우리 국민들과의 만남의 시간을 가졌다. 그는 가는 데마다 화제의 연속이었다. 백 선생은 KBS 본관 4스튜디오에서 문화예술인, 시민들과 대화를 가졌는데, 사람들의 관심은 '예술이 사기다'라고 한 그 말의 진정한 의미가 무엇인지에 쏠려 있었다. 백 선생의 대답은 당시까지만 해도 예술의 순수혈통주의에 머물러 있던 국내 예술계에 폭탄과 같은 효과를 주었다. 그와의 대화는 90분짜리로 편집돼 나갔는데, 높은 관심 때문인 듯 90분이 오히려 짧았다는 느낌이었다.

그 해 가을 마침 독일 뒤셀도르프에서는 당시 세계를 막 흔들기 시작한 독일 중심의 신표현주의 작가들이 대거 초청된 현대미술제가 열렸고 여기에 백 선생이 초청된 것은 당연했다. 백 선생은 여기에 본격적인 비디오 조각을 선보였는데, 튼튼한 철근으로 갈때기 모양을 만들

| 메멘토 모리 죽어서 살아나다 |

고 거기에 텔레비전 수상기를 차례로 올려 일종의 비디오 깔때기를 만든 것이었다. '메쎄'라고 불리는 거대한 전시장 한 가운데에 달려있는 그 작품은 수상기에서 번쩍거리며 돌아가는 비디오 화면들로 해서 전시장을 압도하고 있었다. 그 때 이 전시회를 취재하고 또 당시 세계를 흔들던 행위예술의 대가 요셉 보이스를 만나 인터뷰한 것들이 합쳐져서 그 해 연말에 '굿바이 미스터 오웰'이란 프로그램으로 KBS 1TV에서 방송되었다.

84년의 성공이후 86년에는 뉴욕, 도쿄, 서울을 잇는 위성쇼 '바이바이키플링'을 만들어 방송했다. 인도출신으로 영국에서 활동한 소설가이며 시인인 루드야드 키플링(Kipling, Joseph Rudyard, 1865.~1936)의 시,

"동은 동, 서는 서, 그들은 결코 만나지 못하리..."

에 대해 위성을 이용한 댓귀(對句)를 쓴 것이다. 아시안 게임의 마라톤 경기를 축으로 해서 그 속에 동과 서의 모든 사상과 문화를 꿰어 넣음으로서 이번에는 동과 서가 서로의 마음을 열고 만나도록 한다는 뜻이었다. 당시 내가 연출을 맡은 이 프로그램은 아시안 게임 마라톤 경기를 직접 쓰는 것이어서 마라톤 경기와 동시간에 진행되었는데, 국내에서는 마라톤 게임이 끝난 뒤에 녹화로 방송을 하였다(이 때의 국내 반응은 그리 좋지는 않았다. 마라톤의 우승을 일본 선수가 했다는 것도 있었을 것이요, 마라톤이란 행사를 축으로 하다 보니 거기에 삽입된 것들이 84년 초의 '굿모닝 미스터 오웰' 때보다 꽉 짜여져 있다는 느낌이 덜했기 때문이리라. 그러나 84년의 것이 미국과 프랑스만을 연결하는 것이었다면 이번에는 연

다시 88년에는 서울 올림픽을 기념해서 "wrap around the world"라는 위성잔치를 열었다. 우리말로 지구를 싸는 보자기라는 뜻, 한국, 미국, 일본뿐 아니라 소련, 독일, 중국, 그리고 이스라엘까지를 연결하는, 그야말로 지구전체를 문화예술의 보자기로 둘러싸는 가장 큰 지구문화잔치를 직접 지휘함으로서 역사상 가장 넓은 지역에 예술작업을 펼친 예술가로 기록되게 됐다. 그의 예술은 이때 비로소 새틀라이트 아트, 곧 인공위성을 이용한 예술, 나아가서는 스페이스 아트, 곧 時空藝術이란 가장 높고 넓은 차원의 예술이름을 부여받게 된다. 그야말로 그의 말대로 "새로운 콘택트가 새로운 콘텐트를 부르고 새로운 콘텐트가 새로운 콘택트를 부르는 문명의 피드백"이 그에 의해서 실현되어 가는 것이다. 이쯤 되면 더 이상 그를 사기꾼이라고 비난 할 수가 없게 되었다. 그의 사기는 너무나 완벽했고 너무나 앞서갔고 너무나 기상천외해서 보통사람들이 생각할 수가 없었던 것이다.

84년의 쇼가 그를 둘러싼 많은 전위예술가들의 잔치라는 비교적 제한된 성격의 쇼였다면, 88년의 지구축제는 당시 이미 시작된 이념의 해체에 따른 국경과 장벽의 와해를 텔레비전이라는 강력하고도 광범위한 매체로 촉진시켰다는 점에서 보다 넓고 보편적인, 그러면서 동시에 정치사적인 의미도 많았던 행사였다. 그의 예술은 이미 인류전체의 비전을 제시하고 있었던 것이다. 그것은 지금까지 아무도 시도하지 못했던 던 전 인류의 예술잔치였다.

이러한 그의 성취는 그의 재능과 노력에 의한 당연한 결과이지만, 그가 일찍부터 그의 예술적 야망을 성취하기 위해 서울을 떠나 일본, 독일, 미국 등으로 차례로 옮겨온 과정을 더듬어 보면 옛날 유라시아의 광대한 벌판을 누비던 우리 선조들의 피가 몸 속에 흐르고 있기 때문은 아닌가? 그는 그 자신이 부인하던 말던 세계의 예술계를 흔들고 일반 시민들을 예술이라는 영역 속으로 쉽게 불러들인 예술의 영매, 곧 무당이었던 것이다. 그러나 그동안 우리에게 비춰진 백남준의 모습만 보느라 그의 본 모습을 보지 못했다.

88년 위성예술쇼 이후 백남준씨는 텔레비전 로봇이라는 새 작품시리즈를 꾸준히 발표하고 있는데, 이 작품들은 미국과 유럽의 주요 미술관에서 수없이 소장하고 있다. 뉴욕에 있는, 세계에서 두 번째, 미국에서 첫 번째로 지은 영상박물관의 입구에 백남준씨가 만든 판화와 텔레비전 자동차가 장식하고 있다. 뉴욕이 자랑하는 세계금융센터 내 미술관에도 백남준씨의 작품이 있다. '파티씨페이션 티비(participation TV)' 곧 참여하는 텔레비전이란 제목으로 관객이 마이크에 대고 소리를 내면 TV화면이 바뀌는, 그래서 자기 목소리를 눈으로 볼 수 있는 비디오조각이다. 워싱턴의 스미소니안 박물관도 백남준의 가장 최근의 레이저 작품을 1997년 여름부터 넉 달 동안 전시해주었다. 또한 70년대 백남준씨가 비디오작업을 할 때 미국과 독일 방송국이 그의 작품을 방송한 것과는 별도로 90년대 이후에는 그의 예술세계를 본격 조명하는 특집 방송이 미국, 프랑스, 독일, 벨기에, 이탈리아, 일본 등에서 잇달아 방송되고 있다. 그를 더 이상 사기꾼으로만 치부해버릴 수 없는 그 무엇이 그의 예술세계에는 있는 것이다.

현대의 매스커뮤니케이션은 인간을 획일화하며 독자적인 사고를 제약하고 행동이나 의욕, 또는 창의력을 상실케 했기 때문에 이른바 틀에 박힌, 획일화된 인간을 만들었다. 예술은 비인간화된 기술 때문에 고갈된 생명력과 에너지를 다시 한번 부활시켜야 한다. 현대의 대표적인 사회학자인 루이스 멈포드는 이렇게 말한 바 있다. "우리가 예술가를 존경하고 우대하는 것은 그들이 우리 범인들이 갖지 못한 창조의 에너지를 갖고 있기 때문입니다." 멈포드가 말한 그러한 창조의 에너지가 백남준에게 있었던 것이다.

64년 독일에서 미국 뉴욕으로 건너온 이후 백남준은 뉴욕에서도 예술가의 거리로 알려진 소호에 30여 년 동안 살았다. 소호의 허름한 창고식 건물 4층이 백남준씨가 작업실로 쓰고 있는 곳이었다. 1992년 7월 나는 텔레비전 기자로는 처음으로 그의 작업실을 방문할 수 있는 특권을 받았다.

실내는 예상대로 어지러웠다. 벽 쪽으로 텔레비전 몇 대가 무언가를 비추고 있고, 어항이 있어서 금붕어가 텔레비전 앞에서 놀고 있었다. 벽에는 물감을 덕지덕지 바른 화판들이 서 있었다. 그 화판에는 장난감처럼 만든 조그만 텔레비전이 장식으로 붙여져 있었다. 마치 어린

 | 메멘토 모리 죽어서 살아나다 |

아이들 소꿉장난을 하는 것 같았다.

　백남준씨는 우리에게 피아노 연주를 해주었다. 그런데 곡명도 없는 제멋대로의 즉흥적인 연주였다. 피아노를 치는 것은 손이 아니라 조그만 비디오카메라다. 카메라로, 건반을 마구 때리는 장면이 피아노 위에 있는 텔레비전에 비치도록 되어 있다. 피아노의 건반은 제대로 남아 있는게 없을 정도이지만, 이 피아노는 백남준이란 한 엉뚱한 예술가에 의해서 그의 본래 갖고 있던 제한을 벗어나서 소리만 내는 것이 아니라 볼 수도 있는 희귀한 피아노가 되어버린 것이다..

"이거 음악사에 남을 거야. 잘 하면 틀림없이 음악사에 남겠지...."

　그러나 실제로 백남준은 피아노를 아주 잘 치고 있었다. 방송에서 클래식 음악을 설명해주는 유명한 디스크자키인 김세원씨의 아버지 김순남 작곡의 초혼을 연주하는 그의 손은 빨랐다. 그의 손은 피아노 건반의 까만 쪽을 능숙하게 타면서 12음계에 바탕을 둔 묘한 화성과 멜로디를 재현해내고 있었다.

　백남준은 1940년 대 후반 김순남, 이건우 등의 음악가들로부터 당시로서는 첨단음악가인 쇤베르크를 배우게 되고 이를 작곡에 응용했을 정도로 일찍부터 세계에 눈을 돌리고 있었다. 그는 특히 김순남씨의 음악세계를 높이 평가하면서, 그가 이북으로 끌려가 그의 재능이 꽃피지 못한 것을 한국 문화계의 큰 손실이라고 아쉬워하고 있다.

"날 자꾸만 서양에서 다 배운 사람인 줄 아는데, 난 사실 내 인생을 결정지은 사상이나 예술의 바탕은 이미 내가 한국을 떠나기 전에 한국에서 모두 흡수한 거거덩. 우리나라 일제 시대에 한국 예술가들의 수준이 서구라파나 일본의 아방가르드적 수준에 조금도 뒤지지 않았단 말이지. 난 쇤베르크나 스트라빈스키도 이건우 선생한테서 유학 가기 이전에 다 배운 거구, 신재덕 선생이나 이건우 선생 같은 분이 가르쳐주신 수준이나 내가 김순남 선생을 사사한 수준이 내가 독일 가서 작곡가 노릇을 할 수 있었던 바탕을 다 만들어 주셨던 거거덩. 역사는 자꾸 단절적으로 보면 안 돼. 우리는 일제 시대 때에 문화도 전통문화고 서양문화고 다 높은 수준으로 그대로 가지고 있었거덩. 난 그걸 흡수한 거야. 그리고 내가 내 속에 가지고 있었던 전통문화하고 서양의 아방가르드가 결국 비슷한 거라는 것을 나중에 발견한 것뿐이지."

나는 백선생과의 인터뷰를 마감하면서 보통의 기자들이 그렇듯이 좀 멋있어 보이는 말로 질문을 했다. 시대가 바뀌면 예술가의 역할도 바뀌는데 여기에 대해서는 어떻게 생각하느냐고?

"루벤스 시대의 뛰어난 화가는 임금 얼굴을 잘 그리는 것이고 현대에 오면 사람들에게 재미를 주는 거지. 결국 예술은 엔터테이너라고 할 수 있겠지. 지루한 일상에 재미를 던져주는 것, 사람들에게 무언가 할 거리, 볼거리를 만들어주는 거야. 요즈음

   | 메멘토 모리 죽어서 살아나다 |

을 보라고. 우리 주위에 어디하나 부족한 게 있냐고. 21세기는 살 물건이 없는 시대야. 뭐든지 다 있거든. 그러니까 무언가 할 것을 만들어 줘야 하는 거야. 예술가는 욕망의 창조자가 되어야 하는 거지."

백남준은 나와 만난 지 한달 뒤인 1992년 8월 국립현대미술관이 그의 회갑을 기념해서 마련한 전시회를 위해 한국을 방문해서 철학자이며 한의학자인 도올 김용옥선생과 얘기를 나눌 기회가 있었다. 국립현대미술관에는 '다다익선'이라는 조각작품이 있지 않은가? 개천절을 기념해서 10월 3일을 상징하는 1,003대의 텔레비전 수상기가 설치돼 있는 곳이다. 그 설치작품의 설계도 중요한 데 건축가 김원 씨가 미국 구겐하임 미술관의 나선형 계단을 살린 국립현대미술관의 구조를 감안해서 멋지게 설계했다. 그 자리에서도 같은 내용을 이야기했다.

"컴퓨터문화가 점점 증대되면 인간의 할 일이 없어진다. 생산은 많아지는데, 소비는 한정된다. 여태까지는 이런 잉여를 처리하는 가장 좋은 방법이 전쟁이었다. 그런데 이젠 전쟁도 쉽게 할 수가 없다. 그러면 인간의 삶에 있어서 삶의 이기의 모든 것이 포화되어 버린다. 냉장고도 다 사버리고 ,자동차도 다 사버리고, 이제 이런 건 20년이면 끝난다. 피시도 얼마 못 가서 다 팔아먹고 새로 팔아먹기가 어렵게 된다. 무슨 지랄을 해 본들 인간의 소유는 한정이 있다. 그럼 이런 상황에서 예술이란 뭐냐? 폭력적 결과를 초래하지 않는 소비를 조장시키는 일이다. 전쟁 백남준, 그는 누구인가?

적어도 그는 시대가 낳은 천재적인 사기꾼임에 틀림이 없는 것 같
다. 그렇지 않다면 그가 결코 우연이나 요행으로 이처럼 세계정상급 예
술가로 결코 올라설 수 없을 것이다. 그는 예술을 너무 심각하게만 보
기보다는 인생의 양념이라고 보고, 갖가지 양념을 뿌려주는 사람이었
다. 그러면서 역사에 대한 통찰과 반성, 그리고 현대문명에 대한 비판
과 풍자도 담아내고 있었다. 그의 사기는 멋지게 성공했다.

그의 사기는 지칠 줄 모르는 사기꾼의 기질에 의해 무한대로 뻗어
나갔다. 좁은 무대나 전시장에서부터 나라를 건너 우주로 올라갔고, 다
시 빛의 궁극적인 형태인 레이저를 예술에 도입해서 새로운 재미를 주
는 영역으로 들어가고 있다. 그렇게 재미를 주는 예술가로서 그는 그에
게 맡겨진 임무를 누구보다도 잘 수행했다는 것이다. 그는 사기를 치
되, 남에게 해를 주는 사기를 치지 않았다. 그의 사기는 결과적으로 사
람들에게 새로운 볼거리, 들을 거리를 주고 사람들을 즐겁게 한 사기
였다. 그는 결국 이로운 사기꾼이었다. 또한 아무도 모방하지 못할, 아
무도 추종하지 못할 기상천외한 사기를 계속 터뜨려 왔다. 그런 사기꾼
도 쉽지는 않을 것이다. 그의 재능을 현실화시켜준 탐구와 모험심, 그
의 꿈은 30년이 훌쩍 지난 요즈음 가라오케와 뮤직TV, 광고 등 3차 산

업과 컴퓨터 산업에까지 현실로 활짝 꽃피고 있다. 그런 그의 사기의
바탕에 바로 우리들이 지켜온 한국어, 한국적 사상, 한국적인 자연관이
바탕에 깔려 있다. 그것은 기술을 극복해 인간 옆으로 끌고 오는 것이
다. 기술을 인간들에게 더욱 재미있게 하는 것이다.

세계 정상의 예술인으로서 현대 세계미술사에 유일하게 등재된 한
국인예술가인 백남준,그가 회갑을 넘고 고희를 넘어서면서 과거를 때
려 부수는 문화의 테러리스트로서가 아니라 인간에게 꿈과 희망을 주
는 긍정적 예술가로 재평가 받았고, 동시에 그런 작품세계를 보여주었
다. 그는 평생 동안 결코 가만히 앉아있지 않는 예술가였기 때문이다.

뉴욕의 그의 아파트는 저택이 아니었다. 단순히 몸만 누이는 잠자
리일 뿐이다. 그는 자고 일어나면 뉴욕타임즈를 들고 작업실로 나와서
숙독을 한다. 그 속에는 지구와 세상이 돌아가는 온갖 이야기가 다 들
어있다는 것이다. 그 속에는 예술과 문화전반에 대한 수준 높은 비판이
다 들어있다는 것이다. 그를 사기꾼이라고 말했지만 그 사기는 자신의
배를 불리기 위해서 친 것이 아니다. 어쩌면 사기꾼의 기본은 사기를
치지 않으면 좀이 쑤셔서 못사는 사람들일 것이라는 생각이 드는데, 백
남준 씨도 그의 몸 속에 들어있는 그 재능과 통찰력과 창조적인 아이디
어가 그를 가만히 놔두지 않아서 일생동안 그 많은 변신과 창조를 해내
고 있는 것이라는 생각이다. 그가 자녀를 두지 않은 까닭에 다른 예술
가들처럼 재산을 축적할 필요가 없다. 남겨주어야 할 대상이 없기 때문
이다. 그의 창조적인 아이디어를 받쳐 줄 만한 돈이면 족했다. 사실 백
선생을 그처럼 여러 번 만났지만 식사한번 제대로 변변하게 얻어먹은
적이 없다는 점을 보면 알 수 있다. 그는 돈을 모르는 사람이다. 그 점

이 백남준을 더욱 순수하게 만들고 그것이 그의 아이디어를 계속 샘솟게 해 주는 지도 모를 일이다.

라는 말로 인생에 있어서의 매 순간의 의미, 매 순간의 최선의 노력의 중요성을 강조해 온 백남준. 남들이 하지 못한 비디오아트뿐이 아니라 새틀라이트 아트, 스페이스 아트를 해 내고 레이저를 통한 새로운 세계까지 열어간 백남준, 그에게 일본인들이 주는 노벨상이라는 교토상이 주어졌다. 상이라는 것은 평생 그가 해 온, 하려고 해 온 작업들이 상을 받을 의미가 있다는 점을 확인시켜주는 것 정도일 것이다. 그러나 그 상을 받기가 쉽지 않은 터에, 그만한 상을 받기 위해서는 인류에 기여하는 바가 있어야한다는 당연한 현실 앞에서, 백선생의 수상은 더욱 값지다고 하겠다. 그는 진즉부터 한국인이 아니라 세계인인 것이다.

내가 북경에 특파원으로 가 있을 때에 백남준 씨는 쓰러졌다. 마음대로 다니지를 못하고 꼭 휠체어를 타고 다녀야 했다. 다행히 많이 회복이 된 1997년 10월 24일 워싱턴에 있는 스미소니언박물관이 그를 위해서 조그만 자리를 마련했을 때에 휠체어를 타고 나와 우리를 안심시켰다. 젊을 때와 달리 그는 말년에 무척 나이 들어 보였다. 수염이 덥수룩한 그의 모습은 가장 친하고 존경했던 예술적인 동반자 존 케이지의 만년의 모습과 비슷했다. 그가 60을 넘기며 주역의 한 바퀴를 몸으로 살아서 그런지 얼굴에는 예전에 보던 혈기가 덜 느껴졌다. 그러나

 | 메멘토 모리 죽어서 살아나다 |

눈은 더욱 빛나고 있었다.

그러한 그가 이제 이 세상을 하직하고 하늘로 올라가셨다. 그의 맑은 눈은 창공에 두 개의 쌍둥이별을 더해주었다. 그 별을 타고 그는 꿈에도 묻히고 싶어 하던 그리운 조국으로 그의 몸의 일부가 돌아와 있다.

1983년 연말, 이원홍 사장의 '느닷없는 명령'에 의해 생판 모르던 백남준을 국내에 처음 소개하기 위해 당시 보도국 문화부 기자들이 했던 고생이 지금도 눈에 선하다. 우선은 백남준이 누구인가를 알리는 프로그램을 만들어야 했는데, 아무런 비디오도, 뚜렷한 작품도 국내에는 없지 않은가? 사람들에게 수소문하고 특파원들을 동원해서 구름 속에서 하나의 인물을 꺼내어 땅으로 내려놓는 작업이었다. 지금은 다 유명 인사로 활동하시거나 활동하셨던 당시 박성범 파리 지국장(전 국회의원)과 김기덕 뉴욕특파원들이 애를 쓰셨다. 뉴욕 출장 중이던 강대영(전 KBS부사장) 선배는 뉴욕 WNET에 가서 프로그램 진행 대본을 받아왔는데, 팩시밀리도 없는 시대가 아니던가, 할 수 없이 텔레타이프로 그것을 모두 쳐서 보내었다. 여기서 받아보니 의미를 알 수 없는 용어들이 나온다. 중간에 'BREAK DANCE'라고 표시돼 있는데, 이게 무엇인지 알 수가 없었다. 누구에게 물어볼 수도 없었다. 그래서 나는 멋대로 '아 우리 방송 용어로 말하는 스테이션 브레이크, 곧 프로그램과 프로그램 사이를 메우고 연결해주는 댄스인가 보지"라고 생각했다. 그런데 그것이 바로 당시 국내에는 소개가 되지 않았던 브레이크 댄스였다. 나중에 이 이야기를 백 선생께 하니까 정말로 배꼽을 잡고 웃는다. 그것도 문화적 차이에 의한 충격이라면 충격이었다.

특파원만이 아니라 당시 문화과학부에 근무하던 기자들이 한 코너씩을 맡아 그의 예술세계를 다각적으로 조명해 주었다. 이동근, 김청원, 강갑출 등 지금은 다 중견언론인이 된 기자들이 주인공들이다. 모두 '없는 그림'(관련된 화면이 없다는 뜻)이지만 최선을 다해서 만들었다. 타이틀을 어떻게 할까? 지금은 음악효과를 담당하시는 분들에게 작곡을 의뢰하면 되지만 당시는 그런 개념이 없었다. 고심 끝에 화면은 불꽃놀이하는 화면과 전자파같은 화면을 합성했다. 타이틀 음악도 헨델의 음악 왕궁의 불꽃놀이와 전자음악을 믹싱했다. 화면과 음악 모두가 같은 개념의 믹싱이었다.

위성생방송 한 시간 전부터 한 시간동안 진행되는 이 프로그램을 누가 이끌어 갈 것인가? 고민 끝에 조각가인 최효주 씨를 선정했다. 최효주 씨도 갑자기 맡다보니 그 내용이 궁금했다. 당시 연말이라 초를 다투는 싸움이 연일 계속됐고 일주일 전부터는 나는 아예 집에도 가지 못하고 회사에서 밤을 새며 다른 사람들이 읽고 만들어준 내용들을 다시 손보며 자막이랑 내용정리를 해야 했다. 그 때 그 작업을 옆에서 지켜보던 최효주 씨가 안타까운 듯 매우 미안한 표정으로 졸고 있는 나를 깨워주던 정경들이 눈에 아직도 선하다. 그리고는 드디어 2시간 생방송 제1부 '백남준은 누구인가' 제2부 '굿모닝 미스터 오웰', 정신 없이 두 시간을 진행하고 나서 허탈한 가운데 1984년이 밝았다. 그리고 그 이후는 이미 알려진 그대로이다. 그 모든 것이 이제 과거라는 시간 속으로 묻히고 있다.

1984년 초에 맺어진 백 선생과의 인연은 6월 말의 귀국, 그리고 그 해 여름 미술가 이우환 씨를 취재하러 일본에 갔다가 우연히 아침에 호

 | 메멘토 모리 죽어서 살아나다 |

텔에서 만나는 것으로 이어졌다. 그리고는 가을에 뒤셀도르프에 가서 만났고, 86년 아시안 게임의 위성쇼 '바이 바이 키플링'을 만드는 것으로 해서 대강 끝난 것으로 알았다. 그 이후부터는 제작PD쪽에서 이런 작업들을 받아가서 했기 때문이다. 그런데 다시 백남준 선생이 회갑이 된 1992년 그의 예술세계를 조명하자는 이야기가 회사에서 나왔는데, 백 선생의 제의로 내가 다시 뽑혀 뉴욕에 갔다. 당시 문화부 차장으로서 바쁜 일정 때문에 뉴욕에는 불과 사흘동안 머물면서 백 선생의 스튜디오에 처음으로 들어가 볼 수 있었다. 그 때의 취재물이 그 해 여름 한 시간짜리 프로그램으로 방송되었다.

선생을 마지막으로 만난 것은 2000년 여름이었다. 미국 CNN의 초청으로 뉴욕을 들를 기회가 있기에 무턱대고 그 스튜디오를 찾아갔다. 그 때 휠체어에 앉아있는 상태로 백 선생을 만났다. 부인인 구보타 시게코 씨도 좋아했다. 그것이 벌써 13년 전의 일이다. 이제 선생은 갔지만 선생이 남긴 작품은 세계 곳곳에 퍼져있다. 고인의 부음 소리를 듣고 집안 서재에 보관중인 당시 '굿모인 미스터 오웰'의 텔렉스 원고와 진행원고를 꺼내어 본다. 간간히 보내주었던 스케치 성 작품들을 꺼내 본다. 벌써 30년에 까까와지는 시간이 지났지만 모든 것은 바로 어제의 일처럼 느껴진다. 시간이라는 것은, 일단 과거로 들어가면 모두가 평면에 박히는 것인가? 왜 시간적인 거리감은 없어지고 모든 것이 다 어제 일처럼 느껴지는 것일까?

선생님! 긴 여행이 끝나셨군요. 긴 여행이지만 누가 표현대로 짧은 소풍이었지요? 그동안 힘드셨지요? 그러나 당신은 예술계에서 한국이란 이름을 비로소 세계에 알렸습니다. 한국인이 갖고 있는 많은 사상적인 깊이와 폭을 세상에 전해주었습니다. 인류에게는 새로운 예술을 통해 보다 새로운 재미를 선사했습니다. 다 그동안 무언가 만들려고 애를 쓴 덕분입니다. 사람들이 기존의 재료에 붙들려 있을 때에 그 재료를 뛰어넘었고 사람들이 지상에 머물러 있을 때에 선생님은 우주로 올라갔습니다. 사람들이 현재라는 시간에 매어 있을 때에 선생은 미래를 연결하는 시공 속으로 뛰어들었습니다. 그것이 당신을 현대의 가장 특이한 예술가로 자리매김하게 했고 세계가 당신에게 찬사를 보내도록 했고 세계가 당신을 기리도록 했습니다. 선생님을 기리기 위한 작업이 한국에서 열심히 펼쳐지고 있습니다. 당신을 기억하는 사람들이 점점 많아지고 있습니다.

이제 피곤했던 영혼을 누이고 편히 좀 쉬시지요!

사족

2012년 12월12일 미국 워싱턴 스미소니언 박물관의 어메리칸 아트 뮤지엄에서 백남준이 다시 살아났다. 백남준이 평소 보고 생각하던 것들, 그가 메모한 것들, 그의 구상을 밝혀주는 자료 등 아카이브(archive)들이 일반인들에게 보여지는 전시가 시작된 것이다. 무려 8개월 동안 이어지는 이 전시는 2006년 그가 세상을 뜬 후 어쩌면 점차 잊혀지고 있던 백남준을 미국과 세계인들이 어떻게 평가하고 있는가를 여실히 드러내주는 일이라 하겠다.

"20세기 전반에 피카소가 마치 기둥처럼 두 다리를 쭉 뻗고 서 있다면 백남준은 100년의 후반부에 있어서 모든 새로운 것의 중력의 중심이다. 우리들은 이제 겨우 그의 상상력이 얼마나 깊게 포용하고 있는지, 그것이 얼마나 우리 세계를 바꾸었는지 겨우 알아가기 시작하고 있다."

미국 스미소니언 어메리칸 아트뮤지엄의 브룬 관장의 이 말이야말로 백남준이 피카소이후 최대의 예술가이며 현대 예술의 창조자라는 점을 단적으로 설명하고 있다. 미국에서 먼저 시작됐지만 그를 기억하고 그의 탁월한 창조성을 한국을 넘어 21세기 전 세계에 구현하는 일, 그것을 위해 2012년 9월 백남준 문화재단(이사장 황병기)이 만들어졌다.

지난 5월 우리 문화계에 일대 사건이 일어났다.

박근혜 대통령이 2013년 5월7일 오후 미국을 대표하는 세계적인 전시교육기관인 워싱턴의 스미소니언에서 열리고 있는 백남준 자료전을 직접 관람하고 백남준의 가치를 한국과 미국, 그리고 전 세계에 직접 알린 것이다.

박근혜 대통령은 5월7일 버락 오바마 미국 대통령과 정상회담을 마친 후 스미소니언 박물관으로 이동해 스미소니언 박물관 3층의 백남준 작품 전시실을 둘러보며 웨인 클루 스미소니언 총재 등과 비디오아티스트 고(故) 백남준의 작품에 대해 대화를 나눴다. 이어 코곳 코트야드에서 한국전 참전용사 등과 함께 한·미동맹 60주년 기념만찬을 가진 자리에서 백남준이란 뛰어난 한국출신의 예술가를 특별히 언급하며 문화를 통해 새로운 시대를 열어가겠다는 의지를 밝혔다.

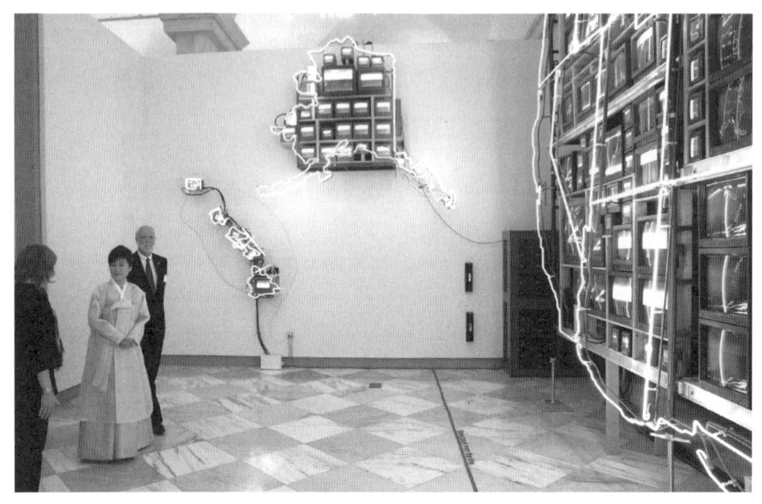

박근혜 대통령은 "오늘 이 스미소니언 박물관에서 한·미동맹 60
주년 기념만찬을 개최한 것 역시 미국과 한국의 문화를 공유할 수 있
어 뜻 깊게 생각한다"며 "문화가 세계인을 하나로 만들고 평화를 유지
시키는 데 중요한 역할을 한다"고 강조했다. 박 대통령은 고 백남준 선
생의 작품을 들어 "백 선생님의 작품은 가장 세계적이면서도 동시에 그
바닥에는 가장 한국적인 정서를 포함하고 있다", "한국의 케이팝(K-pop)
가수들과 문화는 언어와 인종을 뛰어넘어 세계인들에게 큰 즐거움을
선물하고 있다"고 언급하며 "한미동맹이 추구해야 할 궁극적인 지향점
도 전 인류의 행복에 기여하는 것"이라고 밝혔다.

박근혜 대통령은 이보다 앞선 5월 5일 뉴욕에서 우리 동포들과의
간담회 자리에서도 "비디오를 발명한 나라는 미국이고 그것을 소형화
해서 가정용으로 보급시킨 나라는 일본입니다. 하지만 집에서 녹화하
고, 영화 보는 일에 사용했던 비디오를 예술작품으로 만들어낸 나라는

    | 메멘토 모리 죽어서 살아나다 |

바로 우리 한국입니다. 이 곳 뉴욕에서 큰 활동을 하셨던 백남준 선생님이 그 주인공입니다."라고 백남준을 높이 평가하며 자신은 "IT와 과학기술을 중심에 두고 각 산업과 문화를 융합시켜서 지금까지 없었던 새로운 산업과 일자리를 만드는 창조경제를 통해 새로운 경제 패러다임을 만들어 갈 것입니다" 라며 백남준이 각종 예술장르와 기술을 창조적으로 융합해서 비디오예술이라는 새로운 예술장르를 꽃피운 것처럼 젊은 한국인의 창조정신을 일깨워 새로운 문화, 새로운 시대를 열어가겠다는 의지를 확실히 천명했다.

우리나라의 역대 대통령이 미국의 수도를 방문한 것은 수없이 많지만 이렇게 문화 행사를 정상의 중요행사로 설정하고 이를 직접 가서 보고 백남준을 새로운 미래를 여는 키워드(key word)로 제시한 것은 처음이다. 박근혜 대통령이 제시하는 문화 융성의 길이 바로 백남준이라는 뛰어난 한국 출신 예술가의 창조력을 활짝 키워나가는 데 있음을 선언한 것이라 하겠다. 그것은 그만큼 백남준의 예술과 생각이 시대를 뛰어넘는 예지력을 통해 새로운 문명을 열어간 선지자였음을 확인한 것이 박근혜대통령이 3대 국정지표로 밝힌 새 시대 문화융성의 핵심묘목으로 백남준을 지목한 만큼 이제 과제는 백남준이 과연 이 시대에 어떤 예술과 창조력을 보여주었으며 그것을 어떻게 자라나는 젊은이들에게 전해주어 그들의 창조력의 밑거름이 되게 하느냐 하는 것이 우리에게 맡겨진 과제이자 임무가 되었다. 또한 한국이 낳은 위대한 예술가를 더 많은 세계인들이 알고 기림으로서 한국과 한국문화, 한국인이 자연스레 높이 평가받을 수 있도록 우리들의 지혜와 힘을 모으는 일이 우리들에게 맡겨진 숙제가 되었다.

윤이상,
분단의 고통을 안고 간…

1995년 11월 03일

　8월이 되면 기억되는 사람이 세계적인 작곡가였던 윤이상 선생이다. 2년 후면 벌써 서거한 지 20년을 맞는다. 그동안 우리에게는 금기의 음악으로 인식됐던 윤이상 선생의 음악은 그가 세상을 떠난 뒤에야 우리나라에서도 비로소 본격 연주가 시작되었다. 2005년에 재일동포 지휘자로 윤이상의 교향곡 제1~3번의 일본 초연을 이끌었던 김홍재 씨가 '플루트와 소편성 관현악을 위한 협주곡'(1977)을 국내 초연했다. 그 해 8월 15일 예술의전당 콘서트홀에서 열린 광복 60주년 기념 음악회에서 코리안 심포니(지휘 장윤성)가 윤이상의 '오보에 협주곡'을 들려주기도 했다. 부산을 대표하는 민간 합창단인 한울림 합창단(단장 차재근)도

윤씨의 10주기 기일을 전후로 해서 부산. 김해. 통영에서 오라토리오 '나의 땅, 나의 민족이여!'를 국내 초연하기도 했다. 4명의 독창자와 합창. 관현악을 위한 42분 짜리 작품이다. 한반도와 한민족의 역사. 현실. 미래를 4악장에 담아냈다. 다만 윤이상의 삶을 담겠다며 의욕적으로 추진됐던 영화 '상처 입은 용'은 결국에는 만들어지지 못했다. 남북한과 독일 일본의 합작으로 만들어보겠다는 생각이었지만 각국의 사정 때문에 아직까지는 이뤄지지 않았다.

윤이상 선생은 독일 베를린 교외에 살았다. 1984년 3월 중순 그 집을 방문할 기회가 왔다. 전화를 드려서 인터뷰를 하고 싶다고 하니 의외로 응해주신다. KBS파리지국의 카메라특파원으로 나와 있던 김필건 선배와 함께 선생의 집을 찾으니 정원이 딸려 있는 아담한 주택이었다. 1층은 응접실, 2층은 작업실과 침실, 그리고 약간의 비탈을 파고 만든 반지하실이 있었다.

　이 만남은 거실에서만 이뤄졌다. 당시 다른 취재로 베를린에 갔다가 갑작스런 인터뷰 요청이지만 선뜻 응해주신 탓에 미처 세심한 준비를 하지 못한 채 급히 인터뷰를 했다. 동베를린 사건 이후 한국 언론들이 잘 찾지 않아서 텔레비전으로는 처음 회견을 하게 되었는데, 그 사건 이후의 심경과 자신의 음악세계, 한국에 대한 생각 등을 담담하고 솔직하게 털어놓으셨다. 당시는 서울 올림픽을 몇 년 앞두고 있었기에 필자는 서울올림픽에 음악가로서 참여할 의향이 있는지를 질문했고 이에 대해 윤이상 선생은 정부에서 초청을 해 준다면 기꺼이 응하겠지만 그때까지도 연락이 없노라고 응답했다. 윤 선생과의 인터뷰는 곧바로 서울에서 KBS뉴스파노라마 시간에 방송이 됐고, 많은 사람들이 윤이상 선생을 처음으로 화면에서 만나게 되었는데, 안타깝게도 당시 우리 문화당국에서는 윤 선생을 초청하는 문제에 대해 전혀 관심을 보이지 않았고 그래서 윤 선생의 올림픽 음악 참여는 무산됐다. 그러고는 윤이상 선생은 우리에게서 잊혀졌다. 서울은 민주화의 진통이 계속됐고 올림픽이 성공적으로 치러지면서 들뜬 국내분위기는 멀리 유럽에 있는 예술가들을 생각하게 하지가 않았다.

　그러다가 88년 가을 인사동의 한 화랑에서 이듬해 신년기획으로 재불화가 이응로씨를 초대한다는 소식을 들었다. 이응노씨도 윤이상 선생과 함께 동베를린 간첩단 사건에 연루돼 옥고를 치른데다가 윤정희 백건우 부부 납치의혹사건까지 겹쳐 우리들의 관심 밖에 있던 화가가 아닌가? 그런 미술가를 한국에 초대할 수 있다면 우리에게도 좋은 취재거리가 된다는 생각에 인터뷰를 요청해 이응로 선생 측으로부터

　| 메멘토 모리 죽어서 살아나다 |

승낙을 받았고, 그렇다면 차제에 윤이상 선생도 같이 취재해 정치적 사
건과 이념의 굴레에 갇혀 우리 문화사에서 실종된 두 예술가를 한번에
조명하는 것이 의미가 있겠다는 생각에 윤 선생께 다시 연락을 들여 취
재허락을 받았다. 그래서 12월 7일에 베를린을 다시 찾았다.

두 번째 뵈니까 윤 선생은 서울 올림픽의 성공으로 한국에 대한 이
미지가 많이 좋아진데 대해 고무되신 듯 했다. 마침 집을 방문하니 당
시 예총(한국예술문화단체총연합회)의 전봉초 회장이 오신다고 한다. 두 분은
서울에서 예전에 같이 활동한 적이 있는 친구 사이, 전봉초 회장은 윤
이상 선생과 함께 남북이 음악으로 같이 만나는 행사를 기획하고 있어
서 그에 대한 보다 진전된 논의를 하려고 방문했다. 그 때문에 우리 취
재가 더욱 뜻 깊게 됐다. 전봉초 회장과 윤이상 선생이 뜰을 거닐면서
여러 가지 이야기를 나누는 장면도 촬영할 수 있었다. 전 회장은 윤이
상 선생께 이제 한국을 방문해도 좋지 않으냐, 옛날의 군부독재국가가
아니라 민주적인 국가이며, 올림픽 이후 특히 많이 변했으니 웬만하면
고향을 방문하자고 권유했고, 이에 대해 윤 선생은 가고 싶은 마음이야
누구보다도 앞서있지만 현실적으로 몇 가지 정리할 일이 있다고 했다.

우리들은 이번에는 회견도 마음 놓고 하고 밑그림을 많이 찍을 수
있었다. 대담은 작고하신 이재현 선배가 맡았고 이홍우 카메라기자가
조명과 자리배치에 신경을 써서 평면적인 회견을 입체화해서 담아냈
다. 밑그림 촬영을 위해 2층으로 올라가니, 이층 벽 한 가운데에 조그
만 고구려 사신도가 눈에 띄었다. 백호도로 기억되는데, 강서대묘의 것
을 축소 모사한 것이었다. 필자가 이 사신도에 관심을 보이자 안내를
위해 2층에 먼저 올라가시던 윤 선생의 부인 이수자 씨가 귀띔을 한다

"그것 보고 싶어서 이북에 갔다가 그렇게 혼났잖아" 그리고 보니 당시까지 유럽에서 발매된 윤 선생의 음악레코드 자켓에 바로 사신도가 그려져 있는 것이 눈에 띄었다. 고구려 벽화 속에 살아있는 민족혼, 그것이 선생의 음악에 녹아든 것이리라.

인터뷰가 끝나자 윤 선생은 취재진에게는 레코드 1장씩을 주셨지만 필자에게만 CD 1장을 더 주신다. 본인의 자필 서명과 함께 주신 이 CD는 칸타타 '나의 땅, 나의 조국이여'(87년 작곡)가 전면에 실려 있고 뒷부분에는 '광주여 영원하라'(81년 작곡)가 함께 들어있었다. "나중에 이 음악들이 유명해질 것이니까 잘 갖고 있으세요"라고 윤 선생은 덧붙였다. 그 음악이 2005년에야 초연된 것이다.

윤 선생과의 인터뷰는 나중에 파리에서 이응로 화백 취재분과 합쳐져 1989년 1월 6일 KBS1텔레비전에서 "신년기획 '이향에서 본 조국, 윤이상 이응로"라는 제목으로 약 한 시간 동안 방송됐다. 방송이 되고 나서 나흘 후에 이응로 선생이 영면하셨다. 나는 이 프로그램이 이응로 선생에게는 예술가로서의 마지막 한을 풀어드린 것이라고 생각한다. 돌아가시기 전에 육성으로 자신의 예술세계와 그동안의 어려웠던 생활과 심경 등을 진솔하게 밝힐 수 있었으니 얼마나 다행인가. 길지 않은 기자생활 중에 나는 1989년 방송된 이 프로그램이야말로 멀리 유럽에서 이름을 날리고 있었지만 동베를린 사건이후 어쩔 수 없이 등지고 살았던 조국 한국에 대한 두 분의 그리움을 전함으로서 그들을 신원(伸寃: 억울함을 밝혀 밝게 드러냄)해준 작품으로, 그것을 만들게 된 데 대해 감히 자부심을 느끼고 싶다.

윤이상 선생의 예술세계야 이제는 각계에서 활발한 조명을 해서

268

많이 소개가 됐지만, 21년전 처음으로 그를 인터뷰하고 다시 4년 뒤에 본격 프로그램을 위해 윤이상 선생을 두 번이나 만난 필자로서는 그와의 회견을 통해서 그가 정말로 간절하게 고향을 다시 보고 싶어했음을 확인할 수 있었다. 고향이야기만 나오면 그의 눈매가 무언가를 그리워하는 것으로 바뀌는 것을 직접 보아왔기 때문이다. 그런 윤이상 선생이 1994년 고국방문을 위해 큰 마음을 먹고 일본에 까지 왔다가 당국과의 최종조율이 안돼 고국방문을 포기하고 되돌아간데 대해서는 정말 안타깝기가 그지없다. 정부와의 조율과정에 대해서는 이러쿵 저러쿵 말이 다르고 많지만 어찌됐든 가장 한국을 사랑한 작곡가가 고향을 못보고 돌아가신 것은 정말로 안된 일이다. 애당초 원죄는 동베를린 간첩단 사건을 터트린 1967년 당시의 공작정치에 있다고 한다면, 그것이 빌미가 돼 우리 남한을 사실상 버리게 되고, 그런 조국공백상태에서 북한이 그의 음악을 인정해주고 예술가로서 대우를 해주니까 평양과 관계가 깊어진 것인데, 남북 분단의 현실이 가져다 준 비극이 결국 그의 고향방문이란 가장 인간적인 일까지 성사되지 못하게 막은 것이라고 하겠다. 지금 생각하면 정부쪽에서 조금은 융통성을 부릴 수 있었겠지만 그렇게 되지 못한 것이 아쉬운 일인 것이다. 그리고는 그 다음해 11월3일에 폐염이 도져 이 세상을 뜨셨다.

윤이상 선생이야말로 조국 분단이란 현실을 가슴 아프게 생각하고 남북이 음악을 통해서라도 우선 하나가 되자고 누구보다도 앞장서서 노력해서 남북 통일음악회도 성사시키지 않았던가? 고인의 그런 노력 때문만은 아니지만 그를 계기로 그 뒤 남북한 간의 교류가 왕성해졌고, 분단의 장벽이 낮아지면서 왕래와 가족상봉도 수차례 있었다. 그것이 뜻하지 않은 금강산 관광객 피살과 그 뒤 연평도 포격, 천안함 침몰 등의 사건으로 다시 경색돼 안타까움을 주고 있다. 그가 돌아가신 뒤에 일어난 이런 것과는 별도로 그는 생전에 수많은 작품을 발표했는데 그 음악의 주제는 조국이었고 그 음악이 목표하는 바는 조국의 통일이었다고 할 수 있겠다.

> "나의 음악은 역사적으로는 나의 조국(민족)의 모든 예술적, 철학적, 미학적 전통에서 생겼고, 사회적으로는 나의 조국의 불행한 운명과 민족, 민권 질서의 파괴, 국가 권력의 횡포에 자극을 받아 음악이 가져야 할 격조와 순도의 한계 안에서 가능한 한 최대의 표현적 언어를 구사하려고 노력한 것이다. 음악은 구체적으로 말을 하지 않지만 듣는 사람으로 하여금 그 상상력을 불러일으키는 강한 힘이 있는 것이다."
>
> – '나의 조국, 나의 음악' 1989년 1월

윤이상 선생의 작품은 그 수를 헤아릴 수가 없다. 그의 작품은 1965년 발표된 오페라 류퉁의 꿈과 1971년 발표된 심청 등 오페라 4편, 성악과 합창곡이 11편, 관현악곡이 5개의 교향곡을 비롯한 21편, 협주곡이 11편, 실내악과 앙상블이 8편, 독주곡이 18편, 2중주곡이 16편, 3중주곡이 8편, 4중주곡이 10편, 5중주곡이 7편 등 120여 편에 이른다(위키피디아). 엄청난 창작력이 아닐 수 없다.

남북관계가 경색되면서 윤이상 선생의 평소 행적에 대한 비판의 목소리가 높아지고, 남북관계가 풀리면 그에 대한 평가가 다시 되돌아오는 등 혼란이 반복되는 느낌이 없지 않지만 변하지 않는 것은 그가 생존 당시에 21세기 최고 작곡가 5인중의 하나로 독일에서 인정을 받았다는 점이다. 그러기에 윤이상은 몰다우 강을 작곡한 체코의 스메타나 정도, 또는 그 이상의 높은 대접을 받을 자격이 있다. 그의 음악이 한국의 많은 음악적 요소들을 담고 있어서 서양인들은 금방 그의 음악에서 한국적인 요소를 발견하는데, 우리들은 오히려 한국적인 요소를 덮고 있는 서양적인 음악어법으로 해서 그렇게 친밀하게 생각하지 않는 경향이 있는 것 같다. 본래 우리는 우리 얼굴을 잘 보지 않고 남의 얼굴을 더 좋게 생각하는 경향이 있음을 우리는 알고 있지만 윤이상이란 인물도 우리가 품고 살려 나가야 하는 세계적인 자산이자 유산임은 분명하다고 하겠다. 이제 선생이 돌아가신 지도 근 20년이 되어 가는데, 윤이상이란 자산을 남북이 함께 가꾸고 전 세계로 키워나갈 수 있기를 고대해 본다.

문을 닫고 : **사람이 죽은 다음에야**

· · ·

2001년 3월 한병삼 전 국립중앙박물관장이 별세했다.

그날 새벽 갑자기 잠이 깨어 습관대로 인터넷으로 서울 소식을 보는 중에 가장 먼저 눈에 들어왔다. 그런데 그 별세소식을 전하는 신문 기사는 이랬다.

"한병삼(65) 전 국립중앙박물관장이 4일 오전 8시5분 서울 강남삼성 의료원에서 급성 폐렴으로 별세했다.

평양 출신으로 서울대 사학과를 졸업한 고인은 문화재위원장 등을 맡으며 고고학과 국립박물관의 발전에 큰 역할을 했다. 유족은 부인 김 화선(64)씨와 아들 봉근(42 · MBC PD)씨 등 2남1녀.

영결식은 8일 오전 8시 국립중앙박물관 광장. 02)3410-6914.

 | 메멘토 모리 죽어서 살아나다 |

발생기사로는 이 이상 간결하고 정확할 수가 없다. 그래도 한 나라의 중앙박물관장을 7년 이상이나 했으며, 우리 나라 고고학계의 큰 별이라고 할 수 있는데 이것만 가지고는 뭔가 알 수가 없지 않은가? 해서 또 뒤져보니 발자취라는 난에 조금 더 기사가 나온다.

4일 타계한 한병삼 전 국립중앙박물관장은 국내 문화재계의 마지막 '올라운드 플레이어'였다.......

그는 고고학자이자 박물관 행정가로서......지식인의 모습을 보였다.

고고학자로서는.......지난 70년대와 80년대 미국과 유럽서 열려 우리 문화유산의 아름다움을 세계에 알렸던 '한국미술 5000년전'이나, 지난 91년 북방 민족의 문화유산을 국내에 소개했던 '스키타이 황금전'의 실무자 혹은 책임자로서 문화유산의 국제 교류에도 앞장섰다.

그것이 전부였다.

별세를 알리는 기사는 3문장. 그의 발자취를 알리는 기사는 5문장이다. 평생을 우리나라 고고학 발전에 바친 사람의 일생의 노력이 겨우 5문장으로 끝나는 것이다.

물론 고고학자들이나 박물관관계자들이 보는 전문적인 잡지 등에서는 보다 상세한 기사가 날 것이지만 적어도 일반 대중들이 보는 신문에서는 이 이상을 기대하기는 어려울 것이다.

그것으로서 한 사람의 인생에 대한 재단은 끝이 났다.

일반 대중들은 앞으로 다시 한 모 씨라는 이름을 신문지상에서 볼 기회는 없을 것이다.

그나마 이것은 많이 나온 축에 속한다고 봐야 할 것이다.

이보다 열흘 남짓 전에 타계한 이득렬 전 문화방송 사장의 경우를
보자.

방송계에서 이득렬씨를 모르는 사람은 간첩이라고 해야 할 정도이
리라.

70년대 중반에서 80년대 중후반까지 무려 13년간 MBC의 간판르
포인 뉴스데스크를 지켜온 명앵커였고 MBC사장을 3년 동안 맡으면서
"보고 또 보고"같은 드라마로 일일드라마의 시청율 기록을 세우며 우리
KBS를 괴롭힌 분이 아니신가?

이런 분의 부음란을 보면 여전히 타계기사는 짧은 문장으로 다섯
개, 발자취 기사는 조금 더 길어서 7문장이다.

현대 한국의 가장 대표적인 방송인이며 언론인이었던 이득렬사장
의 경우도 몇 줄로서 그 인생이 재단되어 버리고 만다.

관광공사 사장을 맡으며 고민한 흔적, 다시 방송인으로 돌아가 방
송인으로서 최후를 맞이하기까지의 과정과 의미 등이 모두 빠져있다.

현대의 신문은 곧 그 나라의 역사를 기록하는 일일진데, 이처럼 짧
게, 잘라먹고 써놓으면 분명히 역사가 단축되고 그 이면에 있던 역사는
없어져버리는 것이리라.

2001년에 나는 영국 런던에 특파원 겸 지국장으로 있었다.

아침마다 배달되는 신문을 펴보며 한국과 달리 특이하게 생각된

 | 메멘토 모리 죽어서 살아나다 |

것은 이 사람들이 만들어 내는 Obituary, 곧 부음란이었다.

대개는 한 면 전체를 차지하고 있는데, 거기에는 하루에 한 명에서 많아야 세 명 정도를 다루고 있다.

우리처럼 누구 누구의 집안 내력이 죽 열거되는 것이 아니라 별세한 당사자만을 다루고 있다. 그리고 그 기사는 대표적인 사진 한 장과 함께 상당히 길고 자세하게 그 사람의 일생을 전해주고 있다.

2월27일자 데일리 텔레그라프의 부음란은 29면 전면에 걸쳐서 도날드 브래드맨이란 이름의 크리켓선수뿐이다;

"도날드 브래드맨 경!
92살에 별세했는데, 가장 위대한 크리켓타자였다.
그의 업적은 진실로 너무나 뛰어나서 20세기 위대한 스포츠전설중의 하나였고, (모국인) 호주의 국민적인 영웅이었을 뿐 아니라
모든 크리켓계에서 놀라워한 하나의 현상이었다...."

이렇게 시작되는 부음란은 그가 몇 년도 어느 경기 어떤 상황에서 어떻게 잘 쳐내어 몇 점을 올림으로서 경기를 어떻게 승리로 이끌었고 그가 개발한 타법은 어떤 것이었는데, 기존의 타법과 어떻게 달라서 그것이 이후 타법에 어떤 영향을 주었다는 둥, 이후 크리켓역사가 어떻게 바뀌었다는 둥, 무려 150개의 문장으로 그의 일생을 상세히 정리하고 평가해준다. 그리고는 끝에 아주 짧게 가족이야기가 한 줄 나올 뿐이다.

3월1일자 부음란은 3명을 다루고 있다.

영국 울버햄프턴 축구팀의 센터하프였던 축구선수 스탠 컬리스, 자연운동가로 활약하면서 사냥개보존에 힘썼던 아멜리아 제셀이라는 여성, 그리고는 전국완두콩협회회장을 30년간 맡으면서 영국정원발전에 노력해 온 페어베언 여사라는 여성.

모두 그 활동을 대표하는 사진과 함께 그 일생이 주요 포인트를 모두 지적하면서 자세히 소개돼 있다.

자기 나라 국민만이 아니다.

그 전 해 육상선수이며 인간기관차라는 별명이 붙은 자토펙이 타계했을 때에도 영국의 신문들은 일제히 그의 일생을 되짚으며 스포츠계에 남긴 그의 신화를 한 페이지 가득 싣고 있었다. 정주영 현대그룹 회장이 타계했을 때에는 멀리 한국의 이야기인데도 신문의 한 면 전체가 그에 대해서 할애되었다.

그것은 정말 우리의 언론계 풍토와 비교하면 특이한 것이었다.

신문이야기만 할 것이 아니다.

방송의 뉴스시간에도 부음만은 가장 철저히 챙기는 것이 이 나라이다.

정치가보다는 스포츠, 예술, 문화, 역사, 과학, 발명 등 각각의 분야에서 일생을 바쳐 성공한 사람들은 예외없이 가능한 한 리포트로 소개해준다.

며칠 전에는 존 다이아몬드라는 한 방송인이자 언론인의 죽음을 신문과 방송들이 대서 특필했다. 47살이라는 젊은 나이에 암으로 사망

  | 메멘토 모리 죽어서 살아나다 |

한 이 사람은 각종 신문과 잡지에 수없이 많은 글을 썼고 뛰어난 재담가였으며, 3년 전 혀에 암이 발생해서 혀를 잘라내야 한, 그래서 말을 못하는 지경인데도 글로서 그의 투병기를 펴내어 시민들을 울리고 웃기던 그런 사람이었는데, 신문과 방송뉴스가 다투어 그의 비극적인 죽음과 삶을 전하고 있었다.

왜 우리의 신문이나 방송은 그런 사람의 일생을 겨우 몇 줄의 기사로 끝내버릴 뿐, 영국처럼 길고 자세히 그러면서도 멋지게 평가하고 정리해주지 못하는가? 거기에는 분명 많은 이유가 있을 것이다.

우선은 우리 신문들이 부음에 그만큼 지면을 할애하지를 않는다는데 문제가 있다는 생각이다.

사람이 죽으면 기껏해야 발생기사 석 줄, 해설기사 다섯 줄 이것이 사실상 정형화돼 있지 않은가? 물론 때로는 제대로 나가는 경우도 있다. 미당 서정주선생이나 운보 김기창선생이 돌아가셨을 때에 전 언론들이 정말로 지나치다고 생각되리만큼 충분히 다루었지 않은가?

그것은 당사자들에게는 영광이요, 그 업계에는 기분 좋은 일이지만 문제는 그러한 과대접이 특정 인기인에 한한다는 것이지, 일반적인 데까지 고르게 적용되지 않는다는데 문제가 있지 않느냐는 생각이다.

그런데 만약 그러한 지면이 마련된다고 할 때에 우리가 영국처럼 한 사람의 일생을 깊이 파헤칠 만한 역량이나 분위기가 되는가는 또 다른 문제일 것이다. 상대적으로 우리 기자들의 전문성이 그만큼 떨어지지나 않나 하는 우려가 있기 때문이다. 신문의 경우는 예외지만 방송의 경우는 전문가, 전문기자가 사실 별로 없다고 해도 과언이 아니다.

그것은 잦은 순환인사로 전문성을 키우기가 쉽지 않다는 데 있다. 그러기에 무슨 일이 생겨도 그만큼 깊이 있게 취재하거나 써내지를 못하는 것이 아닌가 하는 생각이다.

예를 들어서 한병삼관장의 경우 신문의 표현대로 우리 나라 고고학발전에 많은 기여를 했다면 어떤 측면에서 어떻게 기여했는가를 알아야 하는데, 그것을 알지 못하니까 가장 적당한 말, "큰 기여를 했다" 등등의 표현으로 넘어가 버리는 것이 아닌가 한다.

또 하나 가장 중요한 문제는 우리 사회가 그러한 기록들을 키우지 않는다는 것이다. 갑자기 별세한 사람에 대해서 쓰려고 해서

자료를 찾거나 연락을 해보면 모두 인명사전에 나올 정도밖에는 더 이상 자료가 없다.

누구한테 물어보고 싶어도 물어볼 사람의 연락처가 나오지 않는다.

그리고 기껏 통화를 하면 또 다른 사람에게 전가하고 본인들은 말을 잘 안한다. 그러다 보니 마감시간은 임박하고 하니까 인명사전을 인용하는 수준에서 머무르고 만다.

결국 부음란 하나에도 그 나라의 수준이 반영되는 것이라는 생각이다. 그 나라 국민들이 어떤 풍토에서 살고 있는지가 부음란을 통해서 그대로 드러난다. 우리는 자의건 타의건 한 평생을 제대로 산 사람들에 대해 고른 평가를 해주지 못하고 있다. 정말로 어느 분야, 어느 학계,

 | 메멘토 모리 죽어서 살아나다 |

어느 파트에서 중요한 일을 한 사람들의 일생을 평가해주지 못하니까 사람들은 죽어서 평가받기 보다는 살아 생전에 호의호식하는데만 관심을 두지 않겠는가?

우리는 자주 "호랑이는 죽어서 가죽을 남기고 사람은 죽어서 이름은 남긴다"며 멋있는 사람이 되라고 어릴 때부터 교육을 받아왔지만 정작 남을 의식하지 않고 자기 자신만의 길을 잘 걸어온 사람에 대해서 내리는 평가가 이처럼 냉혹한 데에서야 누가 일생의 매진이라는 데에 관심을 둘 것인가?

우리 언론이 전문성을 평가해주지 못하고 그를 알아주지 못하니까 사람들은 전문가로서의 길 대신에 세속적인 명예가 많은 정치나 기업가 쪽으로만 몰리려고 한다.

진정으로 자신의 일생을 가치 있게 만드는 것은 피할 수밖에 없다.

80년대 초 이득렬 앵커가 뉴스 진행으로 새바람을 일으키며 날리고 있을 때에 어느 선배 한 분이 이런 말을 했다

"나는 저 양반이 나중에 크게 될 줄 분명히 알고 있었어. 그 좋은 출입처에서 남들이 빈 시간에 모여서 쓸데없이 시간을 보내고 있을 때에 저 양반은 열심히 기사를 읽는 연습을 했다네. 성공한 사람은 어디가 달라도 다르지."

이런 이야기들이 영결식장에서 밤을 새면서 지인들 사이에서만 나오지 말고 우리의 신문, 우리의 방송에 자연스레 소개가 되었으면 하며, 또 소개가 돼야한다고 믿는다. 누구 부모가 돌아가시고 하는 가족

관련 부음란이 주류를 이루는 사회, 상대적으로 그 삶의 일생을 전해주
는 기사는 너무나 짧은 풍토, 거기에서 위대한 인간들의 발자취를 찾기
는 어렵다. 왜냐하면 언론이 이들의 발자취를 사실상 끊어버리는 것이
기 때문이다.